古代美術史研究

五　編

第 **13** 冊

漢代隸書之文字構成（上）

郭 伯 佾 著

花木蘭文化事業有限公司

國家圖書館出版品預行編目資料

漢代隸書之文字構成（上）／郭伯佾 著 -- 初版 -- 新北市：
花木蘭文化事業有限公司，2023〔民112〕
目 8+160 面；19×26 公分
（古代美術史研究　五編；第13冊）
ISBN 978-986-518-017-1（精裝）
1. 漢代　2. 隸書　3. 文字學
802.08　　　　　　　　　　　　　　　　109000435

ISBN-978-986-518-017-1

古代美術史研究
五　編　第十三冊　　　　　　　　ISBN：978-986-518-017-1

漢代隸書之文字構成（上）

作　者	郭伯佾
總 編 輯	杜潔祥
副總編輯	楊嘉樂
編輯主任	許郁翎
編　輯	張雅淋、潘玟靜　美術編輯　陳逸婷
出　版	花木蘭文化事業有限公司
發 行 人	高小娟
聯絡地址	235 新北市中和區中安街七二號十三樓
	電話：02-2923-1455／傳真：02-2923-1452
網　址	http://www.huamulan.tw 信箱 service@huamulans.com
印　刷	普羅文化出版廣告事業
初　版	2023 年 3 月
定　價	五編 21 冊（精裝）新台幣 75,000 元

版權所有・請勿翻印

漢代隸書之文字構成（上）

郭伯佾　著

作者簡介

郭伯佾，臺灣省臺南市人，一九五五年生。中國文化大學新聞系學士、藝術研究所碩士、史學研究所博士；主要研究領域為：文字學與書法藝術、中國文化史、臺灣文化史、臺灣原住民文化藝術、以及閩南語與鄉土文化等。現為實踐大學高雄校區博雅學部專任副教授。曾任國立臺灣美術館書法類典藏委員、實踐大學高雄校區博雅學部主任、實踐大學應用中文系主任等職。

主要出版書籍著作有：《漢代草書的產生》、《唐代楷書的二篆系統》。

除了書籍著作，並有學術論文：〈標準草書的實用價值〉、〈從文字學的觀點談「帖寫」〉、〈董作賓的甲骨文書法〉、〈漢代簡牘中的疑似字〉、〈行書的起源及其特質〉、〈書法作品中的三種符號〉、〈書法藝術中的文字學〉、〈試論書聖王羲之之學古與創新〉、〈兼容並蓄以成其大——顏真卿創新書法析論〉、〈書法藝術賞析教材設計與課程實施〉等六十餘篇。

教學、研究之餘，尚從事書法與陶藝創作，力圖將書法與文字學、思想、文學、文化加以結合，曾舉辦：書法與陶藝個展、師生書法展、書法教材作品展，並參加由日本與中國大陸舉辦的國際書法展等；二件書法作品被河南省宋慶齡基金會收藏。

提　　要

本書旨在探索漢碑隸書之文字構成；借助文字學之專業知識，針對漢代簡牘、碑刻與磚陶上之隸書——尤其寫法與現行楷書不同者，從文字構成的觀點來分析它們的類型，且嘗試歸納漢代隸書文字構成之特質及其筆畫演變之軌跡。

全書分為六章——

第一章「緒論」，下分三節，討論「漢代隸書之重要性」、「文字構成之意涵」，以及「文字學與書法藝術」。

第二章「從秦隸到漢隸」，下分四節，討論「隸書之起源」、「秦隸」、「漢代之隸書」，以及「隸書諸名釋義」。

第三章「從文字構成觀點分析漢代隸書」，下分三節，第一節「正寫字」，以「山」、「公」、「帥」、「皆」、「皇」、「乘」、「哭」、「習」、「章」、「曾」十字為例，討論漢隸中寫法較小篆或楷書更為正確之文字。第二節「或體字」，以「七」、「牢」、「酉」、「孟」、「官」、「孫」、「救」、「造」、「握」、「簠」十字為例 討論漢隸中與現行楷書之形體不同唯仍為正確寫法之文字。第三節「訛變字」，以「本」、「爭」、「美」、「恥」、「雅」、「過」、「器」、「學」、「濡」、「識」十字為例，討論漢隸中因筆畫演變而導致組成元素有誤的不當寫法。

第四章「漢代隸書文字構成之特質」，下分三節，第一節「力求簡化」，以「乞」、「法」、「兼」字、「惟」、「曹」、「載」、「圖」、「蓋」、「赫」、「衛」十字為例，討論漢隸文字之減少筆畫；另以「所」、「是」、「流」、「述」、「宮」、「留」、「僉」、「寡」、「遠」、「縱」十字為例，討論漢隸文字之縮短筆畫。第二節「寫法多樣」，以「宇」、「師」、「處」、「華」、「義」、「鼓」、「漢」、「藝」、「聽」、「靈」十字為例，討論漢隸文字因組成元素不同所造成之多樣寫法；另以「永」、「身」、「垂」、「得」、「尊」、「愛」、「福」、「經」、「爵」、「懷」十字為例，討論漢隸文字因筆畫演變情形有別所造成之多樣寫法。第三節「訛變頻仍」，以「夭」、「受」、「昔」、「則」、「前」、「無」、「箸」、「聖」、「歸」、「寶」十字為例，討論漢隸文字訛變頻仍之情形。

第五章「漢代隸書筆畫演變之軌跡」，下分四節，第一節「九種減少筆畫的軌跡」，各舉三個例字，討論漢隸文字之「刪減字中重複之部件」、「刪減文字中段繁複之筆畫」、「刪減上下重疊之橫向筆畫」、「刪減左右並排的縱向筆畫」、「刪減上下橫畫間之豎畫」、「連接左右相鄰之橫向筆畫」、「連接上下相頂之縱向筆畫」、「變左右搭黏之兩橫向斜畫為一橫畫」、「連接兩筆以上不同方向之筆畫為一長畫」九種減少筆畫之作法。第二節「六種縮短筆畫的軌跡」，各舉三個例字，討論漢隸文字之「截去超出於橫畫之上的豎畫」、「截去貫穿於橫畫之下的豎畫」、「變橫向折曲筆畫為橫畫」、「變縱向斜曲筆畫為豎畫」、「分開搭黏的筆畫」、「變折曲筆畫為斜畫」六種縮短筆畫之作法。第三節「五種增多筆畫的軌跡」，各舉三個例字，討論漢隸文字之「在橫畫之上或下添加橫畫」、「在豎畫之一旁或兩旁添加筆畫」、「在字中空曠處添加筆畫」、「分割與縱向筆畫相交的橫畫」、「分割與橫畫相交的縱向筆畫」五種增多筆畫之作法。第四節「五種延長筆畫的軌跡」，各舉三個例字，討論漢隸文字之包括：「變橫畫為橫向斜曲筆畫」、「變豎畫為縱向斜曲筆畫」、「延長字中主要的橫畫作隼尾波」、「延長字中最後一筆豎畫」、「延長字中之縱向筆畫」五種延長筆畫之作法。第六章「結論」，綜述本書之研究成果。

　　總之，漢代隸書的文字構成之探討，乃是一項結合文字學與書法藝術之研究。單從書法或文字切入，都無法窺其全豹。

目次

第一章 緒 論

第一節 漢代隸書之重要性

漢代起自高祖元年（206B.C.），迄於獻帝廿五年（220A.D.），凡四百二十六年。其間包括：楚漢之際（206～202B.C.）、西漢（202B.C.～9A.D.）、新朝（9～23A.D.）、更始帝（23～25A.D.）與東漢（25～220A.D.）五時期。

整體而言，漢代乃中國歷史上極為光明燦爛之時代。「統一規模」、「平民社會」、「文治政府」、「從軍壯志」四者構組成所謂「大漢精神」；〔註1〕「大漢精神」不僅締造光明燦爛之漢代歷史，且積澱為寬裕溫柔、光輝篤實之漢代隸書。

隸書為漢代正式書體之代表。漢時無論寫碑、抄書或公文書正本，大多使用隸書。衛恆〈四體書勢〉云：

秦既用篆，奏事繁多，篆字難成，即令隸人佐書，曰「隸字」。

漢因行之，獨符、印璽、幡信、題署用篆。〔註2〕

漢代隸書無論在中國文字史或書法史上，都佔有極其重要之關鍵地位。張繼云：

〔註1〕 張其昀，《西漢史》（臺北：中國文化大學出版部，1982），《中華五千年史》第九冊，頁207。

〔註2〕 房玄齡等，《晉書》（臺北：鼎文書局，1980），卷三十六，頁1064。

　　　　隸書是……是古今文字的分水嶺，還是書法史上筆法演變過程
　　的重要關鍵點。隸書打破篆書曲屈圓轉的形體結構，變縱長爲橫，
　　筆畫講究波磔，主要筆畫具有蠶頭雁尾形狀，是一種極具裝飾趣味
　　之字。〔註3〕

張氏所言，當是針對漢隸而發。

　　就文字史而言，漢代隸書「擺脫仿形線條，採用直、短筆畫而構成新部件，
組成新字形」，〔註4〕大量減低篆書之象形意味，以便於書寫。成公綏〈隸勢〉
云：

　　　　篆籀既繁，草藁近僞，適之中庸，莫尚於隸。〔註5〕

意謂：在各種書體中，隸書最爲中庸。它一方面較篆籀簡易，另一方面則較
草藁正確。此外，中國文字從隸書、尤其是漢隸開始，亦出現較往昔更多之
訛變現象，如：「『覺』、『學』從『與』，……『美』下爲『火』，……『惡』
上安『西』，……『離』邊作『禹』」，〔註6〕而形成所謂之「隸變」。蔡邕〈隸
勢〉云：

　　　　鳥跡之變，乃惟佐隸。〔註7〕

蓋特別針對漢隸在文字方面之重大變革而立論。中國文字因爲隸書，尤其是漢
隸之成熟，而有「古文」與「今文」之分。〔註8〕

　　就書法史而言，漢代隸書的波、鉤、點等筆畫更加規整，「橫直線條，亦
有粗細變化」，「既富形式美，又能在書寫時帶來一定節奏感」，〔註9〕展現與

〔註3〕　張繼，《隸書研究》（北京：華文出版社，2014），頁1。

〔註4〕　任平，《說隸——秦漢隸書研究》（北京：北京時代華文出版社，2016），頁44。

〔註5〕　張懷瓘《書斷・上》引，見：張彥遠，《法書要錄》（杭州：浙江人民美術出版社，
　　　　2012），卷七，頁204。

〔註6〕　張守節，《史記正義・論字例》，見：司馬遷，《史記》（臺北，鼎文書局，1980），
　　　　第四冊，附編，頁14。

〔註7〕　房玄齡等，《晉書》，卷三十六，〈衛恆傳〉，頁1064。

〔註8〕　任平云：「在漢字發展史上，我們將象形字符表意爲主的階段稱爲古文字階段，將
　　　　以抽象字表意爲主的階段稱爲今文字階段，……早期的隸書尚未脫離古文字的範
　　　　疇，而成熟的隸書則屬於今文字了。」見：任平，《說隸——秦漢隸書研究》，頁2。

〔註9〕　任平，《說隸——秦漢隸書研究》，頁53。

先前之大小二篆以及秦隸極大差異。張懷瓘《書斷‧上》贊「八分」云：

　　奮研揚波，金相玉質。騰虎踞兮勢非一，交戟橫戈兮氣雄逸。

〔註10〕

即在稱頌漢代隸書波拂等點畫用筆之俯仰變化所造成之美麗與氣勢。

　　而正因為漢代隸書在中國文字史或書法史上之特質，故從後世書法學習者的角度來看，漢隸實兼具實用與審美雙重價值。一方面，漢隸之文字形體與楷書近似，〔註11〕對於後世習用楷書者而言，漢隸較之篆書或草書都更加容易辨識，亦易於為觀賞者所接受。另一方面，漢隸之用筆，方圓並施，或輕或重，「奇怪生焉」；〔註12〕尤其各字重點筆畫的蠶頭雁尾，展現憑虛御風的飛揚之美，與楷書相較，仍有不少差異。對於慣看或慣寫楷書者而言，漢隸饒富新鮮感，是以具足審美活動所必需之「心理距離」（psychic distance）。因此，縱使自唐代以後，楷書已確立為主流書體；唯歷代各朝仍不斷有人學習漢代隸書，甚至以此名家。

　　今人在臨寫漢代隸書時，除了注意到筆法與楷書之差異外，往往會發現：漢隸中許多文字的形體與現行楷書有所不同。例如——

1、「山」字一作「⛰」，〔註13〕中央豎畫末端向左右分岔。

2、「公」字一作「公」，〔註14〕「八」下作四方形。

3、「哭」字一作「哭」，〔註15〕下段從「大」。

4、「牢」字一作「牢」，〔註16〕上方從「穴」。

5、「救」字一作「抹」，〔註17〕從手、求聲。

〔註10〕張彥遠，《法書要錄》，卷七，頁203。

〔註11〕（傳）虞世南〈筆髓論‧釋真〉以「體約八分，勢同章草」描述楷書，意謂：楷書之形體自漢隸省變而來，其筆勢則與章草相同。見：韋續，〈墨藪〉第十三，孫過庭等，《唐人書學論著》（臺北：世界書局，2011），頁239。

〔註12〕蔡邕〈九勢八字訣〉：「惟筆軟，則奇怪生焉。」見：陳思，《書苑菁華》（北京：北京圖書館出版社，2003），卷十九，頁701。

〔註13〕二玄社，《漢韓仁銘／夏承碑》（東京，1981），〈夏承碑〉，頁62。

〔註14〕李靜，《隸書字典》（杭州：西泠印社出版社，2013），頁54引〈熹平石經殘石〉。

〔註15〕上海書畫出版社，《鮮于璜碑》（上海，2001），頁25。

〔註16〕二玄社，《漢韓仁銘／夏承碑》，〈韓仁銘〉，頁17。

6、「造」字一作「徃」，〔註18〕從辵、牛聲。

7、「爭」字一作「爭」，〔註19〕上段作若「日」。

8、「恥」字一作「耴」，〔註20〕右旁作「止」。

9、「器」字一作「器」，〔註21〕中段作「工」。

10、「曹」字一作「曹」，〔註22〕上段但作一豎。

11、「善」字一作「善」，〔註23〕下方之「言」省作「口」。

12、「蓋」字一作「盖」，〔註24〕「皿」上作若「羊」。

13、「或」字一作「或」，〔註25〕「口」改作三角形。

14、「流」字一作「沶」，〔註26〕右旁作若「不」。

15、「僉」字一作「僉」，〔註27〕下方之「从」改作四點。

16、「士」字一作「主」，〔註28〕中豎兩旁各加一斜畫。

17、「克」字一作「克」，〔註29〕右下多加一點。

18、「辛」一之作「辛」，〔註30〕下方多一橫畫。

19、「卜」字一作「卜」，〔註31〕右方短橫改作雙曲橫向折畫。

20、「工」字一作「工」，〔註32〕中央短豎改作雙曲縱向折畫。

〔註17〕二玄社，《漢武氏祠畫像題字》（東京，1981），頁 26。

〔註18〕二玄社《漢刻石八種》（東京，1981），〈大吉買山地記〉，頁 53。

〔註19〕二玄社，《漢禮器碑》（東京，1982），頁 25

〔註20〕李靜，《隸書字典》，頁 232 引〈池陽令張君碑〉

〔註21〕二玄社，《漢張遷碑》（東京，1981），頁 39。

〔註22〕二玄社，《漢武氏祠畫像題字》，頁 61。

〔註23〕馬建華，《河西簡牘》（重慶：重慶出版社，2015），頁 38。

〔註24〕上海書畫出版社，《鮮于璜碑》，頁 15。

〔註25〕二玄社，《漢石門頌》（東京，1981），頁 82。

〔註26〕二玄社，《漢史晨前後碑》（東京，1983），頁 59。

〔註27〕二玄社，《漢張遷碑》，頁 44。

〔註28〕上海書畫出版社，《鮮于璜碑》，頁 20。

〔註29〕二玄社，《漢史晨前後碑》，頁 54。

〔註30〕二玄社，《漢刻石八種》，〈三老諱字忌日記〉，頁 39。

〔註31〕北京大學出土文獻所，《北京大學藏西漢竹書墨迹選粹》（北京：2012），頁 26。

〔註32〕二玄社，《漢曹全碑》（東京，1981），頁 29。

21、「府」字一作「」，〔註33〕「寸」之右畫向下拉長。

諸如此類，不勝枚舉。

上舉與現行楷書形體不同之漢代隸書，或為正寫字，如：「山」、「公」、「哭」……等字是；或為或體字，如：「牢」、「救」、「造」……等字是；或為訛變字，如：「爭」、「恥」、「器」……等字是；或為減少筆畫之寫法，如：「曹」、「善」、「蓋」……等字是；或為縮短筆畫之寫法，如：「或」、「流」、「僉」……等字是；或為增多筆畫之寫法，如：「士」、「克」、「辛」……等字是；或為延長筆畫之寫法，如：「卜」、「工」、「府」……等字是。若欲瞭解上舉漢代隸書與現行楷書形體之所以不同，必須結合書法與文字學之專業知識作研究，亦即從文字構成之角度進行探討。

第二節　文字構成之意涵

「文字構成」一詞為中國文字學者或書法學者所習用之術語。例如：

一、唐蘭《中國文字學》第三部分即為「文字的構成」。〔註34〕

二、唐蘭《古文字學導論》一書上編討論「上古文字的構成」；二庚討論「上古文字的演變為近古文字和近古文字的構成」。〔註35〕

三、李孝定〈中國文字的原始與演變〉上篇「隸書略說」云：

> 隸書苟趨約易，省改古籀大篆者多，因之對文字構成的規律破
>
> 壞也最甚。〔註36〕

四、張繼《隸書研究》討論「隸書創作要把握的十個問題」之「9. 考究文字」云：

> 中國書法藝術……以文字為媒介，以神采為主導，在不違背文

〔註33〕二玄社，《漢孟琁殘碑／張景造土牛碑》（東京，1975），〈張景造土牛碑〉，頁38。

〔註34〕唐蘭，《中國文字學》（臺北：文馨出版社，1975），頁67。

〔註35〕唐蘭，《古文字學導論》（臺北：樂天出版社，1973），頁81、108。

〔註36〕李孝定，〈中國文字的原始與演變〉，上篇，《歷史語言研究所集刊》（臺北：中央研究院歷史語言研究所，1974年二月），第四十五本第二分，頁392。

字構成原則的前提下變化著原有形體。〔註37〕

以上三人之著作中，皆曾使用「文字的構成」或「文字構成」；只是，關於「文字構成」的具體內容，唐蘭等人並未明白指出。

按：所謂「文字構成」，當是指文字所賴以構成的內容事物。根據許慎《說文解字》書中例字分析，「文字構成」的內容可以歸納爲三項，包括：一、文字之構造法則，二、文字之組成元素，三、筆畫演變之軌跡。

壹、文字之構造法則

所謂「文字之構造法則」，指文字所賴以構造之方法與原則；中國文字之構造法則，不外乎「六書」之象形、指事、會意、形聲四種。例如——

一、「又」字，甲骨文一作「ᐱ」，〔註38〕象右手之形，本義爲「手也」，〔註39〕乃以右手當作人手之代表。「又」字之構造法則爲「全畫物形」之象形。

按：許慎〈說文解字敘〉云：

> 象形者，畫成其物，隨體詰詘，日、月是也。〔註40〕

意即：根據客觀實物之形體特徵，加以描畫出來，稱爲「象形」。段玉裁將象形字又分爲「獨體之象形」與「合體之象形」兩種；〔註41〕高鴻縉則稱前者爲「全畫物形」之象形，而稱後者爲「倚文畫物」之象形。〔註42〕

〔註37〕 張繼，《隸書研究》，頁185。

〔註38〕 李宗焜，《甲骨文字編》（北京：中華書局，2012），上冊，頁310。

〔註39〕 《說文解字》：「又，手也，象形。三指者，手之列多不過三也。」見：丁福保，《說文解字詁林》，第三冊，頁996。

〔註40〕 丁福保，《說文解字詁林》（臺北：鼎文書局，1983），第十一冊，頁900。

〔註41〕 段玉裁云：「有獨體之象形，有合體之象形。獨體如日、月、水、火是也；合體者從某而又象其形，如：眉……箕……衰……疇……是也。」丁福保，《說文解字詁林》，第十一冊，頁931，〈說文解字敘〉「象形者畫成其物，隨體詰詘，日月是也」注。

〔註42〕 象形字中，如：日、月、山、川、中、木、萬、魚、大、女、衣、求……等，「全畫其物形，並不依託他字」，稱爲「全畫物形」之象形；另如：州、果、牢、眉、齒、須、丑、介、向、丈、聿、函……等，「依一文字而畫物形」，則稱爲「倚文畫物」之象形。見：高鴻縉，《中國字例》（臺北：呂青士，1969），頁53、246。

二、「父」字，金文一作「」，〔註43〕藉由「又」字而畫手斧之形，本義爲「所以斫也」，即「斧」字初文。〔註44〕「父」字之構造法則爲「倚文畫物」之象形。

三、「寸」字，小篆作「」，從又、加一，以指明人手掌下緣一寸之處，本義爲「寸口」。〔註45〕「寸」字之構造法則爲「指事」。

按：許愼〈說文解字敘〉云：

指事者，視而可識，察而見意，上、下是也。〔註46〕

意即：在象形字上添加指事符號，以指明該物體之某一部位。

或謂：除了「在象形字的基礎上增加指事符號的指事字」之外，另有「純粹符號性質的指事字」，如：上、下、一等字是。〔註47〕其實不然。〔註48〕

四、「友」字，甲骨文一作「」，〔註49〕從雙「又」並排，金文略同；〔註50〕小篆作「」，從雙「又」重疊，本義爲「同志」。〔註51〕「友」字之構造法則爲「會意」。

〔註43〕容庚，《金文編／金文續編》（臺北：洪氏出版社，1974），《金文編》第三・二一，頁174。

〔註44〕丁福保，《說文解字詁林》，第十一冊，頁243。「所以斫也」，各本作「斫也」或「所也」；依段注本改。

〔註45〕《說文解字》：「寸，十分也：人手卻一寸動脈謂之寸口，從又、從一。」見：丁福保，《說文解字詁林》，第三冊，頁1153。「寸」字本義當爲「寸口」；「十分」應係引申義。另，段玉裁以「寸」爲會意字，亦非。

〔註46〕丁福保，《說文解字詁林》，第十一冊，頁899。

〔註47〕向夏，《說文解字敘講疏——中國文字學導論》（香港：中華書局，1974），頁44～46。

〔註48〕「上」、「下」字乃是在象平面物之橫向筆畫之上或下加一指事符號，以指明該平面物之上方或下方，仍爲「在象形字的基礎上增加指事符號的指事字」；「一」則爲象形字。唐蘭云：「一，象數目之形。上古時，或用刻契，或用數籌，此即象其形。舊以爲指事字，其實非是。」見：唐蘭，《古文字學導論》，頁99。

〔註49〕李宗焜，《甲骨文字編》，上冊，頁330。

〔註50〕容庚，《金文編／續金文編》，《金文編》，第三・二五，頁182。

〔註51〕《說文解字》：「友，同志爲友，從二又相交。」見：丁福保，《說文解字詁林》，第三冊，頁1053。

按：許愼〈說文解字敍〉云：

> 會意者，比類合誼，以見指撝，武、信是也。〔註52〕

意即：將兩個以上之文字加以組合，透過此諸文字所代表之意義之會合，以表示另一個新意義。

五、「右」字，金文一作「ᄏ」，〔註53〕從口、又聲，本義爲「勸也」；其後借爲左右字，乃另造從人、有聲之「侑」字。〔註54〕「右」字之構造法則爲「形聲」。

按：許愼〈說文解字敍〉云：

> 形聲者，以事爲名，取譬相成，江、河是也。〔註55〕

意即：以一字爲表義之形符，另一字爲表音之聲符，組合成表達新意義之一文字。

至於漢代學者所謂「六書」中之轉注與假借，固非造字之方法。「轉注」只是部分中國文字之間之關聯性，如：「老」字象「髮禿、持杖」之老人形，〔註56〕爲象形字；「考」字從老、丂聲，〔註57〕爲形聲字。因彼此之字形同屬「老」部，讀音亦同屬古音第三部，而彼此之字義又相同，可以轉相注釋，故「考」與「老」乃一組轉注字。〈說文解字敍〉所謂「建類一首，同意相受」是也。〔註58〕至於「假借」，則爲中國文字使用過程中之補救途徑，如：上舉「父」字，本爲「斧」之初文；因父母字未造，乃假借「所以斫也」之「父」

〔註52〕丁福保，《說文解字詁林》，第十一冊，頁900。

〔註53〕容庚，《金文編／續金文編》，《金文編》，第二・一〇，頁86。

〔註54〕《周禮・春官・大祝》：「辨九拜，……以享右祭祀。」注：「右讀爲侑，侑，勸尸食而拜。」見：鄭玄注、賈公彥疏，《周禮注疏》（臺北：藝文印書館，1976），卷二十五，頁386～387。另，《儀禮・少牢饋食禮》：「尸告飽，祝西面于主人之南，獨侑不拜。」注：「侑，勸也。」見：鄭玄注、賈公彥等疏，《儀禮注疏》（臺北：藝文印書館，1976），卷四十八，頁571。

〔註55〕丁福保，《說文解字詁林》，第十一冊，頁900。

〔註56〕馬敍倫說，見：古文字詁林編纂委員會，《古文字詁林》（上海：上海教育出版社，2004），第七冊，頁646引《說文解字六書疏證》卷十五。

〔註57〕《說文解字》謂考「從老省、考聲」，高田忠周則云：「金文從老不省。」見：古文字詁林編纂委員會，《古文字詁林》，第七冊，頁656引《古籀篇》三十三。

〔註58〕丁福保，《說文解字詁林》，第十一冊，頁900。

字以表父母義。〈說文解字敘〉所謂「本無其字，依聲託事」是也。〔註59〕

貳、文字之組成元素

　　所謂「文字之組成元素」，指文字所賴以組成之基本素件；中國文字之組成元素，可以歸納爲象形之筆畫以及抽象之指事符號。例如——

　　一、「大」字，甲骨文一作「」，〔註60〕「象人正立之形」，〔註61〕本義應爲成人，引申爲「人」，〔註62〕以及大小義。「大」字之組成元素有一，即「大」。

　　二、「天」字，甲骨文一作「」，〔註63〕倚「大」而畫人頭（丁），本義蓋爲「頂也」；其後引申爲天地義，乃另造從頁、眞聲之「顚」字。〔註64〕「天」字之組成元素有二，即「大」與「丁」，而自殷墟甲骨文時代，大上之丁已多簡化爲一短橫。

　　三、「亦」字，甲骨文一作「」，〔註65〕從大、從兩短斜畫以點記臂腋之所在，李孝定謂「於六書爲指事」，〔註66〕本義爲「人之臂亦也」；〔註67〕其後借爲亦又字，乃另造從肉、夜聲之「腋」字。「亦」字之組成元素有三，即「大」與左右兩短斜畫。

〔註59〕　丁福保，《說文解字詁林》，第十一冊，頁 900。

〔註60〕　李宗焜，《甲骨文字編》，上冊，頁 62。

〔註61〕　容庚，《金文編／續金文編》，《金文編》，第一〇·八，頁 581。

〔註62〕　《管子·法法篇》：「故民未可與慮始，而可與樂成功；是故仁者、知者、有道者，不與大慮始。」尹知章注：「大，眾也。」按：大，人也；即上文所謂之「民」。而元版《管子》「大」正作「人」，見：安井衡，《管子纂詁》（臺北：河洛圖書出版社，1976），卷六，頁 80。

〔註63〕　古文字詁林編纂委員會，《古文字詁林》，第一冊，頁 17 引《甲骨文編》。

〔註64〕　《說文解字》：「顚，頂也，從頁、眞聲。」見：丁福保，《說文解字詁林》，第七冊，頁 882。

〔註65〕　李宗焜，《甲骨文字編》，上冊，頁 70。

〔註66〕　李孝定，《甲骨文字集釋》（臺北：中央研究院歷史語言研究所，1982），第十，頁 3212。

〔註67〕　《說文解字》：「亦，人之臂亦也，從大、象兩亦之形。」見：丁福保，《說文解字詁林》，第八冊，頁 945。

四、「立」字，甲骨文一作「」，〔註68〕「从大，立一之上」，本義爲「住也」。〔註69〕「立」字之組成元素有二，即「大」與「一」。

五、「泰」字，〈繹山刻石〉作「」，〔註70〕「从廾、水，大聲」，本義爲「順也」。〔註71〕「泰」字之組成元素有四，即「大」、「水」以及組成「廾」之左手與右手。

參、筆畫演變之軌跡

所謂「筆畫演變之軌跡」，指文字筆畫先後演變之歷程；中國文字筆畫演變之軌跡包括簡化與繁化兩個方向所經歷之各種過程。例如——

一、「五」字，《說文解字》云：

，五行也，从二、陰陽在天地間交午也。凡五之屬皆从五。

，古文五省。〔註72〕

其中，「从二、陰陽在天地間交午也」謂「五」字之構造法則爲會意，其組成元素爲二與乂；而「古文五省」，則謂小篆「五」字之筆畫演變軌跡爲增加上下兩橫。〔註73〕

二、「帝」字，《說文解字》云：

，諦也，王天下之號，从二、朿聲。，古文帝，古文諸丄字皆从一，篆文皆从二，二，古文上字。〔註74〕

其中，「从二、朿聲」謂「帝」字之構造法則爲形聲，其組成元素爲二（上）與朿；而「古文諸丄字皆从一，篆文皆从二」，則謂小篆「帝」字之筆畫演變軌跡爲在上端橫畫之上添加橫畫。

〔註68〕 李宗焜，《甲骨文字編》，上冊，頁69。

〔註69〕 《說文解字》：「立，住也，从大立一之上。」見：丁福保，《說文解字詁林》，第八冊，頁1060。

〔註70〕 杜浩主編，《嶧山碑》（合肥：安徽美術出版社，2014），頁16。

〔註71〕 《說文解字》：「泰，順也，从廾、水，大聲。」見：丁福保，《說文解字詁林》，第九冊，頁598。

〔註72〕 丁福保，《說文解字詁林》，第十一冊，頁565。

〔註73〕 按：古文早於小篆，故所謂「古文省」，實小篆增也。

〔註74〕 丁福保，《說文解字詁林》，第二冊，頁41。

三、「禱」字，《說文解字》云：

禱，告事求福也，从示、壽聲。祷，禱或省。𥚁，籀文禱。

〔註75〕

其中，「从示、壽聲」謂「禱」字之構造法則爲形聲，其組成元素爲示與壽；而「禱或省」，則謂小篆「禱」之或體字之筆畫演變軌跡爲省去右旁上方之老與下方之口。

四、「囂」字，《說文解字》云：

囂，聲也，气出頭上，从㗊、頁。𩕃，囂或省。〔註76〕

其中，「从㗊、頁聲」謂「囂」字之構造法則爲會意，其組成元素爲㗊與頁；而「囂或省」，則謂小篆「囂」之或體字之筆畫演變軌跡爲省去下方之二「口」。

五、「鐵」字，《說文解字》云：

鐵，黑金也，从金、𢧜聲。鐵，鐵或省。銕，古文鐵从夷。

〔註77〕

其中，「从金、𢧜聲」謂「鐵」字之構造法則爲形聲，其組成元素爲金與𢧜；而「鐵或省」，則謂小篆「鐵」之或體字之筆畫演變軌跡爲省去聲符左上方之「大」；至於「古文鐵从夷」，乃謂古文「鐵」字之組成元素爲金與夷。

　　然而，《說文解字》等傳統文字學論著所討論之文字構成，大多僅限於構造法則與組成元素，而少有及於筆畫演變軌跡者。造成此一現象的主要原因，大概是由於中國文字學一向以大、小二篆書爲研究對象，而篆書彼此間筆畫省改的幅度並不很大，因此，筆畫演變軌跡的研究，遂不顯得有多大之重要性。劉慶懷云：

　　　　在文字學上，人們把篆文以前的文字叫做古文字，把隸書以後的文字叫做近代文字。這是因爲漢字發展到隸書，文字發生很大的變化，拋棄了「隨體詰詘」的象形原則，把篆文的線條化變爲筆畫化，既便於書寫，又比較美觀。〔註78〕

〔註75〕丁福保，《說文解字詁林》，第二冊，頁151。

〔註76〕丁福保，《說文解字詁林》，第三冊，頁396。

〔註77〕丁福保，《說文解字詁林》，第十一冊，頁11。

〔註78〕何九盈、胡雙寶、張猛，《中國漢字文化大觀》（北京：北京大學出版社，1995），

　　隸書「把篆文的線條化變爲筆畫化」，其文字之筆畫演變自然相當劇烈。蓋漢隸文字之異於篆書，除了少部分是構造法則或組成元素不同之外，絕大部分是其筆畫演變軌跡互有出入所致。任平云：

漢字……由篆到隸的「隸變」是一次最爲劇烈的變化。然而即使是隸變，也是書寫體式之變，筆畫形態之變，大於字符結構之變。〔註79〕因此，研究漢代隸書之文字構成，便不能不深入探尋其筆畫演變的軌跡。

第三節　文字學與書法藝術

　　文字構成乃是文字學的研究範圍。在現今看來，文字學與書法藝術固爲兩個不同的研究領域；但是，在中國古代的書學論著中，不僅文字學對於書法藝術的重要性屢被強調；甚至根本就將文字學視爲書學的靈魂。例如——

　　一、梁・庾元威〈論書〉云：

　　　　若以「己」、「巳」莫分，「東」、「柬」相亂，則兩王妙迹，二陸高才，頃來非所用也。……余少值明師，留心字法。所以座右作午、曡字，不依義、獻妙迹，不逐陶、葛名方；作純、羮，不斅《晉書》，不循《韻集》。〔註80〕

意謂：如果「己」字與「巳」字不分，「東」字與「柬」字相混，即使是王羲之、王獻之或陸機、陸雲這樣的書法名家所寫，也不採用。而自己因受過明師調教，寫字都是以文字構成的義理來作準繩，既不一味依循書法名家的寫法，也不爲通行的字形所拘誤——依庾氏之意，從事書法藝術創作者固當「留心字法」，而非一味仿效名家或字書的寫法。

　　二、唐・李嗣眞〈書後品〉〔註81〕云：

　　　　今之馳騖，去聖逾遠，徒識方圓而迷點畫。猶莊生之歎盲者、

　　　　第十一冊，頁23。

〔註79〕任平，《說隸：秦漢隸書研究》，頁2。

〔註80〕張彥遠，《法書要錄》，卷二，頁46、48。

〔註81〕原題「書品後」，依《墨池編》、《書苑菁華》改。唐蘭則引作〈後書品〉，見：唐蘭，《中國文字學》，頁13。

易象之談日中，終不見矣！〔註82〕

意謂：當今從事書法藝術者，距離古代聖人更加久遠，只知道講究用筆的技法，而不識文字構成的義理。就像《莊子・大宗師》所謂「盲者無以與乎眉目顏色之好」，《周易・豐卦・九四》象辭所謂「日中見斗，幽不明也」，終究無法領略書道之要妙──依李氏之意，從事書法藝術創作者宜講究文字構成之義理，切忌「徒識方圓而迷點畫」。

　　三、宋・朱長文《墨池編・字學門・跋》云：

　　　　古之書者，志於義理而體勢存焉。《周官》『教國子以六書』者，惟其通於書之義理也，故措筆而知意，見文而察本；豈特點畫模刻而已！〔註83〕

意謂：古人寫字，只要明白文字構成的義理，而文字的形態自然呈現。因此《周禮》載「保氏教國子以六書」，正因為通曉了文字的義理，下筆時瞭解點畫之意義，看到文字時明白構造的原由；而不只是照樣模刻文字點畫而已──依朱氏之意，從事書法藝術創作者，宜「通於書之義理」，始能「措筆而知意，見文而察本」。

　　四、（傳）李訓〈翰林傳授隱術〉云：

　　　　夫學書者，先須識點畫去處名字，然後集其筆法；則結束得所，變通有憑。〔註84〕

意謂：學習書法，必須先認識各種點畫的來龍去脈及其名稱，再廣泛學習筆法；則寫字自然結體得當，若欲變通，亦將有所依據──依李氏之意，則在臨仿書法之前宜先涉獵文字學，將來自運時，才會做到「結束得所，變通有憑」。

　　五、元・虞集〈六書存古辨誤韻譜序〉云：

　　　　魏、晉以來，善隸書以名世者，未嘗不通六書之義；不通其義，則不得文字之情、制作之故。安有不通其義、不得其情、不本其故，

〔註82〕張彥遠，《法書要錄》，卷三，頁83。

〔註83〕朱長文，《墨池編》（杭州：浙江人民美術出版社，2012），卷一，頁35。其中：「措」字原作「楷」，依漢華文化公司出版之明萬曆刊本（臺北，1978）改。

〔註84〕陳思，《書苑菁華》，卷二十，頁768。

猶得爲善書者乎？吳興趙公之書名天下，以其深究六書也。〔註85〕

意謂：魏、晉至元代，因善寫正楷而得名的書法家，沒有不通曉六書的道理的。不通曉六書的道理，則無法掌握文字的意涵以及造字的原由。豈有不通曉六書的道理、不掌握文字的意涵、不探究造字的原由，還能成爲擅長書法的人？趙子昂的書法享譽天下，就是因爲他對於六書有極深入之研究——依虞氏之意，從事書法藝術創作者，宜「通六書之義」，始能「得文字之情、制作之故」。

六、明・張紳《法書通釋・從古篇》云：

善書者，筆跡皆有本原，偏旁俱從篆、隸。智者洞察，昧者莫聞。是以法篆則藏鋒，折搭則從隸；用筆之向背，結體之方圓，隱顯之中，皆存是道。人徒見其規模乎八法，而不知其從容乎六書。近時惟吳興趙公爲能知此；其他往往皆工點畫，不究偏旁。古法蕩然，非爲小失。〔註86〕

意謂：善於書法的人，點畫都有來歷，偏旁部首都是根據篆書與隸書。智者明白，愚者不知。因此，學篆書則懂得藏鋒用筆，如欲作折搭之筆則應仿照隸書；無論是用筆的陰陽向背，或是結體的方圓，裡裡外外都有道理。一般人只看到善於書法的人講究寫字的技法，而不知道他充分掌握六書的精髓。近代只有趙子昂能瞭解其中奧妙；其他的書法家大多只是點畫寫得精美，而不講究偏旁部首。古法蕩然無存，實在是重大的損失——依張氏之意，從事書法藝術創作者，宜「從容乎六書」，則「用筆之向背，結體之方圓」，「皆有本原」。

七、清・魯一貞、張廷相〈玉燕樓書法・一則〉云：

古人之書，有義焉，習而弗知其義，雖工弗貴也；而況無以致乎工！蓋自圖書既啓，篆、隸、八分、眞、行、草體，各有其義，雖世遠人遙，而溯厥源流，班班可考。〔註87〕

〔註85〕虞集，《元蜀郡虞文靖公道園學古錄》（臺北：京華出版社，1968），卷廿四，頁1573。其中，「善隸書以名世者」句，「者」字原缺，以意足之。

〔註86〕楊家駱主編，《明人書學論著》（臺北：世界書局，1973），《藝術叢編》第一集第三冊之二五，頁64～65。「偏旁俱從」之「旁」，原作「傍」；依下文「不究偏旁」改。

〔註87〕楊家駱主編，《清人書學論著》（臺北：世界書局，1978），《藝術叢編》第一集第

意謂：古人的書跡，其實是有道理存在；如果學習古人的書法而不知其中的道理，就算寫得再精巧也不可貴，何況沒辦法寫精巧呢！大概自從文字發明之後，篆、隸、八分、眞、行、草各種書體，都各有道理；雖然年代久遠，假如探求其發展的過程，仍然可以清晰發現──依魯氏之意，從事書法藝術創作者，宜知「篆、隸、八分、眞、行、草體，各有其義」；否則，「雖工弗貴也」。

八、清・周星蓮〈臨池管見・序〉云：

> 士先器識而後文藝，藝，末也。禮樂射御書數皆藝，而書居其末。由書而言，探制作之精，辨形聲之正，於以窮芑符，匡譌謬，上窺古聖賢之用心，志道者猶或少之；至舍意義而講字畫，遺宗旨而究標格，抑又末已！〔註88〕

意謂：讀書人應先培養器局與見識，再學文藝。文藝，乃是細末之務。禮、樂、射、御、書、數都是「藝」，而「書」排在末尾。就書法而言，探求造字的精妙，辨明正確的字形與讀音，用來推究河圖洛書，匡正世俗的謬誤，進而探尋古聖賢的心意之所在；如此這般，以道爲志的人可能還嫌不好；若是捨棄文字的理致而只計較形體之工拙，忽略主要的旨趣而只追求形式之高下，或許又更微不足道了──依周氏之意，從事書法藝術創作者，宜「探制作之精，辨形聲之正，於以窮芑符，匡譌謬，上窺古聖賢之用心」；不應「舍意義而講字畫，遺宗旨而究標格」。

九、陳其銓云：

> 研究中國書學，應該先瞭解文字的淵源。〔註89〕

上引九位先賢的共同觀點是：無論從事書法藝術之創作，或研究書法學，都必須結合文字學，才能夠獲致眞正優異之成就。蓋皆強調文字學對於書法藝術的重要性。至若：唐代張彥遠《法書要錄》、宋代朱長文《墨池編》以及清初倪濤《六藝之一錄》……等書學類書中，都收錄了大量討論字體源流與六書義理的篇章，則足爲古人將文字學

四冊之二八，頁5。

〔註88〕楊家駱主編，《清人書學論著》，《藝術叢編》第一集第四冊之四一，頁3。

〔註89〕陳其銓《中國書法概要》（臺北：中國美術出版社，1969），頁2。

視爲書學內容的明證。

　　只是，現在一般人大多認爲文字學與書法藝術不甚相關，學習書法的人只汲汲於碑帖的臨摹，對於文字構成的原由多不講究，書法藝術的發展大大地受到限制。

　　傅斯年先生云：

　　　　凡一種學問能擴張他研究的材料便進步，不能的便退步。〔註90〕

假如書學理論的研究要能夠更加發揚，書法藝術的創作要能夠更進步；那麼，就像畫家研究色彩學、運動家研究生理學一樣，書法家也應該好好地研究文字學。尤其近代以來，甲骨文、鐘鼎文的研究，已獲致了中國文字學史二千年來的空前成就；假如我們能夠從中吸取養分，則或許可以再創中國書法史的一個高峯。

　　本書旨在探索漢代隸書之文字構成；借助文字學之專業知識，針對漢代簡牘、碑刻與磚陶上之隸書——尤其寫法與現行楷書不同者，從文字構成的觀點來分析它們的類型，且嘗試歸納漢代隸書文字構成之特質及其筆畫演變之軌跡。與其說其研究性質偏向文字學，無寧說是將文字學與書法藝術結合；或者說是將書學研究的範圍恢復其舊觀，把文字學再次涵蓋進來！

〔註90〕傅斯年，〈歷史語言研究所工作之旨趣〉，《傅斯年全集》(臺北：聯經出版社，1980)，第四冊，頁257。

第二章　從秦隸至漢隸

張繼云：

> 隸書……原於先秦，孕育於秦，興於西漢，盛於東漢，魏晉始
> 被楷書取代，衰微於明，復興於清。〔註1〕

對於隸書一體之起源與發展，作了極為簡要之敘述。

　　本章針對隸書自戰國萌生至漢代成熟之發展歷程作縷述，並探討隸書之各項名稱。

第一節　隸書之起源

　　「隸書」為秦書八體之一。許慎《說文解字‧敘》云：

> 自爾秦書有八體，……八曰隸書。〔註2〕

　　針對隸書書體之產生，古代學者關注之焦點有五，包括：一、隸書書體產生的時間；二、創造隸書書體的動機：三、書體取名「隸書」之原由；四、隸書書體的創造者；五、隸書書體之字形淵源。比較重要之相關資料有以下三十條——

〔註1〕　張繼，《隸書研究》，頁1。
〔註2〕　丁福保，《說文解字詁林》，第11冊，頁901。

一、班固《漢書・藝文志》在「所謂秦篆者也」之後云：

是時始造隸書矣，起於官獄多事，苟趨省易，施之於徒隸也。

〔註3〕

二、許慎《說文解字・敘》在「所謂小篆者也」之後云：

是時秦……大發隸卒，興戍役，官獄文書繁，初有隸書以趨約易。〔註4〕

及亡新居攝，……時有六書，……四曰佐書，即秦隸書。〔註5〕

三、崔瑗〈草書勢〉云：

爰暨末葉，典籍彌繁，時之多僻，政之多權，官事荒蕪，勠其墨翰，惟作佐隸，舊字是刪。〔註6〕

四、趙壹〈非草書〉云：

蓋秦之末，刑峻網密，官書煩冗；戰攻並作，軍書交馳，羽檄分飛，故爲隸、草，趣急速耳。〔註7〕

五、蔡邕〈聖皇篇〉云：

程邈刪古立隸文。〔註8〕

六、衛恆《四體書勢》云：

或曰：下土人程邈爲衙獄吏，得罪始皇，幽繫雲陽十年，從獄

〔註3〕 班固，《漢書》（臺北：鼎文書局，1979），卷三十，頁1721。

〔註4〕 丁福保，《說文解字詁林》，第11冊，頁900～902。

〔註5〕 丁福保，《說文解字詁林》，第十一冊，頁902。段注本則將原在「三曰篆書，即小篆」後之「秦始皇帝使下杜人程邈所作也」十三字，當移往「四曰佐書，即秦隸書」之下。見：丁福保，《說文解字詁林》，第十一冊，頁936。

〔註6〕 房玄齡等，《晉書》，卷卅六，頁1066引。其中「勠其墨翰」之「勠」字，《晉書》原作「剹」，據孫岳頒等，《佩文齋書畫譜》（臺北：新興書局，1982），卷一，頁34改。按：勠，勞也；「剹」則爲刀剖，即「剹」之或體字。參見：丁福保，《說文解字詁林》，第十冊，頁1363。

〔註7〕 張彥遠，《法書要錄》，卷一，頁6。按：趙氏蓋以刑獄之「官書煩冗」爲隸書產生之原因，而「軍書交馳」則爲草書產生之原因。

〔註8〕 張懷瓘《書斷・上》引，見：張彥遠，《法書要錄》，卷七，頁203。

中作大篆，少者增益，多者損減，方者使員，員者使方，奏之始皇。

始皇善之，出以爲御史，使定書。或曰：邈所定，乃隸字也。〔註9〕

七、衛恆《四體書勢》云：

　　秦既用篆，奏事繁多，篆字難成，即令隸人佐書，曰隸字。漢

因行之，獨符、印璽、題署用篆。〔註10〕

八、酈道元《水經注·漯水》云：

　　上谷……郡人王次仲，……變倉頡舊文爲今隸書。秦始皇時，

官務繁多，以次仲所易文，簡便於事要，奇而召之。〔註11〕

九、酈道元《水經注·穀水》云：

　　孫暢之嘗見青州刺史傅弘仁說，臨淄人發古冢，得銅棺，前版

外隱爲隸字，言：「齊太公六世孫胡公之棺也」。惟三字是古，餘同

今書。證知隸自出古，非始於秦。〔註12〕

十、王僧虔〈古來能書人名〉〔註13〕云：

　　秦獄吏程邈……增減大篆體，去其繁複……名書曰「隸書」。

　〔註14〕

〔註9〕　房玄齡等，《晉書》，卷卅六，頁1062。

〔註10〕房玄齡等，《晉書》，卷卅六，頁1064。

〔註11〕酈道元，《水經注》（臺北：臺灣商務印書館，1968），卷十三，頁22。

〔註12〕酈道元，《水經注》，卷十六，頁79。「前版外」，原書作「前和外」；依張懷瓘，《書
　　　斷·上》改，見：張彥遠，《法書要錄》，卷七，頁203。

〔註13〕此篇原題「宋羊欣采古來能書人名」，下註：「齊王僧虔錄宋羊欣所撰者。」而《說
　　　郭》以爲王僧虔撰。汪汝瑮云：「謹案：僧虔啓明云：『羊欣所撰錄一卷，尋索未
　　　得。』則此所錄者，乃是僧虔自行條疏上呈之文，非即錄羊心所撰也」見：陳思，
　　　《書苑菁華》，卷八，頁320。按：據篇首王僧虔之啓，王僧虔本欲以「羊欣所撰
　　　錄」之〈古來能書人名〉一卷應齊帝之「須」，惟「尋案未得」；乃將自身「所知」
　　　「條疏上呈」。王氏所「上呈」者，乃自身「所知」，而非「羊欣所撰錄」之〈古
　　　來能書人名〉。然則此篇固當爲王僧虔所撰；加以篇中「王羲之」條下引「羊欣曰：
　　　『古今莫二。』」尤可證其非羊欣之作。唯余紹宋反以《說郭》爲誤，見：余紹宋，
　　　《書畫書錄解題》（臺北：臺灣中華書局，1980），卷一，頁27；實不可從。

〔註14〕張彥遠，《法書要錄》，卷一，頁12。

十一、庾元威〈論書〉云：

　　程邈變隸，流傳未一。〔註15〕

十二、庾肩吾〈書品論〉云：

　　尋隸體發源秦時，……始皇見而重之。〔註16〕

十三、江式〈論書表〉云：

　　於是秦……官獄繁多，以趨約易，始用隸書。……隸書者，始
　皇時衙吏下邽程邈附於小篆所作也。世人以邈徒隸，即謂之「隸書」。

　　〔註17〕

十四、虞世南〈書旨述〉云：

　　至若程邈隸體，因之罪隸，以名其書。〔註18〕

十五、李嗣眞〈書後品〉云：

　　程君首創隸則，模範煥於丹青。〔註19〕

十六、唐玄度〈論十體書〉云：

　　暨嬴氏之代，法務徑促，隸書是興。〔註20〕

十七、徐浩〈論書〉：

　　程邈變隸體，邯鄲傳楷法。〔註21〕

十八、徐浩〈古蹟記〉云：

　　自伏羲畫八卦，史籀造籀文，李斯作篆書，程邈起隸法，王次
　仲爲八分體，漢章帝始爲章草名。厥後流傳，工能間出。〔註22〕

〔註15〕張彥遠，《法書要錄》，卷二，頁48。
〔註16〕張彥遠，《法書要錄》，卷二，頁52。
〔註17〕張彥遠，《法書要錄》，卷二，頁62。
〔註18〕張彥遠，《法書要錄》，卷三，頁71。「名」本作「明」，依《墨池編》、《書苑菁華》
　　　　本改。
〔註19〕張彥遠，《法書要錄》，卷三，頁86。
〔註20〕朱長文，《墨池編》，卷一，頁17。其中，「法務徑促」之「促」，漢華公司版之《墨
　　　　池編》作「捉」；依《佩文齋書畫譜》卷一改。
〔註21〕張彥遠，《法書要錄》，卷三，頁95。
〔註22〕張彥遠，《法書要錄》，卷三，頁96。

十九、杜甫〈李潮八分小篆歌〉云：

> 大小二篆生八分。〔註23〕

二十、張懷瓘《書斷・上・隸書》云：

> 案：隸書者，秦下邽人程邈所造也。邈字元岑，始爲衙縣獄吏，得罪始皇，幽繫雲陽獄中，覃思十年，益大、小篆方圓而爲隸書三千字，奏之；始皇善之，用爲御史。以奏事繁多，篆字難成，乃用隸字。以爲隸人佐書，故名隸書。〔註24〕

廿一、杜光庭〈辨隸書所起〉云：

> 世人多以隸書始於秦時程邈者，非也。隸書之興，興於周代。當時未全行，猶與古文相參；自程邈已來，乃廢古文，全行隸體。故程邈等擅其名，非創造也。〔註25〕

廿二、林罕〈字原偏旁小說自序〉云：

> 秦政滋煩，人趨簡易，故軍政程邈變古文、大小篆作隸書。……篆者取蟲篆之形，隸者便徒隸之用。〔註26〕

廿三、黃伯思云：

> 程邈在秦雲陽獄作隸書，迺今漢碑中字是也。〔註27〕

廿四、洪适《隸釋》云：

> 秦焚書，廢古訓，而官獄多事。乃令下杜人程邈作小篆；而邈

〔註23〕彭定球等，《全唐詩》（臺北：盤庚出版社，1979），卷二二二，頁2360。

〔註24〕張懷瓘《書斷》卷上引，張彥遠，《法書要錄》，卷七，頁203。張懷瓘引述酈道元的話之後加了按語，云：「胡公者，齊哀公之弟靖胡公也；五世六公計一百餘年，當周穆王時也。又二百餘歲，至始皇之世，小篆出焉。不應隸書而效小篆也。然程邈所造，書籍共傳，酈道元之說未可憑也。」

〔註25〕陳思，《書苑菁華》，卷二十，頁764～765引。杜氏認爲「隸書之興，興於周代」，其所持之理由有二：其一，根據《左傳》「史趙算絳縣人年」之記載，而認爲「亥」在春秋之時已作隸書之形，「則春秋之時有隸書矣」；其二，根據《水經注》關於「齊太公六代孫胡公之棺也」之記載，而認爲「隸書興於周代明矣」。

〔註26〕丁福保，《說文解字詁林》，第一冊，頁513。

〔註27〕黃伯思，《東觀餘論》（臺北：漢華文化公司，1974），《法帖刊誤》卷上，〈第五雜帖〉，頁26。

復獻隸書，所以施之於徒隸，趨簡易也，亦曰「佐書」。〔註28〕

廿五、吾丘衍《學古編・合用文集品目・八》云：

秦隸者，程邈以文牘繁多，難於用篆，因減小篆為便用之法，故不為體勢。……便於佐隸，故曰隸書。〔註29〕

廿六、陸深〈論書體〉云：

程邈所上，務趨便捷，謂之隸書。〔註30〕

廿七、宋濂〈論隸書〉云：

隸與篆籀雖微有不同，疑其間出於古文之後，各以其名為家，或自業之精者相傳爾。〔註31〕

廿八、段玉裁云：

按：小篆既省改古文、大篆，隸書又為小篆之省。〔註32〕

廿九、馮武云：

此隸、楷之所以發源於小篆也，不然，而何以必要正鋒？〔註33〕

三十、包世臣〈歷下筆談〉云：

竊謂大篆多取象形，體勢錯綜；小篆就大篆減為整齊，隸就小篆減為平直。〔註34〕

以下嘗試結合歷代相關文獻與新出土之簡牘書跡，針對上述五項問題分別作討論。

〔註28〕洪适，《隸釋》（北京：中華書局，2003），〈序〉。

〔註29〕楊家駱編，《篆刻學》（臺北：世界書局，1973），第一種，吾丘衍《學古編》，卷一，頁79～80。

〔註30〕孫岳頒等，《佩文齋書畫譜》，卷二，頁61引《陸子淵書輯》。

〔註31〕孫岳頒等，《佩文齋書畫譜》，卷二，頁61引《宋學士集》。

〔註32〕《說文解字・敍》「初有隸書以趣約易，而古文由此絕矣」注，丁福保，《說文解字詁林》前引書，第十一冊，頁934。

〔註33〕此馮氏於劉有定〈論書〉：「篆直，分側。……古人學書，皆用直筆；王次仲等造八分，始有側法。」之按語。馮武，《書法正傳》（臺北：臺灣商務印書館，1975），〈纂言・上〉，頁112。

〔註34〕包世臣著、祝嘉疏證，《藝舟雙楫疏證》（臺北：華正書局，1980），〈論書一〉，頁32。

壹、隸書書體產生之時間

關於隸書書體產生之時間，歷代學者之主張可以分為三派——

其一，主張隸書產生於秦始皇帝時期，如：班固、許慎、衛恆、王僧虔、庾肩吾、江式、唐玄度、張懷瓘、洪适、吾丘衍……等人是。

其二，主張隸書產生於秦代以前，如：酈道元、杜光庭、宋濂……等人是。

其三，主張隸書產生於秦代末年，如：趙壹是。

現代學者多根據新出土之秦隸文字史料，而將隸書產生之時間定於秦始皇帝統一中國之前的戰國時代。如——

一、根據 1975 年睡虎地秦墓出土之簡牘，「正規篆文的圓轉筆道多數已經分解或改變成方折、平直的筆畫，……很多字的寫法跟正規篆文顯然不同，跟西漢的隸書則已經毫無區別，或者只有很細小的區別了」〔註 35〕睡虎地簡牘書寫之年代「估計不出戰國末年至秦代初年這段時期」，因而認定「戰國晚期是隸書形成的時期」。〔註 36〕

二、根據 1980 年四川青川戰國秦墓出土之木牘，「相當多的字，筆畫有了波磔，部件亦更趨簡化」，「在體勢上已具隸書特徵。在大篆中應作彎曲的筆畫，不少都已拉直，特別是橫畫。尾部稍有挑波之勢」。〔註 37〕青川木牘書寫之「年代為秦武王二年（前 309 年）」，因而認定「隸書的形成年代至遲在戰國後期」。〔註 38〕

三、甚至根據秦惠文王稱王（前 325 年）後之金文，如：相邦義戈、向邦樛斿戈等銘文，「已經出現了比較明顯的隸變傾向」，因而「把隸書的產生時間明確卡在戰國中期」。〔註 39〕

按：秦惠文王兩件銅戈之銘文，僅少數文字有「明顯的隸變傾向」，若因此而「把隸書的產生時間明確卡在戰國中期」，未免牽強。至於青川木牘，則其書體之異於篆書者隨處可見，包括——

〔註 35〕裘錫圭，《文字學概要》（北京：商務印書館，2003），頁 68。

〔註 36〕裘錫圭，《文字學概要》，頁 61、67。

〔註 37〕任平，《說隸：秦漢隸書研究》，頁 64、66。

〔註 38〕黃文傑，《秦漢文字的整理與研究》（北京：社會科學文獻出版社，2015），頁 7。

〔註 39〕趙平安，《隸變研究》（保定：河北大學出版社，2009），頁 9。

其一，橫畫起始處已不似晚期大篆之先由右向左逆入，再轉筆往右拉出；而是由右上斜下向左前方，再折鋒往右拉出。此自「二」、「年」、「一」、「己」、「酉」、「王」、「三」「步」、「其」、「草」、「正」……等字之橫畫起始處可以看出。

其二，畫中彎曲處已不似晚期大篆之作圓轉，而多作方折。此自「己」、「高」、「及」、「橋」、「史」、「七」……等字之畫中彎曲處可以看出。

其三，長畫終結處已不似晚期大篆之簡單提輕收尾，而出現挑波之勢。此自「己」、「大」、「其」、「民」、「尺」、「以」……等字之長畫終結處可以看出。另如：「波」字、「津」字「水」旁皆省作三短橫，已如成熟之漢隸寫法；「朔」字左下方相連兩斜曲筆畫寫作一橫；「鮮」字右旁之「羊」象羊角形之部件寫作左右兩斜畫及一橫，亦皆已明顯隸變。

因此，假如中國學者所推測無誤：青川木牘真為戰國時代秦武王二年（309B.C.）之物，〔註40〕則在秦始皇帝統一中國（221B.C.）之前 88 年，隸書早就已經產生。蓋自周威烈王廿三年（403B.C.），韓、趙、魏三家分晉，中國進入了戰國時代；慎靚王八年（307B.C.），趙武靈王改胡服騎射，作戰形式由車戰轉為騎兵戰，戰爭規模也逐漸加大。此一時期，中國境內在軍事、政治、經濟，乃至文化藝術各方面，皆產生重大改變。而秦代以後的許多新興事物，諸如：長城、郡縣制度、書同文字以及秦書八體中的隸書，也均於戰國時代發其端緒。

青川木牘之外，湖北雲夢秦墓出土的簡牘，其書寫年代約在秦統一天下前後，文字的結體更方廣，用筆的頓挫更為顯著。雲夢秦簡「與青川秦牘先後發展的軌跡是清晰可見的」。〔註41〕陳振裕云：

> 一九七五年十一月，湖北省雲夢縣睡虎地十一號墓出土有秦簡一千一百五十餘支，幾乎包括了秦代絕大多數常用字，為先秦古文字研

〔註40〕四川省博物館、青川縣文化館，〈青川縣出土秦更修田律木牘——四川青川縣戰國墓發掘簡報〉，《文物》，1982 年第 1 期，頁 13。

〔註41〕林素清，〈漢字的起源與發展〉，收於：施淑萍，《國際書法文獻展——文字與書寫》（臺中：國立臺灣美術館，2001），頁 17。

究提供了完整而系統的字形，上接甲骨文、金文，下接漢簡及東漢許慎所撰《說文解字》，成為中國文字發展史上的一個中介。〔註42〕

戰國時代所出現的隸書，應是民間流行的一種簡便書體。黃文傑云：

> 從近幾十年出土的秦文字資料來看，隸書出現的時代是戰國晚期之前，并非秦代。戰國晚期流行於民間的隸書，是一種由篆向隸轉化的字體，……是當時一種書寫便捷的俗體。〔註43〕

及秦始皇帝時，因「刑峻網密」，〔註44〕犯罪人口的比率高，相關的官獄文書自然極為浩繁；於是採用戰國以來即已流行於民間的這種「書寫便捷的俗體」，俾迅速處理大量的官獄文書。

貳、創造隸書書體的動機

關於創造隸書之動機，歷代學者之主張可以分為三派——

其一，主張因官獄文書繁多，如：班固、許慎、趙壹、唐玄度、洪适……
等人是。

其二，主張因典籍與官方文書繁多，如：崔瑗、酈道元、吾丘衍……等人
是。

其三，主張因奏章繁多，如：衛恆、庾肩吾、張懷瓘……等人是。

按：唐蘭云：

> （班固、許慎、衛恆）三家都說由於官獄多事，纔建隸書，這是倒果為因，實際是民間已通行的字體，官獄事繁，就不得不采用罷了。〔註45〕

隸書既然是先流行於戰國民間，再為秦代官方所採用，則無論主張隸書是因秦代任何一項文書繁多而創造，均不合史實。

竊以為：戰國時代之所以產生隸書，主要原因乃是「欲速」的心理。〔註46〕

〔註42〕陳振裕、劉信芳，《睡虎地秦簡文字編》（武漢：湖北人民出版社，1993，〈例言〉，
頁 1。

〔註43〕黃文傑，《秦漢文字的整理與研究》，頁 185。

〔註44〕趙壹〈非草書〉語，見：張彥遠，《法書要錄》，卷一，頁 6。

〔註45〕唐蘭，《中國文字學》，頁 165。

〔註46〕《論語‧子路》載：「子夏為莒父宰，問政。子曰：『無欲速，無見小利。欲速則

　　蓋自從春秋時代開始，各諸侯國「或力政，彊乘弱，興師不請天子，然挾王室之義，以討伐爲會盟主。政由五伯，諸侯恣行，淫侈不軌，賊臣篡子滋起矣」。〔註47〕民間則工商發達，「天下熙熙，皆爲利來；天下壤壤，皆爲利往」，〔註48〕人們的生活步調變得急速，社會上充斥著凡事求快之氛圍。《論語‧陽貨》載：

　　　　宰我問：「三年之喪，期已久矣！君子三年不爲禮，禮必壞；三
　　　　年不爲樂，樂必崩。舊穀既沒，新穀既升，鑽燧改火，期可已矣。」

〔註49〕

此時有盟誓當場寫於玉石片上之「侯馬盟書」；〔註50〕唯「侯馬盟書」之書寫，固爲「應時諭指，周於卒迫」，〔註51〕然未具備隸書之書體特徵，僅能算是草寫大篆。

　　進入戰國時代，各諸侯國「務在彊兵并敵，謀詐用而從衡短長之說起，矯稱蜂出，誓盟不信，雖置剖質，猶不能約束也」。〔註52〕生活步調較之春秋時代又更急速，整個社會少有不性急者。《孟子‧公孫丑‧上》載：

　　　　宋人有閔其苗之不長而揠之者，芒芒然歸，謂其人曰：「今日病
　　　　矣！予助苗長矣！」其子趨而往視之，苗則槁矣。天下之不助苗長
　　　　者寡矣！〔註53〕

宋國農夫揠苗的「欲速」心理，瀰漫天下，導致在書寫文字時亦力求簡便，而終於出現「已具隸書特徵」的「青川木牘」。

　　不達，見小利大事不成。』」見：何晏注，邢昺疏，《論語正義》（臺北：藝文印書館，1976），《十三經注疏》第八冊之一，卷十二，頁118。

〔註47〕司馬遷，《史記》，第一冊，卷十四，〈十諸侯二年表〉，頁509。

〔註48〕司馬遷，《史記》，第四冊，卷一百二十九，〈貨殖列傳〉，頁3256。

〔註49〕何晏注，邢昺疏，《論語正義》，卷十七，頁157。

〔註50〕里仁書局，《侯馬盟書》（臺北，1980）。

〔註51〕崔瑗〈草書勢〉，見：房玄齡等，《晉書》，卷三十六，〈衛恆傳〉，頁1066 引。其中，「周於卒迫」一句，「周」字原作「用」；依《山堂考索》改。見：章如愚，《山堂考索》（北京：中華書局，1992），卷一一，頁90。

〔註52〕司馬遷，《史記》，卷十五，〈六國表〉，頁217。

〔註53〕趙岐注，孫奭疏，《孟子正義》（臺北：藝文印書館，1976），卷三上，頁55。

參、書體取名「隸書」之原由

關於書體取名「隸書」之原由，歷代學者之主張可以分爲三派——

其一，主張因施用對象的身分而取名，如：班固、許愼、洪适……等人是。

其二，主張因書寫者的身分而取名，如：衛恆、張懷瓘、吾丘衍……等人是。

其三，主張因創造者之身分而取名，如：王僧虔、庾肩吾、江式……等人是。

按：隸書此種書體雖然產生於戰國時期，然而，「隸書」一名應當是秦代才有的。蓋戰國時期民間早已通行隸書，惟並未取名。秦代因「刑峻網密」，致官獄文書浩繁，乃採用此種書寫便捷之書體。而因爲官獄文書所記載之內容皆與囚犯徒隸有關，於是將此種書體名爲「徒隸之書」，簡稱「隸書」。

現代學者認爲：隸書在秦朝乃是「輔助」小篆的書體，〔註54〕因而推翻前賢對隸書取名之由的各種主張。任平云：

> 現代學術界持贊同意見較多的，是隸書之隸，乃「隸屬」、「輔助」之意。此說與「佐書」、「史書」之說有關。《說文解字》說王莽時隸書又名「佐書」，段玉裁《說文解字注》說「謂其法便捷，可以佐篆所不逮」。今啟功在《古代文字論稿》中說，漢代官府裡從事文書工作的官吏是書佐和史，這類人使用隸書，推廣了隸書，故而得名。裘錫圭在《文字學概要‧隸楷文字》中也認爲，「隸人佐書」用的是一種官府文書常用的簡便之體，所以「佐書」與「隸」也就有了必然聯繫。秦以小篆爲「正體」，這當然是「主」，而雖然廣泛流行卻爲俗體的隸書，當然是「從」或「隸屬」、「輔佐」的了。因此，「隸書」之「隸」的含意，以「隸屬」最說得通。徒隸之說，實在是後人附會之說。〔註55〕

任氏之說其實最爲不通，理由有二：其一，即使在秦朝隸書眞的是「佐篆所

〔註54〕張繼云：「秦朝……小篆作爲正體，隸書作爲俗體，是輔助字體。」見：《隸書研究》，頁1～2。

〔註55〕任平，《說隸：秦漢隸書研究》，頁12。

不逮」，而爲小篆的「輔助」書體；但因此而認爲隸書「隸屬」於小篆，在邏輯上實屬不通之說。其二，即使隸書眞的「隸屬」於小篆；但因此而將隸屬於小篆的這種書體稱爲「隸書」，在中國語文之用法上亦屬不通之說。

肆、隸書書體的創造者

關於隸書書體之創造者，歷代學者之主張可以分爲三派——

其一，主張隸書爲秦始皇帝時程邈所造，如：蔡邕、王僧虔、庾肩吾、江式、徐浩、張懷瓘、黃伯思、洪适、吾丘衍、陸深……等人是；只是，程邈之郡望彼此不一，或說是下杜，或說是下土，或說是下邳，或說是下邽。

其二，主張隸書爲王次仲所造，如：酈道元是。

其三，主張隸書非秦始皇帝時程邈所造，如：杜光庭是。

按：根據《說文解字敘》等歷代書學史之記載，中國文字之各種書體皆各有其創造者，如：中國最初的文字（或稱古文）乃倉頡所造，大篆乃史籀所造，小篆乃李斯等人所造，隸書乃程邈所造，章草乃史游所造，今草乃張芝所造，行書乃劉德昇所造，楷書乃王次仲所造……。

事實上，無論是中國文字或任何一種書體，大概都不是某一個人或短時期所能創造出來。以倉頡造字而言，《荀子・解蔽篇》云：

> 好書者眾矣，而倉頡獨傳者，壹也。好稼者眾矣，而后稷獨傳者，壹也。好樂者眾矣，而夔獨傳者，壹也。好義者眾矣，而舜頡獨傳者，壹也。〔註56〕

《荀子》此段話旨在強調專壹其志之重要，而以倉頡等人之事蹟，說明「好而壹之神以成」〔註57〕之道理。荀子應該認爲：在倉頡之前，中國已有文字；〔註58〕一如后稷之前已有稼穡，夔之前已有音樂，舜之前已有理義。只是倉

〔註56〕荀卿著、楊倞注、王先謙集解、久保愛增注、豬飼彥博補遺，《增補荀子集解》（臺北：蘭臺書局，1972），卷十五，頁19。

〔註57〕荀卿著、楊倞注、王先謙集解、久保愛增注、豬飼彥博補遺，《增補荀子集解》，卷十八，《荀子・成相篇》，頁7。

〔註58〕河南省舞陽縣賈湖地區出土之甲骨文，其年代距今約7000～8000年前，早於倉頡2400～3400多年，爲目前所知中國最早之文字。見：河南文物研究所，〈河南

頡等人專壹於各自喜好之工作，而精擅其業，故得以在彼此領域中流傳名聲。

中國文字固非倉頡所造，而包含隸書在內之各種書體，也都「是在經過無數人的努力、實踐的基礎上發展起來的，而絕非一兩個書家獨創之果」。〔註59〕郭沫若云：

> 秦始皇時代，官書極爲浩繁。……他准許並獎勵寫草篆，這樣就使民間所通行的草篆登上了大雅之堂，而促進了由篆而隸的轉變。程邈或許是以草篆上呈文而得到獎勵的人，但決不是最初創造隸書的人；一種字體也決不是一個人一個時候所能創造出來的。〔註60〕

因此，無論主張隸書爲程邈或王次仲所造，皆不足採信。

伍、隸書書體之字形淵源

關於隸書書體之字形淵源，歷代學者之主張可以分爲三派——

其一，主張隸書淵源於大篆，如：蔡邕、王僧虔、酈道元、宋濂……等人是。

其二，主張隸書淵源於小篆，如：江式、吾丘衍、段玉裁、馮武、包世臣……等人是。

其三，主張隸書淵源於大篆與小篆，如：張懷瓘、杜甫……等人。

按：「所謂『大篆』，即太篆，意即古老的文字，蓋爲秦代學者用以統稱先秦的各種文字之專名。而所謂『小篆』，即少篆，意即晚近的文字，蓋爲秦代學者用以指稱被始皇帝當作『書同文』的標準書體之秦系文字之專名」。〔註61〕

根據秦隸實例分析，隸書之字形當淵源於大篆。例如——

舞陽賈湖新石器時代遺址第二至第六次發掘簡報〉，《文物》，1989 年第一期，頁1～14。

〔註59〕盧中南，《楷書研究》（北京：華文出版社，2014），頁2。

〔註60〕郭沫若，《奴隸時代：古代文字之辯證的發展》，向夏，《說文解字敍講疏》，頁155引。

〔註61〕郭伯佾，《唐代楷書之二篆系統》（臺北：花木蘭文化事業公司，2018），上冊，頁32。

「大」字，青川木牘作「![大]」，其文字構造與金文之作「![大]」相同，〔註62〕而與《說文解字》小篆之作「![大]」不同。〔註63〕

「之」字，青川木牘作「![之]」，其文字構造與金文之作「![之]」相同，〔註64〕而與《說文解字》小篆之作「![之]」不同。〔註65〕

「而」字，青川木牘作「![而]」，其文字構造與金文之作「![而]」相同，〔註66〕而與《說文解字》小篆之作「![而]」不同。〔註67〕

「酉」字，青川木牘作「![酉]」，酒器中段有兩橫畫，其文字構造與甲骨文之作「![酉]」〔註68〕相同，而與《說文解字》小篆之作「![酉]」不同。〔註69〕

「封」字，青川木牘作「![封]」，其文字構造與金文之作「![封]」相同，〔註70〕而與《說文解字》小篆之作「![封]」不同。〔註71〕

「草」字，青川木牘作「草」，其下部之「甲」作若「十」，與甲骨文「甲」字之作「十」相同，〔註72〕而與《說文解字》「草」字小篆之作「![草]」不同。〔註73〕

「高」字，青川木牘作「![高]」，其文字構造與甲骨文之作「![高]」，〔註74〕以及金文之作「![高]」〔註75〕、秦篆之作「![高]」〔註76〕相同，而與《說文解字》

〔註62〕容庚，《金文編／金文續編》，《金文編》第一○・八，頁582。

〔註63〕丁福保，《說文解字詁林》，第八冊，頁919。

〔註64〕容庚，《金文編／金文續編》，《金文編》第六・一一，頁361。

〔註65〕丁福保，《說文解字詁林》，第五冊，頁999。

〔註66〕容庚，《金文編／金文續編》，《金文編》第九・一八，頁562。

〔註67〕丁福保，《說文解字詁林》，第八冊，頁273。

〔註68〕李宗焜，《甲骨文字編》，下冊，頁1028。

〔註69〕丁福保，《說文解字詁林》，第十一冊，頁792。

〔註70〕容庚，《金文編／金文續編》，《金文編》第一三・一一，頁722。

〔註71〕丁福保，《說文解字詁林》，第十冊，頁1157。

〔註72〕李宗焜，《甲骨文字編》，下冊，頁1325。

〔註73〕丁福保，《說文解字詁林》，第二冊，頁942。

〔註74〕李宗焜，《甲骨文字編》，中冊，頁740。

〔註75〕容庚，《金文編／金文續編》，《金文編》第五・三三，頁329。

〔註76〕杜浩主編，《嶧山碑》，頁8。

小篆之作「高」〔註77〕不同。

「為」字，青川木牘作「為」，其文字構造與金文之作「為」相同，〔註78〕而與《說文解字》小篆之作「為」不同。〔註79〕

「廣」字，青川木牘作「廣」，其文字構造與金文之作「廣」〔註80〕相同，而與《說文解字》小篆之作「廣」〔註81〕不同。

此外，青川木牘亦有文字構造與小篆相同者，如──

「下」字，青川木牘作「下」，其文字構造與秦權量銘之作「下」相同，〔註82〕蓋皆源自金文之作「下」。〔註83〕

「四」字青川木牘作「四」，與《說文解字》小篆之作「四」略同，〔註84〕蓋皆源自金文之作「四」。〔註85〕

「民」字青川木牘作「民」，與《說文解字》小篆之作「民」略同，〔註86〕蓋皆源自金文之作「民」。〔註87〕

「百」字青川木牘作「百」，與《說文解字》小篆之作「百」略同，〔註88〕蓋皆源自甲骨文之作「百」。〔註89〕

「脩」字，青川木牘作「脩」，其上段之「攸」與〈繹山刻石〉小篆之作「脩」相同。〔註90〕蓋皆源自金文之作「脩」。〔註91〕

〔註77〕丁福保，《說文解字詁林》，第八冊，頁105。

〔註78〕容庚，《金文編／金文續編》，《金文編》第三・一七，頁167。

〔註79〕丁福保，《說文解字詁林》，第三冊，頁961。

〔註80〕容庚，《金文編／金文續編》，《金文編》第九・一四，頁554。

〔註81〕丁福保，《說文解字詁林》，第八冊，頁105。

〔註82〕二玄社，《秦權量銘》（東京，1979），頁50。

〔註83〕容庚，《金文編／金文續編》，《金文編》第一・三，頁38。

〔註84〕丁福保，《說文解字詁林》，第十一冊，頁552。

〔註85〕容庚，《金文編／金文續編》，《金文編》第一四・一六，頁767。

〔註86〕丁福保，《說文解字詁林》，第十冊，頁254。

〔註87〕容庚，《金文編／金文續編》，《金文編》第一二・二二，頁669。

〔註88〕丁福保，《說文解字詁林》，第四冊，頁153。

〔註89〕古文字詁林編纂委員會，《古文字詁林》，第四冊，頁40引《甲骨文編》。

〔註90〕杜浩主編，《嶧山碑》，頁12。

〔註91〕容庚，《金文編／金文續編》，《金文編》第三・三五，頁202。

　　以上諸字，其文字構造固與小篆相同，然只能作為隸書與小篆同時產生之證，而非隸書源於小篆之證。

　　王壯為云：

> 隸書是繼篆書而起的字體。因為篆書太繁複，故隸書改為簡捷，所謂「篆之捷也」。不過這個篆是大篆，因程邈是秦始皇時人，故隸書之起，可說與小篆同時，其來由甚早。〔註92〕

　　蔣善國云：

> 古隸和小篆均出自大篆，在秦始皇以前古隸和小篆早已在社會上出現了。……我們看見古隸比小篆簡些，以為它完全出於小篆，把筆劃勻圓的小篆變成方正平直的古隸，其實古隸的方整是由大篆逐漸變來的，是把過去各階段隨著實物曲線畫出來的文字簡化為方正平直，古隸的整理，是跟小篆同時進行的，因而也是同時通行的。段玉裁說隸書是小篆的省體，這是不正確的。〔註93〕

　　事實上，目前所知最早的隸書青川木牘，以及最早的小篆石鼓文，皆為戰國時代之產物。秦隸與小篆蓋皆產生於戰國時代，皆衍生自大篆；二者可謂大篆之孿生子女。任平云：

> 戰國前期周秦大篆中的草率寫法已包含著隸書的因素，如果說小篆是周秦大篆的進一步發展，那麼早期隸書與小篆實際上是一個母體孕育出來的孿生子，只是早期隸書在普通人的書寫實踐中受寵而生機勃勃地發育了起來。〔註94〕

　　姜寶昌、潘景年〈隸書起源及其他〉云：

> 戰國時期，六國文字特別是楚國文字，對隸書的影響也是不可低估的。……隸書，就其總體而言，源於（至遲是）戰國時的秦篆，其中也涵容了六國（如楚國）文字的成分。〔註95〕

〔註92〕王壯為，《書法研究》（臺北：臺灣商務印書館，1979），頁14。

〔註93〕蔣善國，《漢字形體學》（北京：文字改革出版社，1959），頁166。

〔註94〕任平，《說隸：秦漢隸書研究》，頁40。

〔註95〕中國書法家協會山東分會，《漢碑研究》（濟南：齊魯書社，1990），頁217。

秦隸的字形固然淵源於大篆，唯迄於漢代，尤其是東漢，隸書之字形亦可能受到小篆之影響。此自東漢諸碑可證。故杜甫詩云「大小二篆生八分」。

第二節　秦　隸

秦隸包括戰國時代秦國隸書以及秦始皇帝統一天下之後的秦代隸書。而無論秦國或秦代之隸書，其著眼點都是爲了「苟趨省易」、「以趨約易」、「趣急速」、「務趨便捷」等實用功效。

在 1975 年睡虎地秦簡尚未出土之前，近世之人或以權量銘之書體爲秦隸或古隸。吾丘衍《學古編・合用文集品目・八》云：

　　　秦隸者，……即是秦權秦量上刻字，人多不知，亦謂之篆，誤矣。〔註96〕

權量銘率以刀鑿刻，故多方折。吾丘衍等人乃誤認爲秦隸。

中國文字到了秦代，其隸變程度較之戰國時期又更加深，此自秦代簡牘若干部首之寫法可以覘知——

1.「口」部，青川木牘「高」字作「意」，「可」字作「丂」，所從之「口」左右兩縱向筆畫之上方皆明顯超出上橫；「橋」字、「臂」字所從之「口」亦然。而秦代簡牘〈從政之經〉「可」字作「可」，〔註97〕〈隱書〉「吾」字作「吾」，〔註98〕〈算書〉丙篇「周」字作「周」，〔註99〕〈算書〉甲篇「如」字作「如」，〔註100〕〈禹九策〉「吉」字作「吉」，〔註101〕所從之「口」皆較青川木牘隸變顯著。

2.「木」部，青川木牘「橋」字作「橋」，「相」字作「相」，「木」之上方仍作二斜曲筆畫；而秦代簡牘〈醫方〉「某」字作「某」（凡五見），〔註102〕

〔註96〕吾丘衍《學古編》，卷一，頁 79～80；收於：楊家駱編，《篆刻學》第一種。

〔註97〕北京大學出土文獻所，《北京大學藏秦代簡牘書迹選粹》（北京，人民美術出版社，2014），頁 4。

〔註98〕北京大學出土文獻所，《北京大學藏秦代簡牘書迹選粹》，頁 13。

〔註99〕北京大學出土文獻所，《北京大學藏秦代簡牘書迹選粹》，頁 16。

〔註100〕北京大學出土文獻所，《北京大學藏秦代簡牘書迹選粹》，頁 30。

〔註101〕北京大學出土文獻所，《北京大學藏秦代簡牘書迹選粹》，頁 42。

〔註102〕北京大學出土文獻所，《北京大學藏秦代簡牘書迹選粹》，頁 37。

〈白囊〉「某」字作「![某]」，〔註103〕「木」之上方皆作一短橫，其隸變情形皆較青川木牘顯著。

3.「艸」部，青川木牘「草」字作「![草]」，「艸」頭仍存大篆橫向斜曲筆意；而睡虎地秦簡〈編年記〉「莊」字作「![莊]」，〔註104〕「艸」頭已作兩短橫，較青川木牘隸變顯著。

4.「辵」部，青川木牘「道」字作「![道]」（凡四見），左旁之「辵」仍似篆書；而秦代簡牘〈公子從軍〉「遠」字作「![遠]」，〔註105〕「道」字作「![道]」，〔註106〕「送」字作「![送]」，〔註107〕「辵」旁隸變較為顯著。

5.「之」字，青川木牘作「![之]」；而秦代簡牘〈從政之經〉字作「![之]」，〔註108〕〈公子從軍〉作「![之]」，〔註109〕〈泰原有死者〉作「![之]」，〔註110〕皆較青川木牘隸變顯著。

陳振裕云：

> 從書法藝術史的意義講，則秦簡文字運筆熟練，結構嚴整，風格多樣，已是成熟的隸書，大大豐富了我們對中國書法藝術史的認識。〔註111〕

如果說秦代隸書較戰國時期的隸書隸變程度更深則可；若說「秦簡文字……已是成熟的隸書」則似乎言之過早。畢竟秦代隸書——無論早期的睡虎地秦簡等，抑或晚期的龍崗秦簡牘等，除了上舉的少數文字或部首之外，大部分的文字都還處於隸書的孩童階段。

秦代在刻石或權量銘等官方正式的文書使用小篆；至於官獄文書或民間抄寫律令或日書等資料，則多採用隸書。

〔註103〕北京大學出土文獻所，《北京大學藏秦代簡牘書迹選粹》，頁56。

〔註104〕陳振裕、劉信芳，《睡虎地秦簡文字編》，頁151。

〔註105〕北京大學出土文獻所，《北京大學藏秦代簡牘書迹選粹》，頁5。

〔註106〕北京大學出土文獻所，《北京大學藏秦代簡牘書迹選粹》，頁5。

〔註107〕北京大學出土文獻所，《北京大學藏秦代簡牘書迹選粹》，頁7。

〔註108〕北京大學出土文獻所，《北京大學藏秦代簡牘書迹選粹》，頁1。

〔註109〕北京大學出土文獻所，《北京大學藏秦代簡牘書迹選粹》，頁7。

〔註110〕北京大學出土文獻所，《北京大學藏秦代簡牘書迹選粹》，頁9。

〔註111〕陳振裕、劉信芳，《睡虎地秦簡文字編》，〈例言〉，頁1。

　　傳世之秦隸書跡，主要爲簡牘上之墨書，另有少數陶製偶俑或器物上之刻畫——

一、簡　牘

1、四川青川秦牘

　　1980 年四川青川縣郝家坪第五十號戰國秦墓出土之木牘兩件，其中一件字跡模糊；另一件正反面均有墨書古隸，正面三行，一百餘字，背面四行，二十餘字。記秦武王二年（309B.C.）命丞相甘茂等修訂〈爲田律〉及相關事情。其「筆法與體式已跟篆書有了明顯的區別」，〔註112〕當是現今所知最早之隸書書蹟。現藏青川縣文化館。〔註113〕

2、甘肅天水放馬灘秦簡牘

　　1986 年甘肅天水放馬灘一號秦墓出土竹簡 461 枚，包括〈日書〉甲種 73 枚、〈日書〉乙種 381 枚以及〈志怪故事〉7 枚；另有木版地圖、紙本地圖殘片。墓葬時代約在秦王政八年（239B.C），墓中簡書的書寫年代當在墓主生前時期，即戰國晚期至秦始皇帝三十年（256～217B.C）。〔註114〕

3、湖北江陵王家臺秦簡牘

　　1993 年，湖北江陵荊州鎮郢北村王家臺 15 號秦墓出土竹簡 800 餘枚、木牘 1 枚。文字多爲墨書，內容包括〈歸藏〉、〈效律〉、〈日書〉、〈災異占〉、〈政事之常〉。其中，〈歸藏〉書體接近楚簡文字，應爲戰國末年之抄本；〈災異占〉爲小篆，可能是秦始皇帝「書同文字」後之作；〈效律〉、〈日書〉、〈政事之常〉則爲古隸，與睡虎地秦簡文字風格一致。〔註115〕

〔註112〕任平，《說隸：秦漢隸書研究》，頁 3。

〔註113〕四川省博物館、青川縣文化館，〈青川縣出土秦更修田律木牘——四川青川縣戰國墓發掘簡報〉，《文物》，1982 年第 1 期，頁 11；黃文傑，《秦漢文字的整理與研究》，頁 7。

〔註114〕甘肅省文物考古研究所、天水市北道區文化館，〈甘肅天水放馬灘戰國秦墓群的發掘〉，《文物》1989 年第二期；甘肅省文物考古研究所，《天水放馬灘秦簡》（中華書局，2009）；黃文傑，《秦漢文字的整理與研究》，頁 7～8；馬建華，《河西簡牘》，頁 1～16。

〔註115〕湖北省荊州地區博物館，〈江陵王家臺 15 號秦墓〉，《文物》，1995 年第 1 期；王明欽，〈王家臺秦墓竹簡概述〉，載《新出簡帛研究——新出簡帛國際學術研討會

4、湖北江陵揚家山秦簡

1990 年，湖北江陵揚家山 135 號秦墓出土竹簡 75 枚，簡文為墨書古隸，內容為遣冊。時代約在戰國晚期秦拔郢（278B.C.）至西漢前期。〔註116〕

5、湖北雲夢睡虎地秦簡牘

1975 年湖北雲夢睡虎地十一號秦墓出土 1167 枚竹簡，包括：〈編年記〉、〈語書〉、〈秦律十八種〉、〈效律〉、〈秦律雜抄〉、〈法律答問〉、〈封診式〉、〈為吏之道〉、〈日書〉甲乙種凡十種。四號墓出土兩件秦代木牘，其中一件正面墨書五行，249 字，背面墨書六行，可辨識 110 字；另一件下部殘缺，正面墨書五行，87 字，背面墨書五行，81 字。墓主名喜，在秦始皇時任獄吏，卒於始皇三十年（217B.C.）。這批簡牘書寫的年代，當自秦昭王廿九年至秦始皇帝三十年（278～217B.C）。〔註117〕

6、湖北雲夢龍崗秦簡牘

1989 年，湖北雲夢龍崗 6 號秦墓出土竹簡 293 枚、殘片 138 枚，約 3000 字，乃相當成熟之隸書。其內容為有關禁苑、馳道、馬牛羊、田贏等律文。另有木牘 1 枚，兩面書寫，計 38 字。墓葬年代為秦代末年，簡牘書寫年代則在秦始皇帝廿七年至秦二世三年（220～207B.C）。〔註118〕

7、湖北荊州關沮周家臺秦簡牘

1993 年，湖北荊州市沙市區關沮鄉清河村周家臺 30 號秦墓出土竹簡 381 枚、木牘 1 枚。內容為〈曆譜〉簡 130 枚、木牘 1 枚，〈日書〉簡 78 枚，〈病方〉及其他簡 73 枚。墓葬年代在秦代末年。〔註119〕

文集》（文物出版社，2004）；黃文傑，《秦漢文字的整理與研究》，頁 8～9。

〔註116〕湖北省荊州地區博物館，〈江陵揚家山 135 號秦墓發掘簡報〉，《文物》，1993 年第 8 期；黃文傑，《秦漢文字的整理與研究》，頁 9～10。

〔註117〕湖北孝感地區第二期亦工亦農文物考古訓練班，〈湖北雲夢十一座秦墓發掘簡報〉，《文物》1976 年第 9 期；《雲夢睡虎地秦墓》編寫組，《雲夢睡虎地秦墓》（文物出版社，1981）；黃文傑，《秦漢文字的整理與研究》，頁 10～11。

〔註118〕湖北省文物考古研究所、孝感地區博物館、雲夢縣博物館，〈雲夢龍崗秦漢墓地第一次發掘簡報〉，《江漢考古》1990 年第 3 期；中國文物研究所、湖北省文物考古研究所，《龍崗秦簡》（中華書局，2001）；黃文傑，《秦漢文字的整理與研究》，頁 11。

〔註119〕湖北省荊州市周梁玉橋遺址博物館，《關沮秦漢墓簡牘》（中華書局，2001）；黃文

8、湖南湘西里耶秦簡牘

2002 年六月湖南湘西土家族苗族自治州龍山縣里耶鎮 1 號井出土 38000 餘枚簡牘，多為木質。內容主要為行政管理與刑事訴訟文檔，包括政令、各級政府間往來文書、司法文書、吏員簿、物資登記和轉運、里程書等；約 20 萬字，書體絕大多數是古隸，亦有篆書，保留部分楚文字的結構與書寫特徵。其寫成年代在戰國末期秦王政廿五年至秦二世二年（222～208B.C）。〔註 120〕

2005 年，北護城壕 11 號坑出土 51 枚簡牘。〔註 121〕

9、北京大學藏秦簡牘

2010 年，北京大學接受馮燊均國學基金會捐贈一批秦簡牘，含竹簡 763 枚、木簡 21 枚、木牘 6 枚、竹牘 4 枚以及木觚 1 枚，另有有字木骰 1 枚、竹笥殘片、竹算籌與盛算籌用之圓筒。簡牘內容包括〈質日〉、〈為吏之道〉、〈交通里程書〉、算數書、數術方技書、〈製衣書〉、文學類佚書七類；書體為古隸，抄寫年代下限在秦始皇帝後期（216～214B.C）。〔註 122〕

10、湖南大學嶽麓書院藏秦簡

2002 年、2008 年，湖南大學嶽麓書院先後從香港購藏 2174 枚秦代竹簡。簡文內容包括〈質日〉、〈為吏治官及黔首〉、〈占夢書〉、〈數書〉、〈奉讞書〉、〈秦律雜抄〉、〈秦令雜抄〉；書寫年代在秦始皇帝廿七年至卅五年（220～212B.C）。〔註 123〕

傑，《秦漢文字的整理與研究》，頁 11。

〔註 120〕湖南省文物考古研究所、湘西土家族苗族自治州文物處、龍山縣文物管理所，〈湖南里耶戰國——秦代古城一號井發掘簡報〉，《文物》2003 年第 1 期；湖南省文物考古研究所，《里耶發掘報告》（嶽麓書社，2007）；黃文傑，《秦漢文字的整理與研究》，頁 11～12；張天弓，《中國書法大事年表》，頁 25。

〔註 121〕湖南省文物考古研究所，《里耶秦簡〔壹〕》（文物出版社，2012）；黃文傑，《秦漢文字的整理與研究》，頁 12。

〔註 122〕北京大學出土文獻研究所，〈北京大學新獲秦簡牘概述〉、〈北京大學新獲秦簡牘清理保護工作簡介〉，均載《北京大學出土文獻所工作簡報》總第 3 期，2010，頁 1～11；北京大學出土文獻所，《北京大學藏秦代簡牘書迹選粹》，頁 1～57；黃文傑，《秦漢文字的整理與研究》，頁 12。

〔註 123〕陳松長，〈嶽麓書院所藏秦簡綜述〉，《文物》2009 年第 3 期；朱漢民、陳松長，《嶽麓書院藏秦簡（壹）、（貳）》（上海辭書出版社，2010、2011）；黃文傑，《秦漢文

11、湖北江陵嶽山秦牘

1986 年，湖北江陵嶽山 36 號秦墓出土木牘兩枚，內容爲屬日書，主要是良日一類，與日常生活關係較爲密切，部分內容爲其他同類材料所未見。〔註 124〕

二、陶 文

1、咸陽俑，作於秦代（212～208B.C）。上有隸書「咸陽」二字，於泥胎未乾時用刀刻畫。「咸」字下部之「口」，以及「陽」字右上部，其筆順與轉折交搭處之寫法，與隸書相同，而與小篆相去甚遠。1979～1981 陝西臨潼秦始皇陵兵馬俑坑出土，秦始皇兵馬俑博物館藏。〔註 125〕

2、談留俑，作於秦代（212～208B.C）。上刻隸書「談留」二字，率意爲之。1979～1981 陝西臨潼秦始皇陵兵馬俑坑出土，秦始皇兵馬俑博物館藏。〔註 126〕

3、咸原少嬰陶片，作於秦代（212～210B.C）。陶器內壁有戳印，陰文隸書，2 行 4 字。1954 年陝西咸陽東渭城出土，陝西省博物館藏。〔註 127〕

4、新城義渠瓦，作於秦代（212～210B.C）。筒瓦上有戳印，陽文隸書，2行 4 字。1974 年陝西臨潼秦始皇陵北魚池村出土。〔註 128〕

第三節　漢代之隸書

西漢初期的隸書仍屬於古隸，唯篆書意味已不若秦隸之濃烈。張懷瓘《書斷・上・隸書》：

> 秦造隸書，以赴急速，爲官司刑獄用之，餘尚用小篆焉。漢亦因循。〔註 129〕

字的整理與研究》，頁 12～13。

〔註 124〕湖北省江陵縣文物局、荊州地區博物館，〈江陵嶽山秦漢墓〉，《考古學報》2000年第 4 期；黃文傑，《秦漢文字的整理與研究》，頁 13。

〔註 125〕劉正成，《秦漢金文陶文》，《中國書法全集》（北京：榮寶齋，1992）第九冊，頁 65。

〔註 126〕劉正成，《秦漢金文陶文》，《中國書法全集》（北京：榮寶齋，1992）第九冊，頁 65。

〔註 127〕劉正成，《秦漢金文陶文》，《中國書法全集》（北京：榮寶齋，1992）第九冊，頁 105。

〔註 128〕劉正成，《秦漢金文陶文》，《中國書法全集》（北京：榮寶齋，1992）第九冊，頁 107。

〔註 129〕張彥遠，《法書要錄》，卷七，頁 203。

至西漢中晚期，隸書始發展成熟，展現與篆書顯著之差異。黃文傑云：

> 隸書發展到西漢中晚期，已進入成熟期。其特點是點畫分明，
> 筆勢上的波磔已經確立，字的形體由長趨於扁方，由縱勢變爲橫勢，
> 書寫風格也由古樸變爲端秀。〔註130〕

進入東漢，隸書的使用範圍更加擴大。張懷瓘《書斷・上・隸書》：

> 至和帝時，賈魴撰《滂喜篇》，以《倉頡》爲上篇，《訓纂》爲
> 中篇，《滂喜》爲下篇，所謂《三倉》也，皆用隸書寫之，隸法由茲
> 而廣。〔註131〕

漢代隸書與秦隸相較，不僅篆書意味顯得淡薄、使用範圍更加擴大，其藝
術表現亦更爲豐富。蓋秦隸著重在其便捷的實用功能，漢隸則多發揮其審美價
值。林素清云：

> 由古隸而漢隸，主要在於加強波磔筆意，增添左波右磔的筆法，
> 使正方的隸書更趨扁平，這種新的美感，形成了或稱爲『八分』或
> 『漢隸』的成熟隸書。〔註132〕

若東漢碑刻隸書，則堪爲漢代書法藝術之代表。黃文傑云：

> 東漢桓帝、靈帝時期，世立碑之風盛行，據楊殿珣編著《石刻
> 題跋索引》記載，東漢時期的碑、誌、石經、題名題記、詩詞、雜
> 刻六類等共約470餘石。最能代表漢代書法藝術的還應屬那些碑刻
> 隸書。〔註133〕

蔡邕〈隸書勢〉云：

> 鳥跡之變，乃惟佐隸。蠲彼繁文，崇此簡易。厥用既弘，體象
> 有度。煥若星陳，鬱若雲布。其大徑尋，細不容髮。隨時從宜，靡
> 有常制。或穹隆恢廓，或櫛比鍼列。或砥平繩直，或蜿蜒膠戾。或
> 長邪角趣，或規旋矩折。修短相副，異體同勢。奮筆輕舉，離而不

〔註130〕黃文傑，《秦漢文字的整理與研究》，頁192。

〔註131〕張彥遠，《法書要錄》，卷七，頁203。

〔註132〕林素清，〈漢字的起源與發展〉，《國際書法文獻展——文字與書寫》，頁17。

〔註133〕黃文傑，《秦漢文字的整理與研究》，頁193。

絕。纖波濃點，錯落其間。若鍾簴設張，庭燎飛煙。嶄巖峨嵯，高

下屬連。似崇臺重宇，增雲冠山。遠而望之，若飛龍在天。近而察

之，心亂目眩。奇姿詭譎，不可勝原。嚴桑所不能計，宰賜所不能

言。何草篆之足算，而斯文之未宣。豈體大之難觀，將祕奧之不傳。

聊俯仰而詳觀，舉大較而論旃。〔註134〕

既肯定隸書之實用功能，更以大幅筆墨狀述漢隸之審美價值。

漢代隸書不只在用筆與結字等書寫風格方面有別於先前之秦隸與大小二

篆，在文字結構方面，也產生許多訛變之情形。張守節《史記正義·論字例》：

程邈變篆爲隸，楷則有常；後代作文，隨時改易。……若其……

「覺」、「學」從「與」，……「美」下爲「火」，……「惡」上安「西」，……

「離」邊作「禹」，此之等類例，直是訛字。〔註135〕

類似覺、學、美、惡、離諸字訛變之現象，多始於漢隸。

書寫風格與文字結構之雙重變化，形成所謂的「隸變」。林素清云：

除了形體上由修長到扁平，由縱勢變爲橫勢，在書寫風格上，

篆書講究勻稱圓轉，而隸書有粗有細，提頓分明。爲了適應方折筆

畫和使用便捷，在文字結構上也作了若干變化和調整，如拆散筆畫、

合併相近構形，以及簡省、訛變等等現象，可統稱爲『隸變』。於是，

隸書終於完全破壞了篆書原保留的圖畫（象形）意味，成爲符號和

線條化，這是漢字發展史上最大的變革。〔註136〕

傳世漢代隸書書跡，可以大要分爲筆寫與刻鑄兩類。「筆寫」包括書寫於絹帛、

竹木簡牘以及少量之漆器、陶器與紙上之文字；「刻鑄」包括鐫勒或範鑄之碑

石文字、金文、陶器與磚、瓦以及骨器上之文字。〔註137〕以下依此兩類，並

按年代先後，擇要簡述——

〔註134〕房玄齡等，《晉書》，卷三十六，頁1065。

〔註135〕司馬遷，《史記》，第四冊，附編，頁14。

〔註136〕林素清，〈漢字的起源與發展〉，《國際書法文獻展——文字與書寫》，頁17。

〔註137〕方傳馨將漢代隸書主要書迹分爲「墨迹」與「碑刻」兩類，見：〈《鮮于璜碑》

簡介〉，上海書畫出版社，《鮮于璜碑》，首頁。本書將其分類稍作調整，且略作

補充。

壹、筆寫類

一、帛　紙

1、馬王堆帛書

1973 年 12 月，湖南長沙馬王堆 3 號漢墓出土大量帛書，內容包括：《周易》經傳、《春秋事語》、《老子》甲、乙本、《戰國縱橫家書》、《刑德》甲、乙、丙篇、《陰陽五行》甲、乙篇、醫書、地圖等共 44 種，約 12 萬字。寫於西漢文帝十二年（168B.C.）以前。〔註138〕

2、懸泉帛紙書

1990～1992 年，甘肅敦煌懸泉置遺址出土帛書 10 件與紙文書 10 件。其中，帛書均為私人信札，隸書，計 322 字。紙文書含漢紙 9 件與晉紙 1 件，為文書殘片和藥方；字體主要為隸書，亦有草書。年代為西漢武昭時期至東漢初期。〔註139〕

二、簡　牘

1、廣州市南越國漢簡

西漢南越國木簡 100 餘枚，2004～2005 年於廣州市南越國宮署遺址出土。簡文內容主要為簿書與法律文書；文字皆墨書隸體，個別字體含有一定之篆意。其年代當為趙陀在位廿六年前後。〔註140〕

2、湖北隨州孔家坡漢簡牘

2000 年湖北省隨州市北郊孔家坡八號漢墓出土竹簡近 800 枚、木牘 4 枚，一萬餘字，墨書隸體。其中長簡約 703 枚，內容為《日書》，寫成下限為漢高祖十二年；短簡約 78 枚，約 120 字，係景帝後元二年（142B.C.）之曆日。墓主名「辟」，於漢景帝後元「二年正月壬子朔甲辰」日下葬。〔註141〕

〔註138〕張天弓，《中國書法大事年表》（上海：上海書畫出版社，2012），頁 27。

〔註139〕黃文傑，《秦漢文字的整理與研究》，頁 29、153。

〔註140〕廣州市文物考古研究所、中國社會科學院考古研究所、南越王宮博物館籌建處，〈廣州市南越國宮署遺址西漢墓簡發掘報告〉，《考古》，2006 年第三期；黃文傑，《秦漢文字的整理與研究》，頁 13～14。

〔註141〕湖北省文物考古研究所、隨州市文物局，〈隨州市孔家坡墓地 M8 發掘簡報〉，《文

3、香港中文大學文物館藏漢代簡牘

1989～1994 年，香港中文大學文物館購藏簡牘 259 枚，其中，屬於漢代者，有西漢惠帝三年（192B.C.）之〈日書〉簡 109 枚，遣冊簡 11 枚，宣帝元鳳二年（68B.C.）之奴婢廩食粟出入簿簡牘 69 枚，「河堤」簡 26 枚，東漢章帝建初四年（79A.D.）之「序寧」14 枚。〔註 142〕

4、湖北江陵高臺木牘

1990 年，湖北江陵高臺 18 號漢墓出土木牘 4 枚，其中，甲、乙、丙三牘爲江陵丞給安都丞之「告地冊」，丁木牘則爲西漢文帝前元七年（173B.C.）墓主「燕」之遣冊。〔註 143〕

5、湖南長沙馬王堆簡牘

1972 年，馬王堆 1 號漢墓出土 312 枚竹簡、48 枚木簡、49 枚木牌。竹簡爲紀載隨葬品之遣冊，下葬時間當在文景之際。〔註 144〕

1973 年 12 月，湖南長沙馬王堆 2 號、3 號漢墓出土竹簡 610 枚、木牘 10 枚，其中 410 枚爲遣冊，200 餘枚爲醫書。10 枚木牘，內容也是醫書。2 號墓之年代當在文景之際；3 號墓主是軑侯利倉的兒子，葬期爲漢文帝十二年（168B.C.）二月乙巳朔戊辰。〔註 145〕

物》2001 年第 9 期；湖北省文物考古研究所、隨州市考古隊，《隨州孔家坡漢墓簡牘》（文物出版社，2006）；張昌平，〈隨州孔家坡墓地出土簡牘概述〉，載：《新出簡帛研究》（文物出版社，2004）；黃文傑，《秦漢文字的整理與研究》，頁 14；張天弓，《中國書法大事年表》，頁 28。

〔註 142〕陳松長，《香港中文大學文物館藏簡牘》（香港：香港中文大學文物館，2001）；陳松長，〈香港中文大學文物館藏簡牘的內容與價值〉，載《新出簡帛研究》（文物出版社，2006）；黃文傑，《秦漢文字的整理與研究》，頁 14～15。此中漢代簡牘 259枚，另有戰國簡 10 枚、東晉木牘 1 枚、殘簡 8 枚、空白簡 11 枚。

〔註 143〕湖北省荊州地區博物館，〈江陵高臺 18 號墓發掘簡報〉，《文物》，1993 年第 8 期；湖北省荊州博物館，《荊州高臺秦漢墓》（科學出版社，2000）；黃盛璋，〈江陵高臺漢墓新出「告地策」、遣策與相關制度發復〉，《江漢考古》，1994 年第 2 期；黃文傑，《秦漢文字的整理與研究》，頁 15。

〔註 144〕湖南省博物館、中國科學院考古所，《長沙馬王堆一號漢墓》（北京：文物出版社，1973）；黃文傑，《秦漢文字的整理與研究》，頁 16～17。

〔註 145〕湖南省博物館、中國科學院考古所，〈長沙馬王堆二、三號漢墓發掘簡報〉，《文物》

6、廣西貴縣羅泊灣簡牘

1976 年，廣西貴縣羅泊灣 1 號西漢初期墓葬中出土木牘 5 枚、殘木簡 10 枚。其中 3 枚保存墨書文字之木牘，有題爲「從器志」一枚，正背面墨書古隸 372 字及 19 個符號；題爲「東陽田器志」2 枚。〔註 146〕

7、安徽阜陽雙古堆漢簡牘

1977 年，安徽阜陽雙古堆 1 號漢墓出土木簡 1000 多枚，木牘 3 枚。有《蒼頡篇》、《詩經》、《周易》、《年表》、《大事記》、《雜方》、《行氣》、《相狗經》、《辭賦》，大多爲碎片，難以統計完整片數。字體爲古隸，書風各異。墓主爲西漢第二代汝陰侯夏侯竈，卒於漢文帝十五年（165B.C.）。雙古堆簡牘大多書寫於西漢初年，有的可能早到秦代。〔註 147〕

8、湖北江陵張家山漢簡

1983～1984 年，湖北江陵張家山 247 號、249 號、258 號三座西漢前期墓葬中出土 1600 餘枚竹簡，其中，247 號墓出土竹簡 1236 枚，簡文內容包括〈二年律令〉、〈奏讞書〉、〈蓋廬〉、〈脈書〉、〈引書〉、〈算數書〉、曆譜、遣冊；249 號墓出土竹簡 400 枚，簡文內容與睡虎地秦簡〈日書〉大體相同；258 號墓出土竹簡 58 枚，簡文內容爲曆譜。〔註 148〕

1985 年，張家山 127 號墓出土漢簡 300 餘枚，內容爲日書。〔註 149〕

1974 年第 7 期；黃文傑，《秦漢文字的整理與研究》，頁 16～17；張天弓，《中國書法大事年表》，頁 27。

〔註 146〕廣西壯族自治區文物工作隊，〈廣西貴縣羅泊灣一號墓發掘簡報〉，《文物》，1978 第 9 期；廣西壯族自治區博物館，《廣西貴縣羅泊灣漢墓》（北京：文物出版社，1988）；黃文傑，《秦漢文字的整理與研究》，頁 17。

〔註 147〕安徽省文物工作隊、阜陽地區博物館、阜陽縣文化局，〈阜陽雙古堆西漢汝陰侯墓發掘簡報〉，《文物》1978 年第 8 期；文物局古文獻研究室、安徽省阜陽地區博物館阜陽漢簡整理組，〈阜陽漢簡簡介〉，《文物》1983 年第 2 期；黃文傑，《秦漢文字的整理與研究》，頁 17；張天弓，《中國書法大事年表》，頁 28。

〔註 148〕荊州地區博物館，〈江陵張家山三座漢墓出土大批竹簡〉，《文物》1985 年第 1 期；張家山漢墓竹簡整理小組，〈江陵張家山漢簡概述〉，《文物》1985 年第 1 期；黃文傑，《秦漢文字的整理與研究》，頁 18～19。

〔註 149〕荊州地區博物館，〈江陵張家山兩座漢墓出土大批竹簡〉，《文物》1992 年第 9 期；黃文傑，《秦漢文字的整理與研究》，頁 19。

1986 年，張家山 136 號墓出土漢簡 829 枚，內容有〈功令〉、〈却穀食氣〉、〈盜捉〉、〈宴享〉、〈七日質日〉、律令 15 種、遣冊。〔註150〕

9、湖北荊州謝家橋簡牘

2007 年，湖北荊州市沙市區關沮鄉清河村謝家橋漢墓出土竹簡 208 枚、竹牘 3 枚。竹簡內容爲遣冊，竹牘內容爲告地書。墓主葬於呂后五年（183B.C.）。〔註151〕

10、湖北雲夢大墳頭木牘

1972 年，湖北雲夢大墳頭 1 號西漢早期墓葬中出土木牘 1 枚，正背面均有墨書古隸，計 222 字，內容爲遣冊。〔註152〕

11、湖北江陵鳳凰山簡牘

1973 年，湖北江陵鳳凰山 8 號漢墓出土竹簡 176 枚，9 號漢墓出土竹簡 80 枚、木牘 3 枚，木牘有漢文帝十六年（164B.C.）的紀年；8、9 號墓之竹簡均爲遣冊。10 號墓出土竹簡 170 枚、木牘 6 枚；內容絕部分是大鄉里行政機構的文書。墓主名「偃」，大概是江陵西鄉的有秩或嗇夫。〔註153〕

1975 年，湖北江陵鳳凰山 167 號漢墓出土竹簡 74 枚，內容爲遣冊；168 號漢墓出土竹簡 66 枚、木牘 1 枚，內容爲告地冊。鳳凰山五座漢墓年代均爲西漢文帝至景帝時期，出土簡牘 140 餘枚，總字數約 4400 字。〔註154〕

〔註150〕荊州地區博物館，〈江陵張家山兩座漢墓出土大批竹簡〉，《文物》1992 年第 9 期；黃文傑，《秦漢文字的整理與研究》，頁 19。

〔註151〕王明欽、楊開勇，〈湖北荊州謝家橋 1 號漢墓考古發掘取得重要收獲〉，《中國文物報》2008 年 1 月 30 日第 2 版；荊州博物館，〈湖北荊州謝家橋一號漢墓發掘簡報〉，《文物》2009 年第 4 期；荊州博物館，《荊州重要考古發現》（文物出版社，2009）；黃文傑，《秦漢文字的整理與研究》，頁 19。

〔註152〕湖北省博物館、孝感地區文教局、雲夢縣文化館漢墓發掘組，〈湖北雲夢西漢墓發掘簡報〉，《文物》1973 年第 9 期；湖北省博物館，〈雲夢大墳頭一號漢墓〉，載《文物資料叢刊》（文物出版社，1981）第 4 輯；黃文傑，《秦漢文字的整理與研究》，頁 19。

〔註153〕長江流域第二期文物考古工作人員訓練班，〈湖北江陵鳳凰山西漢墓發掘簡報〉，《文物》1974 年第 6 期；裘錫圭，〈湖北江陵鳳凰山十號漢墓出土簡牘考釋〉，《文物》1974 年第 7 期；金立，〈江陵鳳凰山八號漢墓竹簡試釋〉，《文物》1976 年第 6 期；黃文傑，《秦漢文字的整理與研究》，頁 19～20；張天弓，《中國書法大事年表》，頁 28。

〔註154〕鳳凰山一六七號漢墓發掘整理小組，〈江陵鳳凰山一六七號漢墓發掘簡報〉，《文物》

12、湖北江陵毛家園簡牘

1986 年，湖北江陵毛家園 1 號墓出土竹簡 74 枚、木牘 1 枚，墨書漢隸。竹簡內容為遣冊，木牘題「牒書」，為告地冊。墓主下葬時間為西漢文帝十二年（168B.C.）。〔註155〕

13、湖北沙市蕭家草場漢簡

1992 年，湖北荊州市沙市區關沮鄉蕭家草場 26 漢墓出土竹簡 35 枚，墨書，計 139 字，內容為遣冊。墓主下葬時間不晚於西漢文景時期。〔註156〕

14、湖南沅陵虎溪山漢簡

1999 年，湖南沅陵縣虎溪山 1 號漢墓出土竹簡殘段 1336 段，推估原有完整簡約 800 枚，計 3 萬餘字。內容為「黃簿」241 段，其中整簡 120 枚；「日書」整簡約 500 枚，其中有許多秦漢時期歷史事件和任務之記載；「美食方」約 300 段，記錄食物的烹調製作方法。墓主吳陽，係長沙王吳臣之子，為第一代沅陵侯。下葬時間為西漢文帝後元二年（162B.C.）。〔註157〕

15、湖北雲夢睡虎地漢簡牘

2006 年，湖北雲夢睡虎地 77 號西漢墓出土簡牘 2137 枚。簡文均為隸書，內容分「質日」、「日書」、「書籍」（205 枚）、「算術」（216 枚）、「法律」（850枚）五類。墓葬時間約在文景時期。〔註158〕

16、湖北荊州印臺簡牘

2000～2004 年，湖北荊州印臺 9 座西漢墓出土竹木簡 2300 枚、木牘 60

1976 年第 10 期；紀南城鳳凰山一六八號漢墓發掘整理組，〈湖北江陵鳳凰山一六八號漢墓發掘簡〉，《文物》1975 年第 9 期；黃文傑，《秦漢文字的整理與研究》，頁 19～20；張天弓，《中國書法大事年表》，頁 28。

〔註155〕楊定愛，〈江陵毛家園 1 號西漢墓〉，載《中國考古年鑑，1987》（文物出版社，1988）；黃文傑，《秦漢文字的整理與研究》，頁 20。

〔註156〕湖北省荊州地區博物館，〈蕭家草場 26 號漢墓發掘報告〉，載：《關沮秦漢墓簡牘》（中華書局，2001）；黃文傑，《秦漢文字的整理與研究》，頁 20。

〔註157〕湖北省文物考古研究所、懷化市文物處、沅陵縣博物館，〈沅陵虎溪山一號漢墓發掘簡報〉，《文物》2003 年第 1 期；黃文傑，《秦漢文字的整理與研究》，頁 20。

〔註158〕湖北省文物考古研究所、雲夢縣博物館，〈湖北雲夢睡虎地 M77 發掘簡報〉，《江漢考古》2008 年第 4 期；黃文傑，《秦漢文字的整理與研究》，頁 21。

餘枚。內容包括文書、卒簿、曆譜、編年記、日書、律令、遣冊、器籍、告地書等。墓葬時間約在景帝時期。〔註159〕

17、山東臨沂銀雀山漢簡牘

1972 年，山東省臨沂銀雀山一號漢墓出土竹簡 4942 枚。內容有兵書《六韜》、《孫子兵法》、《孫臏兵法》、《尉繚子》和子書《管子》、《晏子春秋》、《墨子》，以及《相狗經》、《曹氏陰陽》、《風角占》、《灾異占》、《雜占》等。另有殘碎篇題木牘兩塊。二號漢墓出土竹簡 32 枚，內容爲《漢武帝元光元年曆譜》一種。一、二號墓出土之簡牘，全爲隸體墨書，非出於一人之手。墓葬年代上限爲元光元年（134B.C.），下限爲元狩五年（118B.C.）。〔註160〕

18、湖北荊州紀南松柏簡牘

2004 年，湖北荊州市紀南鎮松柏村漢墓 M1 出土木簡 10 枚、木牘 63 枚。木牘 31 枚單面墨書，26 枚雙面墨書，書體皆爲隸書，尤其「人」、「免」……等字，皆帶粗大之波尾。另 6 枚無字。木牘主要內容爲遣冊、各類簿冊、葉（牒）書、令、曆譜、「周偃」的功勞記錄、公文抄件；木簡單面墨書，應爲放置於各類木牘後面之標題。墓主周偃，下葬時間在漢武帝早期。〔註161〕

19、湖南長沙走馬樓簡牘

2003 年，湖南長沙走馬樓出土西漢簡牘萬餘枚，有文字者 2100 餘枚。乃西漢武帝長沙國劉發之子劉庸（128～101B.C.）在位時的行政文書，主要屬於司法文書，涉及漢代當時之訴訟制度、法制改革、上計制度、交通郵驛制度及長沙國的歷史、法律、職官、郡縣、疆域等諸方面。〔註162〕

〔註159〕鄭忠華，〈印臺墓地出土大批西漢簡牘〉，載：荊州博物館《荊州重要考古發現》（文物出版社，2009）；黃文傑，《秦漢文字的整理與研究》，頁21。

〔註160〕山東省博物館、臨沂文物組，〈山東臨沂西漢墓發現《孫子兵法》和《孫臏兵法》等竹簡簡報〉，《文物》1972 年第 2 期；黃文傑，《秦漢文字的整理與研究》，頁21～22；張天弓，《中國書法大事年表》，頁29。

〔註161〕荊州博物館，〈湖北荊州紀南松柏漢墓發掘簡報〉，《文物》2008 年第 4 期；朱江松，〈罕見的松柏漢代木牘〉，載：《荊州重要考古發現》（文物出版社，2009）；黃文傑，《秦漢文字的整理與研究》，頁22。

〔註162〕長沙簡牘博物館、長沙市文物考古研究所聯合發掘組，〈2003 年長沙走馬樓西漢簡牘重大考古發現〉，載：《出土文獻研究》（上海古籍出版社，2005）第 7 輯；黃

2010 年 6 月，湖南長沙市走馬樓地鐵二號線「五一廣場」工地地表下六米處發現一口漢代古井，出土簡牘近萬枚。其中木簡較完整的約 2000 枚，形制有大木簡、木牘、封檢、簽牌等。經整理，簡牘中所載記年有「永元十四年」、「永元十五年」及「永初」、「延平」等。〔註163〕

20、安徽天長西漢木牘

2004 年，安徽天長市安樂鎮紀莊村西漢墓 M19 出土木牘 34 枚，約 2500字，字體為波尾顯著之漢隸，多數帶有草寫之趣味；內容有戶口名簿、算簿、書信、木刺、藥方、禮單等。墓主謝孟，下葬時間在西漢中期偏早。〔註164〕

21、山東日照海曲漢簡

2002 年，山東日照市西郊西十里堡村西南出土竹簡 39 枚，有「天漢二年」（99B.C.）明確紀年。應為漢武帝後元二年視日簡，內容或與曆譜有關。墓葬年代約在武帝末年或昭帝時期。〔註165〕

22、北京大學藏西漢竹簡

2009 年，北京大學獲贈一批從海外回歸的西漢竹簡。完整者約 1600 枚，殘斷者 1700 餘枚，估計原有整簡數在 2300 枚以上。其中，《蒼頡篇》有 86枚，約 1300 字；〈趙正書〉51 枚，約 1500 字；《老子》280 枚，近 5300 字；〈周馴〉220 餘枚，約 5000 字；〈妄稽〉107 枚，2700 字；其他子書 31 枚；〈反淫〉59 枚，1200 餘字；數術書約 1600 枚，包括〈日書〉、〈日忌〉、〈日約〉、〈堪輿〉、〈雨書〉、〈六博〉、〈荊決〉、〈節〉多種；醫書 710 餘枚，包含 180餘種古代醫方。各篇文字之書法與書體特徵不盡相同，抄寫年代可能互有早

文傑，《秦漢文字的整理與研究》，頁 23。

〔註163〕田芳等，〈長沙走馬樓出土上萬枚東漢簡牘〉，載：《長沙晚報》2010 年 6 月 24 日
第 A08 版；黃文傑，《秦漢文字的整理與研究》，頁 23；張天弓，《中國書法大事
年表》，頁 40。

〔註164〕天長市文物管理所、天長市博物館，〈安徽天長西漢墓發掘簡報〉，《文物》2006
年第 11 期；楊以平、喬國榮，〈天長西漢木牘述略〉，載：《簡帛研究 2006》（廣西
師範大學出版社，2008）；黃文傑，《秦漢文字的整理與研究》，頁 23。

〔註165〕山東省文物考古研究所，〈山東日照海曲西漢墓（M16）發掘簡報〉，《文物》2010
年第 1 期；黃文傑，《秦漢文字的整理與研究》，頁 23。

晚；推測多數在武帝後期，下限亦不晚於宣帝，即西漢中期。〔註166〕

23、陝西西安杜陵漢牘

2001 年，陝西西安杜陵一座漢代墓葬中出土木牘一枚。文字 8 行，約 177 字。內容爲日書，有始田良日、禾良日及粟、豆、麥、稻良日等。字體爲古隸。〔註167〕

24、甘肅玉門花海漢簡

1997 年，甘肅玉門市花海漢代烽燧遺址發現木簡、削衣、木觚等共 91 枚，內容有武帝遺詔、《蒼頡篇》等。字體兼及古隸、分書與章草，書寫時間在昭帝元平元年至元帝初元年間（74～44B.C.）。〔註168〕

25、青海大通上孫家寨漢簡

1978 年，青海大通縣上孫家寨 115 號西漢晚期墓葬中出土木簡近 400 枚。內容多與軍事有關，主要是關於斬首捕虜論功拜爵之條文。蓋爲宣帝時之遺迹。〔註169〕

26、河北定縣八角廊漢簡

1973 年，河北定縣八角廊村 40 號漢墓出土大批因焚燒而炭化的竹簡，內容有《論語》、《儒家者言》、《哀公問五義》、《保傅傳》、《太公》、《文子》、《六安王朝五鳳二年正月起居記》、《日書・占卜》等八種。墨書，爲成熟的漢隸。墓主爲中山懷王劉修，卒於五鳳三年（55B.C.）。〔註170〕

〔註166〕北京大學出土文獻研究所，〈北京大學藏西漢竹書概說〉，《文物》2011 年第 6 期；北京大學出土文獻研究所，〈北京大學新獲「西漢竹書」概述〉，載《國際漢學研究通訊》第 1 輯（中華書局，2010）；黃文傑，《秦漢文字的整理與研究》，頁 23～24。

〔註167〕張銘洽、王育能，〈西安杜陵日書「農事篇」考辨〉，載：《陝西歷史博物館館刊》第 9 輯（三秦出版社，2002）；黃文傑，《秦漢文字的整理與研究》，頁 25。

〔註168〕嘉峪關市文物保管所，〈玉門花海漢代烽燧遺址出土的簡牘〉，載：《漢簡文字研究集》（甘肅人民出版社，1984）；黃文傑，《秦漢文字的整理與研究》，頁 25。

〔註169〕青海省文物考古工作隊，〈青海大通縣上孫家寨 115 號漢墓〉，《文物》1981 年第 2 期；國家文物局古文獻研究室、大通上孫家寨漢簡整理小組，〈大通上孫家寨漢簡釋文〉，《文物》1981 年第 2 期；黃文傑，《秦漢文字的整理與研究》，頁 25。

〔註170〕河北省文物研究所，〈河北定縣 40 號漢墓發掘簡報〉，《文物》1981 年第 8 期；國家文物局古文獻研究室、河北省博物館、河北省文物研究所定縣漢墓整理組〈定

27、甘肅武都趙坪村漢簡

2000 年，甘肅武都縣琵琶鄉趙坪村出土木簡 12 枚。其中，簡 10 有「陽朔元年十一月丙午」字樣，紀年明確。〔註 171〕

28、江蘇連雲港尹灣簡牘

1993 年，江蘇連雲港市東海縣溫泉鎮尹灣村西漢成帝時期的 2 號墓出土木牘 1 方。6 號漢墓出土竹簡 133 枚、木牘 23 枚，字數近 4 萬。內容包括〈襍簿〉、〈東海郡屬縣鄉吏員定簿〉、〈東海郡下轄長吏名籍〉、〈東海郡下轄長吏不在署未到官者名籍〉、〈東海郡屬吏設置簿〉、〈武庫永始四年兵車器襍簿〉、〈贈錢名籍〉、〈神龜占〉、〈六甲占雨〉、〈博局占〉、〈元延元年曆譜〉、〈借貸書〉、〈元延三年五月曆譜〉、〈君兄衣物疏〉、〈君兄繒方緹中物疏〉、〈君兄節司小物疏〉、〈名謁〉、〈元延二年視事日記〉、〈刑德行時〉、〈行道吉凶〉、〈無名氏衣物疏〉、〈神烏傳〉 21 種文獻，有隸書、章草等多種書體。該墓墓主史師饒，字君兄。〔註 172〕

29、湖北光化五座墳漢簡牘

1973 年，湖北光化縣五座墳西漢墓出土簡牘約 30 枚，僅 5 枚可見墨跡，內容似屬遣冊。〔註 173〕

30、甘肅敦煌漢簡牘

1907 年，英籍匈牙利人斯坦因在第二次中亞考察中，於敦煌西北處漢代烽隧遺址中發掘漢簡 705 枚，其中有紀年簡 166 枚，最早的是西漢武帝天漢三年（98B.C.），最晚的是東漢順帝永和二年（137A.D.）。〔註 174〕

縣 40 號漢墓出土竹簡簡介〉，《文物》1981 年第 8 期；黃文傑，《秦漢文字的整理與研究》，頁 26；張天弓，《中國書法大事年表》，頁 31。

〔註 171〕王子今、申秦雁，〈陝西歷史博物館藏武都漢簡〉，《文物》2003 年第 4 期；黃文傑，《秦漢文字的整理與研究》，頁 26。

〔註 172〕連雲港市博物館、東海縣博物館、中國社會科學院簡帛研究中心、中國文物研究所，《尹灣漢墓簡牘》（中華書局，1997）；黃文傑，《秦漢文字的整理與研究》，頁 26～27；張天弓，《中國書法大事年表》，頁 32～33。

〔註 173〕湖北省博物館，〈光化五座墳西漢墓〉，《考古學報》1976 年第 2 期；黃文傑，《秦漢文字的整理與研究》，頁 27。

〔註 174〕斯坦因著，向達譯，《斯坦因西域考古記》（臺北：臺灣中華書局，2017）；沙畹，

　　1914 年，斯坦因在第三次中亞考察中，於敦煌漢代遺址中獲木簡 168 枚。
〔註 175〕

　　1920 年，在敦煌西北古玉門關城外沙灘中出土漢簡 17 枚，內容爲屯戍之
事。〔註 176〕

　　1944 年，夏鼐在敦煌小方盤城等地獲簡 48 枚。〔註 177〕

　　1979 年 10 月，甘肅敦煌西北馬圈灣的漢塞烽隧遺址出土漢簡一千兩百
一十七枚。有詔書、奏記、律令、檄、品約、碟書、爰書、符傳、簿冊、書
札、曆譜、醫藥等。最早紀年爲元康元年（65B.C.），最晚爲王莽地皇二年。
〔註 178〕

　　1981 年 3 月，甘肅敦煌酥油土漢代烽燧遺址採集到漢簡 76 枚，內容爲詔
書、律令、日常屯戍簿冊、軍令、兵書、曆譜及其他雜簡。其中有一枚爲西漢
昭帝始元七年（80B.C.）紀年簡。〔註 179〕

　　1986～1988 年，敦煌市在文物普查中獲漢簡 137 枚，包括後坑墩 17 枚、
馬圈灣墩 4 枚、小方盤城 2 枚、臭墩子墩 2 枚、小方盤城南第一烽燧 5 枚、小
方盤城南第二烽燧 12 枚、鹽池灣墩 12 枚、小月牙湖東墩 19 枚、漢代效穀泉遺
址 64 枚、大坡墩 1 枚。〔註 180〕

　　　《斯坦因在東土耳其斯坦所獲漢文文獻》（牛津大學出版社，1913）；羅振玉、王
　　　國維，《流沙墜簡》（北京：中華書局，1993）；黃文傑，《秦漢文字的整理與研究》，
　　　頁 27；張天弓，《中國書法大事年表》，頁 43。

〔註 175〕斯坦因，《亞洲腹地考古圖記》（桂林：廣西師範大學，2004）；馬伯樂，《斯坦因
　　　第三次中亞考察中所獲漢文文書》（1953）；張鳳，《漢晉西陲木簡匯編》（上海：
　　　有正書局，1931）；黃文傑，《秦漢文字的整理與研究》，頁 27。

〔註 176〕黃文傑，《秦漢文字的整理與研究》，頁 27～28。

〔註 177〕夏鼐，〈新獲之敦煌漢簡〉，載：《考古學論文集》（科學出版社，1961）；黃文傑，
　　　《秦漢文字的整理與研究》，頁 28。

〔註 178〕甘肅省博物館、敦煌縣文化館，〈敦煌馬圈灣漢代烽燧遺址發掘簡報〉，《文物》1981
　　　年第 10 期；黃文傑，《秦漢文字的整理與研究》，頁 28；張天弓，《中國書法大事
　　　年表》，頁 34。

〔註 179〕敦煌縣文化館，〈敦煌酥油土漢代烽燧遺址出土的木簡〉，載：《漢簡研究文集》（甘
　　　肅人民出版社，1984）；黃文傑，《秦漢文字的整理與研究》，頁 28；張天弓，《中
　　　國書法大事年表》，頁 31。

〔註 180〕甘肅省文物考古研究所，《敦煌漢簡》（中華書局，1991）；黃文傑，《秦漢文字的

1990 年，敦煌市黃渠鄉清水溝漢代烽燧遺址出土漢簡一冊 27 枚、散簡 14 枚、無字素簡一捆 21 枚。敦煌市博物館也採集到漢簡數枚。內容為曆譜、符、爰書、品約、簿籍等。〔註 181〕

1990 年至 1992 年，敦煌懸泉置遺址出土木簡三萬五千多枚，有字簡二萬三千多枚，已經整理。內容多為郵驛資料和中西交通方面的資料。簡上紀年最早是武帝元鼎六年（111B.C.），最晚為東漢安帝永初元年（107A.D.）。〔註 182〕

2010 年，敦煌一棵樹漢代烽燧遺址出土簡牘 16 枚。〔註 183〕

31、甘肅和內蒙古居延漢簡

1927～1930 年，前西北科學考察團在額濟納河流域古居延舊地的烽燧遺址中發現 1 萬餘枚漢簡。其中，黃文弼 1927 年 10 月在額濟納河畔獲木簡 3 枚；1930 年 2 月在吐魯番城西獲少量蒙古文木簡；1930 年，瑞典人貝格曼在額濟納河流域古居延舊地掘獲 11000 餘枚漢簡。〔註 184〕

1972～1974 年，居延考古隊在額濟納旗內漢代肩水金關、甲渠候官（破城子）、甲渠塞第四隧遺址，掘獲簡牘 19400 枚。1976 年，在今額濟納旗布肯託尼以北地區獲 173 枚。1982 年，在甲渠候官遺址又獲 22 枚。這批簡中記年最早的是西漢武帝天漢二年（99B.C.），最晚的為東漢光武帝建武八年

整理與研究》，頁 28。

〔註 181〕敦煌市博物館，〈敦煌清水溝漢代烽燧遺址出土文物調查及漢簡考釋〉，載：《簡帛研究》第 2 輯（法律出版社，1996）；黃文傑，《秦漢文字的整理與研究》，頁 28。

〔註 182〕甘肅省文物考古研究所，〈甘肅敦煌漢代懸泉置遺址發掘簡報〉、〈敦煌懸泉漢簡內容概述〉，均載：《文物》2000 年第 5 期；黃文傑，《秦漢文字的整理與研究》，頁 28～29；張天弓，《中國書法大事年表》，頁 40。

〔註 183〕楊俊，〈敦煌一棵樹漢代烽燧遺址出土的簡牘〉，《敦煌研究》2010 年第 4 期；黃文傑，《秦漢文字的整理與研究》，頁 29。

〔註 184〕中國社會科學院考古研究所，《居延漢簡甲編》（北京：科學出版社，1959）；中國社會科學院考古研究所，《居延漢簡甲乙編》（北京：中華書局，1980）；勞榦編，《居延漢簡圖版之部》（臺北：中央研究院歷史語言研究所，1992）；勞榦編，《居延漢簡考釋之部》（臺北：中央研究院歷史語言研究所，1985）；馬先醒，《居延漢簡新編》（臺北：簡牘學會，1979）；謝桂華等，《居延漢簡釋文合校》（北京：文物出版社，1987）；黃文傑，《秦漢文字的整理與研究》，頁 29。

（32A.D.）。〔註185〕

1999 年、2000 年、2002 年，額濟納地區先後出土 1500 餘枚漢簡，主要爲西漢中期至東漢初期之物。紀年最早者爲宣帝神爵三年（59B.C.），最晚者爲光武帝建武四年。內容以行政文書居多，包括詔書、律令、科別、品約、牒書、推辟書、爰書、劾狀、各類簿籍；另有〈九九術〉、干支表、各種形式之曆譜、醫藥方以及〈蒼頡篇〉等殘簡。其書體則有古隸、八分、章草與行書。〔註186〕

32、新疆羅布泊漢簡（默得沙爾木簡）

1930 年黃文弼在羅布泊沙漠的默得沙爾發現木簡 71 枚，其中有西漢黃龍（49B.C.）、元延（12～9B.C.）年號。因出土地點接近所謂樓蘭遺址，故亦稱「樓蘭漢簡」。〔註187〕

33、江蘇儀徵胥浦簡牘

1984 年，江蘇揚州市儀徵縣胥浦 101 號漢墓出土竹簡 17 枚、木牘 2 枚、木觚 1 枚。內容爲「先令券書」何賀山錢購贈記錄衣物券等，乃墓主臨終之遺囑、記錢物賬簿。下葬時間爲西漢平帝元始五年（5A.D.）。〔註188〕

34、武威旱灘坡簡牘

1972 年，甘肅武威城郊西南旱灘坡東漢墓出土醫藥簡牘，共 92 枚，其中

〔註185〕甘肅省文物考古研究所、甘肅省博物館、文化部古文獻研究室、中國社會科學院歷史研究所，《居延新簡——甲渠候官與第四燧》（文物出版社，1990）；甘肅省文物考古研究所、甘肅省博物館、文化部古文獻研究室、中國社會科學院歷史研究所，《居延新簡——甲渠候官》（中華書局，1994）；甘肅簡牘保護研究中心等，《肩水金關漢簡（壹）》（中西書局，2011）；甘肅簡牘保護研究中心等，《肩水金關漢簡（貳）》（中西書局，2012）；黃文傑，《秦漢文字的整理與研究》，頁 29～30；張天弓，《中國書法大事年表》，頁 34。

〔註186〕內蒙古自治區文物考古研究所等，《額濟納漢簡》（廣西師範大學出版社，2005）；黃文傑，《秦漢文字的整理與研究》，頁 29～31。

〔註187〕林梅村，《樓蘭尼雅出土文書》（文物出版社，1985）；黃文傑，《秦漢文字的整理與研究》，頁 31；張天弓，《中國書法大事年表》，頁 32。

〔註188〕揚州博物館，〈江蘇儀徵胥浦 101 號西漢墓〉，《文物》1987 年第 1 期；黃文傑，《秦漢文字的整理與研究》，頁 21。

木簡 78 枚，木牘 14 枚。用隸書或章草書寫。墓葬年代在東漢早期，大約是光武帝或稍後的明帝、章帝時期。〔註 189〕

1989 年，甘肅武威旱灘坡東漢墓出土木簡 16 枚，內容爲〈王杖令〉，係關於盜、蟲災之律令。〔註 190〕

35、甘肅武威磨咀子漢簡

1959 年，甘肅武威市磨咀子 6 號東漢墓，出土《儀禮》簡 469 枚，其他日忌襍占簡 11 枚。《儀禮》簡分三種：甲本木簡 398 枚，包括《士相見》、《服傳》、《特牲》、《少牢》、《有司》、《燕禮》、《泰射》七篇。乙本木簡 37 枚，僅《服傳》一篇。丙本竹簡 34 枚，僅《喪服》一篇。〔註 191〕

同年，在磨咀子 18 號東漢墓出土王杖詔令木簡 10 枚，稱爲「王杖十簡」。簡文記東漢永平十五年（72A.D.）幼伯受到王杖事，錄有西漢宣帝本始二年（72B.C.）和成帝建始二年（31B.C.）詔令。〔註 192〕

1981 年，又徵集 26 枚簡，內容爲王杖詔令書兩冊，據說亦出土於磨咀子18 號漢墓。〔註 193〕

36、甘肅永昌水泉子漢簡

2008 年，甘肅金昌市永昌縣水泉子漢墓 M5 出土相對完整的木簡 700 多枚（片），連同殘損嚴重的殘片共 1400 餘枚（片）。內容有七言本《倉頡篇》

〔註 189〕甘肅省博物館、甘肅省武威縣文化館，〈武威旱灘坡漢墓發掘簡報——出土大批醫藥簡牘〉，《文物》1973 年第 12 期；甘肅省博物館、甘肅省武威縣文化館，《武威漢代醫簡》（文物出版社，1975）；黃文傑，《秦漢文字的整理與研究》，頁 31～32；張天弓，《中國書法大事年表》，頁 40。

〔註 190〕武威地區博物館，〈甘肅武威旱灘坡東漢墓〉，《文物》1993 年第 10 期；黃文傑，《秦漢文字的整理與研究》，頁 32。

〔註 191〕甘肅省博物館，〈甘肅武威磨咀子 6 號漢墓〉，《考古》1960 年第 5 期；甘肅省博物館，〈甘肅武威磨咀子漢墓發掘〉，《考古》1960 年第 9 期；黃文傑，《秦漢文字的整理與研究》，頁 32；張天弓，《中國書法大事年表》，頁 35。

〔註 192〕甘肅省博物館、中國科學院考古研究所，《武威漢簡》（文物出版社，1994；中華書局，2005）；黃文傑，《秦漢文字的整理與研究》，頁 32；張天弓，《中國書法大事年表》，頁 35。

〔註 193〕武威博物館，〈武威新出土王杖詔令冊〉，載：《漢簡研究文集》（甘肅人民出版社，1984）；黃文傑，《秦漢文字的整理與研究》，頁 32。

與日書等，另有「本始二年」（72B.C.）簡 1 枚。《倉頡篇》的書體爲由篆到隸的古隸，日書簡則爲標準漢隸。〔註 194〕

37、甘肅甘谷漢簡

1971 年 12 月，甘肅天水市甘谷縣渭陽鄉劉家岔漢墓出土木簡 23 枚，每簡隸書兩行，約六十字，計九百四十六字。各簡編連成冊，先編後寫，編繩兩道。內容爲東漢桓帝延熹元年（158A.D.）宗正卿劉櫃所上奏書，以及皇帝所頒詔書。〔註 195〕

38、湖南長沙東牌樓漢簡牘

2004 年，湖南長沙東牌樓 7 號古井出土東漢簡牘 426 枚，其中，有字簡牘 218 枚，其形制可分爲木簡、木牘、封檢、名刺、簽牌以及異形簡六類。爲東漢靈帝時期之物，紀年簡最早爲建寧四年（171A.D.），最晚爲中平三平（186A.D.）。內容主要是長沙郡與臨湘郡通過郵亭收發的公私文書，包括公文、私信、雜文書（事目、戶籍、名刺、券書、簽牌、雜賬）、習字等類；書體則篆、隸、草、行、楷皆備。〔註 196〕

39、湖南張家界古人堤漢簡牘

1987 年，湖南張家界古人堤遺址出土漢代木簡牘 90 枚，破損嚴重。內容包括漢律、醫方、官府文書、書信、禮物謁、曆日表及九九乘法表等。〔註 197〕

三、漆　器

1、1951～1952 年，湖南長沙灣 M401 出土漆盤，在外壁近底處有金黃色漆書「楊主家盤」4 字。在該墓 20 公尺附近、長沙王后墓出土的漆盤，有隸書

〔註 194〕甘肅省文物考古研究所，〈甘肅永昌水泉子漢墓發掘簡報〉，《文物》2009 年第 10 期；張純良、吳荭，〈水泉子漢簡初識〉，《文物》2009 年第 10 期；黃文傑，《秦漢文字的整理與研究》，頁 32。

〔註 195〕張學正，〈甘谷漢簡考釋〉，載：《漢簡研究文集》（甘肅人民出版社，1984）；黃文傑，《秦漢文字的整理與研究》，頁 33；張天弓，《中國書法大事年表》，頁 46。

〔註 196〕長沙市文物考古研究所，〈長沙東牌樓 7 號古井（J7）發掘簡報〉，《文物》2005 年第 12 期；長沙市文物考古研究所、中國文物研究所，《長沙東牌樓東漢簡牘》（文物出版社，2006）；黃文傑，《秦漢文字的整理與研究》，頁 33。

〔註 197〕湖南省文物考古研究所、中國文物研究所，〈湖南張家界古人堤遺址與出土簡牘概述〉，《中國歷史文物》2003 年第 2 期；黃文傑，《秦漢文字的整理與研究》，頁 33。

「楊主家盤」及「今長沙王后家盤」字樣。〔註198〕

2、1972 年，湖南長沙馬王堆 M1 出土的 128 號盤，內底漆書「君幸食」三字，外底朱書「九升」二字，外壁近底處朱書「軑侯家」三字；另，213 號巵，器外底朱書「二升」二字，器內則黑漆書「君幸酒」三字。其字體均為隸書。〔註199〕

3、1979 年，江蘇邗江縣胡場 M1 出土一件大漆案案底中部朱漆隸書「千秋」兩字。M2 出土 2 件漆杯，其中一件底部紅漆隸書「大張」兩字。〔註200〕

4、1985 年，江蘇邗江縣楊壽鄉寶女墩新莽墓 M104 出土的漆案、盤、杯上均有朱漆書「中官」二字；一件勺首內褐漆隸書「服食官」三字。〔註201〕

5、1982～1986 年，山西朔縣 7M68 出土的漆皮殘片，上有隸書「元延元年十月□□作」等字。〔註202〕

6、1990 年，江蘇盱眙縣東陽鄉小雲山一號漢墓出土大量漆器，分別以朱漆書寫「壽萬歲宛樂未央人符（富）貴」等銘文。其字體均為隸書。墓葬年代約在漢武帝元狩五年之前。〔註203〕

7、1991～1992 年，安徽天長縣三角圩 M19 出土漆杯，上有朱書或墨書「桓安」、「桓樂」等隸字。M1 出土的漆案，有 4 件背面均朱書漢隸「大桓」二字。〔註204〕

〔註198〕中國科學院考古研究所，《長沙發掘報告》，科學出版社，1957；黃文傑，《秦漢文字的整理與研究》，頁 155。

〔註199〕湖南省博物館、中國科學院考古研究所，《長沙馬王堆一號漢墓》，文物出版社，1973；黃文傑，《秦漢文字的整理與研究》，頁 155。

〔註200〕揚州博物館、邗江縣文化館，〈江蘇邗江縣胡場漢墓〉，《文物》1980 年第 3 期；黃文傑，《秦漢文字的整理與研究》，頁 155。

〔註201〕揚州博物館、邗江縣圖書館，〈江蘇邗江縣楊壽鄉寶女墩新莽墓〉，《文物》1991年第 10 期；黃文傑，《秦漢文字的整理與研究》，頁 156。

〔註202〕平朔考古隊，〈山西朔縣秦漢墓發掘簡報〉，《文物》1987 年第 6 期；黃文傑，《秦漢文字的整理與研究》，頁 156。

〔註203〕盱眙縣博物館，〈江蘇東陽小雲山一號漢墓〉，《文物》2004 年第 5 期；黃文傑，《秦漢文字的整理與研究》，頁 156。

〔註204〕安徽省文物考古研究所、天長縣文物管理所，〈安徽天長縣三角圩戰國西漢墓出土文物〉，《文物》1993 年第 9 期；黃文傑，《秦漢文字的整理與研究》，頁 156。

8、2002 年,江蘇宿遷市泗陽縣三莊鄉陳墩出土之小漆盤 13 件,其底部正中皆有漆書隸字「張氏」或「張」。該墓年代爲西漢昭、宣時期。〔註205〕

9、2004 年,安徽天長市安樂鎮紀莊村西漢墓 M19 出土多件漆器,其中漆盤 14 件,內壁一側均墨書草隸「謝子翁」三字;漆耳杯 24 件,內底亦均墨書草隸「謝子翁」三字。該墓年代爲西漢中期偏早。〔註206〕

10、2005 年,湖南望城縣星城鎮銀星村風篷嶺漢墓出土 61 件漆(木)器,其中 3 件漆盤外壁下腹朱書「張姬榜案」4 字;4 件耳杯外壁腹部與底結合處朱書「長沙王后家杯」6 字。該墓年代爲東漢光武帝建武十三年(37A.D)。〔註207〕

11、2008 年,甘肅金昌市永昌縣水泉子漢墓 M5 出土之一件圓形漆盒,內有墨書漢隸「大王」二字;另一件耳杯底部有墨書漢隸「張」字。該墓年代爲東漢中期以後。〔註208〕

四、陶　文

1、永壽二年瓶,東漢桓帝永壽二年(156A.D.)造。朱文隸書題記,20 行 209 字。唯第一行「永壽年」3 字明顯有隸書雁尾,其餘各字則爲行書。1941 年西安出土,現藏日本書道博物館。〔註209〕

2、陳刻敬瓶,一稱「熹平元年陶瓶題記」,東漢靈帝熹平元年(172A.D.)造。環繞瓶身朱書題紀,13 行 101 字;書體界於隸書與行書間。1914 年西安出土。〔註210〕

〔註205〕江蘇泗陽三莊聯合考古隊,〈江蘇泗陽陳墩漢墓〉,《文物》2007 年第 7 期;黃文傑,《秦漢文字的整理與研究》,頁 156。

〔註206〕天長市文物管理所、天長市博物館,〈安徽天長西漢墓發掘簡報〉,《文物》2006年第 11 期;黃文傑,《秦漢文字的整理與研究》,頁 156。

〔註207〕長沙市文物考古研究所、望城縣文物管理局,〈湖南望城風篷嶺漢墓發掘簡報〉,《文物》2007 年第 12 期;黃文傑,《秦漢文字的整理與研究》,頁 157。

〔註208〕甘肅省文物考古研究所,〈甘肅永昌水泉子漢墓發掘簡報〉,《文物》2009 年第 10期;黃文傑,《秦漢文字的整理與研究》,頁 157。

〔註209〕劉正成,《秦漢金文陶文》,《中國書法全集》第九冊,頁 85～86。

〔註210〕劉正成,《秦漢金文陶文》,《中國書法全集》第九冊,頁 98;張天弓,《中國書法大事年表》,頁 49。

貳、刻鑄類

一、骨　器

1、未央宮骨簽

1986 年春在未央宮中央官署遺址出土了五萬七千餘片刻字骨簽，計數十萬字，以古隸、分書和草隸契刻，多數學者認為是各郡國工官向中央貢進器物的檔案記錄，也有少數學者認為是骨質弓餌。〔註211〕

2、漢長安城城牆西南角遺址出土骨簽

2002 年，西漢長安城城牆西南角遺址出土骨簽 2 件，其中一件有刻文 3 行，右數第一行可識「河南」等字，應為河南工官類骨簽。〔註212〕

3、六博棋骨質棋子

2006 年，江蘇徐州黑頭山西漢劉慎墓出土六博棋棋盤、骨質棋子和骨算籌。六博棋兩套，一套 12 枚，一套 6 枚，皆兩面陰刻文字，包括「青龍」、「小歲」、「德」、「皇德」、「司陳」、「白虎」。墓葬年代在西漢早期後段。〔註213〕

二、碑　刻

1、〈黃腸石題字〉〔註214〕，疑為哀王劉髆（97～87B.C.）墓中物。〔註215〕有題刻及朱書共 31 塊。其中陰刻 17 塊（封門石），朱書 14 塊（後室頂蓋石），最多 32 字，最少 1 字。1977 年山東省鉅野縣紅土山漢墓出土，現存鉅野縣文館所。

2、〈揚量買山記〉，一稱「巴州民楊量買山記」，〔註216〕或「楊量買山地

〔註211〕張天弓，《中國書法大事年表》，頁 27。

〔註212〕中國社會科學院考古研究所漢長安城工作隊，〈西安市漢長安城城牆西南角遺址的鑽探與試掘〉，《考古》2006 年第 10 期；黃文傑，《秦漢文字的整理與研究》，頁 158。

〔註213〕徐州博物館，〈江蘇徐州黑頭山劉慎墓發掘簡報〉，《文物》2010 第 11 期；黃文傑，《秦漢文字的整理與研究》，頁 158。

〔註214〕張天弓，《中國書法大事年表》，頁 31。

〔註215〕張天弓，《中國書法大事年表》，頁 31。

〔註216〕袁維春，《秦漢碑述》（北京：新華書店，1990），頁 56，引王壯弘，《增補校碑隨筆》。此件「揚」字，趙之謙題記及諸家著錄皆作「楊」；唯詳審拓本，揚量之姓字實从手，不从木。按：《漢書》卷八十七〈揚雄傳〉載，揚雄之祖先揚季於武帝

記」，﹝註217﹞或「楊量買山地刻石」，﹝註218﹞西漢宣帝地節二年（68B.C.）刻。
凡 5 行，27 字。乃揚量之「買地莂」。﹝註219﹞清道光年間於四川郫縣出土，
移湖州；咸豐十年（1860A.D）毀於火。趙之謙、葉昌熾、羅振玉目爲僞刻。

　　3、〈魯孝王刻石〉，﹝註220﹞一稱「五鳳二年殘字」，﹝註221﹞或「五鳳二年石
刻」，﹝註222﹞或「魯孝王石刻」，﹝註223﹞或「五鳳刻石」，﹝註224﹞或「魯孝王泮
池刻石」，﹝註225﹞或西漢宣帝五鳳二年（56B.C.）刻。凡 3 行，13 字。記魯靈
光殿完工之年月，金章宗明昌二年（1191A.D.）於山東曲阜孔廟太子釣魚池出
土，現存孔廟大成殿東廡。

　　4、〈甘泉山刻石殘字〉，﹝註226﹞一稱「甘泉山漢刻殘字」，﹝註227﹞或「甘泉
山石刻殘字」，﹝註228﹞或「廣陵中殿石題字」，﹝註229﹞或「江都厲王墓石題字」，
﹝註230﹞西漢宣帝五鳳四年（54B.C.）以後刻，﹝註231﹞蓋爲西漢厲王劉胥冢石。

元鼎年間（116～118B.C）避仇自巴郡江州縣邊蜀郡郫縣，自季至雄，前後五世。
而〈揚量買山記〉之出土地點恰在郫縣，其刻石年代又處於季與雄之間。然則，
揚量或爲揚季之後代，亦未可知。至於王先謙《漢書補注》謂揚雄姓字本从木，
不从手；據〈揚量〉一石觀之，王說恐不足信。

﹝註217﹞梁披雲等，《中國書法大辭典》（香港：書譜出版社，1984），下冊，頁 1049。

﹝註218﹞張天弓，《中國書法大事年表》，頁 31。

﹝註219﹞葉昌熾，《語石》（臺北：臺灣商務印書館，1976），卷五，頁 182。

﹝註220﹞方若，《校碑隨筆》（臺北：廣文書局，1981），頁 3。

﹝註221﹞孫承澤，《庚子銷夏記》（臺北：漢華文化事業公司，1971），卷五，頁 207。或曰：
　　　　「此刻……文甚完具，孫北海以爲殘字者，非也。」見：翁方綱，《兩漢金石記》
　　　　（臺北：台聯國風出版社，1976），上冊，卷七，頁 383。

﹝註222﹞翁方綱，《兩漢金石記》，上冊，卷七，頁 379。

﹝註223﹞王昶，《金石萃編》（西安：陝西人民美術社，1990），第一冊，卷五，頁 1。

﹝註224﹞梁披雲等，《中國書法大辭典》，下冊，頁 1050；袁維春，《秦漢碑述》，頁 58，引
　　　　王壯弘，《增補校碑隨筆》。

﹝註225﹞袁維春，《秦漢碑述》，頁 58。

﹝註226﹞袁維春，《秦漢碑述》，頁 62，引王壯弘，《增補校碑隨筆》。

﹝註227﹞王昶，《金石萃編》，第一冊，卷五，頁 8。

﹝註228﹞梁披雲等，《中國書法大辭典》，下冊，頁 1050。

﹝註229﹞袁維春，《秦漢碑述》，頁 62，引王壯弘，《增補校碑隨筆》。

﹝註230﹞袁維春，《秦漢碑述》，頁 62。

石爲三截，每截各存 3 字至 4 字不等。清嘉慶十年（1806A.D.）阮元於江蘇甘泉山惠照寺階下發現，遂歸於縣孔廟。

5、〈朱博殘碑〉，[註232] 西漢河平年間（28～25B.C.）刻，乃「琅琊太守朱博之頌德碑」。[註233] 存 10 行，39 字。[註234] 清光緒元年（1875A.D.）於山東青州東武（今諸城縣）故城出土，爲諸城尹彭壽所得。

6、〈治河刻石〉，[註235] 西漢宣帝黃龍元年（49B.C.）刻，適改元，唯此件仍沿稱「甘露」而未改用「黃龍」。

7、〈麃孝禹刻石〉，[註236] 一稱「麃孝禹碑」，[註237] 西漢成帝河平三年（26B.C.）刻。凡 2 行，15 字。清同治九年（1870A.D.）於山東平邑縣出土，現存濟南市山東省博物館。李文田、康有爲以爲偽刻。

8、〈萊子侯刻石〉，[註238] 一稱「萊子侯封田刻石」，[註239] 或「萊子侯贍族戒石」，[註240] 或「天鳳刻石」，[註241] 新莽天鳳三年（16A.D.）刻。凡

[註231] 此件阮元謂「考其時當在五鳳後四年」，見：王昶，《金石萃編》，第一冊，卷五，頁 8，引阮氏跋。唯或謂「趙之謙曾見初拓之完本，有『元鳳』二字，則近人大多以爲石是漢昭帝元鳳二年所刻」。見：袁維春，《秦漢碑述》，頁 63。按：廣陵屬王劉胥，爲漢武帝之子，五鳳四年坐詛上自殺。見：班固，《漢書》，卷十四，《諸侯王表第一》，頁 419。若〈甘泉山刻石〉果爲劉胥之墓石，則其年代自當以阮元所考爲是；若石上眞有「元鳳」二字，則此件定非劉胥之墓石。

[註232] 方若，《校碑隨筆》，頁 3；梁披雲等，《中國書法大辭典》，下冊，頁 1051；袁維春，《秦漢碑述》，頁 59。

[註233] 袁維春，《秦漢碑述》，頁 59，引匡源之跋語。

[註234] 方若，《校碑隨筆》，頁 3 載有〈朱博殘碑〉釋文。

[註235] 張天弓，《中國書法大事年表》，頁 32。

[註236] 梁披雲等，《中國書法大辭典》，下冊，頁 1050；張天弓，《中國書法大事年表》，頁 32。

[註237] 方若，《校碑隨筆》，頁 3；袁維春，《秦漢碑述》，頁 61。

[註238] 梁披雲等，《中國書法大辭典》，下冊，頁 1051；袁維春，《秦漢碑述》，頁 66，引王壯弘，《增補校碑隨筆》。

[註239] 袁維春，《秦漢碑述》，頁 66。

[註240] 袁維春，《秦漢碑述》，頁 66，「贍」字誤作「瞻」。

[註241] 袁維春，《秦漢碑述》，頁 66。

7 行，35 字。記萊子侯爲宗族修墳之日期及所使用之人力。〔註242〕清乾隆年間於山東鄒縣西曹社臥虎山出土，嘉慶廿二年（1817A.D.）顏逢甲等於石右側刻題記三行；現藏山東省鄒縣博物館。

9、〈三老諱字忌日記〉，〔註243〕一稱「三老諱忌字日記」，〔註244〕東漢光武帝建武廿八年（52A.D.）以後數年內刻。碑高90.5公分，寬45公分。石中刻有豎線，線右分爲四截，第一截 4 行，22 字；第二截 6 行，46 字；第三截 6 行，38 字；第四截 6 行，29 字。線左 3 行，82 字。全石凡 217 字。清咸豐二年（1852A.D.）於浙江省餘姚縣客星山下出土，現存杭州西泠印社。

10、〈開通褒斜道刻石〉，〔註245〕一稱「鄐君開石門刻字」，〔註246〕或「開通褒斜道石刻」，〔註247〕或「鄐君開通褒斜道摩崖」，〔註248〕或「鄐君開通褒斜道摩崖刻石」，〔註249〕或「開通褒斜道摩崖」〔註250〕，東漢明帝永平九年（66A.D.）刻。〔註251〕石寬 438 公分。凡 16 行，行 5 至 11 字不等，共 154 字。在陝西褒城（今勉縣）北石門谼谷道，宋紹熙末年（1194A.D.）發現。1971 年修褒河水庫，鑿遷於漢中市博物館。

〔註242〕〈萊子侯刻石〉有「萊子侯爲支人爲封」句，按：「支」當如《詩‧大雅‧文王》「文王孫子，本支百世」之「支」，作「支子」解；見：毛亨傳、鄭玄箋、孔穎達疏，《毛詩正義》，卷十六之一，頁 534。「封」當如《易‧繫辭》「不封不樹」之「封」，作「積土爲墳」解；見：王弼、韓康伯注，孔穎達等正義，《周易正義》，卷八，頁 168。

〔註243〕方若，《校碑隨筆》，頁 3；梁披雲等，《中國書法大辭典》，下冊，頁 1052；高文，《漢碑集釋》（開封：河南大學出版社，1997），頁 1。

〔註244〕袁維春，《秦漢碑述》，頁 70，引王壯弘，《增補校碑隨筆》。所謂「諱忌字日」，當係「諱字忌日」之誤。

〔註245〕梁披雲等，《中國書法大辭典》，下冊，頁 1053；張天弓，《中國書法大事年表》，頁 36。

〔註246〕翁方綱，《兩漢金石記》，下冊，卷十三，頁 723。

〔註247〕王昶，《金石萃編》，第一冊，卷五，頁 3。

〔註248〕方若，《校碑隨筆》，頁 4。

〔註249〕袁維春，《秦漢碑述》，頁 76，引王壯弘，《增補校碑隨筆》；張天弓，《中國書法大事年表》，頁 36。

〔註250〕高文，《漢碑集釋》，頁 6。

〔註251〕或作「永平六年」刻，見：方若，《校碑隨筆》，頁 4。

11、〈姚孝經墓志〉，〔註252〕東漢明帝永平十六年（73A.D.）刻，磚高 40 公分，寬 40 公分。凡 6 行，行 6 至 8 字不等，計 38 字。1990 年河南偃師市城關鎮出土，現藏河南偃師商城博物館。

12、〈大吉兄弟買山記〉，一稱「大吉買山地記刻石」，〔註253〕或「大吉買山地記摩崖」，〔註254〕東漢章帝建初元年（76A.D.）刻。上 2 字，下 5 行，行 4 字，凡 22 字，字大盈尺。乃大吉兄弟之「買地莂」。或作「大吉山買地摩崖」，〔註255〕非。在浙江紹興跳山，清道光三年（1823A.D.）縣人杜春生發現。

13、〈建初元年十月造崖墓題記〉，〔註256〕東漢章帝建初元年（76A.D.）刻。1984 年於四川青神縣瑞豐鎮黃葛村崖墓內發現。

14、〈侍廷里父老僤買田約束石券〉，〔註257〕一稱「漢侍廷里父老僤買田約束石券」，〔註258〕東漢章帝建初二年（77A.D.）刻。石高 11.4 公分，寬 80 公分。凡 12 行，每行字數不等，共 213 字。乃侍廷里居民廿五人所成立「父老僤」之組織章程。1977 年河南偃師縣出土，現藏河南偃師縣文物管理所。

15、〈司馬長元石門題字〉，〔註259〕東漢章帝建初六年（81A.D.）刻，凡兩石，西石字向東，1 行，殘存 11 字，東石字向西，1 行，9 字。清末發現於山東文登崓頭山，現存山東文登。

16、〈武孟子買地玉券〉，〔註260〕東漢章帝建初六年（81A.D.）刻。清光緒十八年（1892A.D.）出土於山西忻州，曾歸端方。

〔註252〕張天弓，《中國書法大事年表》，頁 36。

〔註253〕梁披雲等，《中國書法大辭典》，下冊，頁 1053。

〔註254〕袁維春，《秦漢碑述》，頁 83，引王壯弘，《增補校碑隨筆》。

〔註255〕方若，《校碑隨筆》，頁 4。王壯弘謂「方氏誤作《大吉山買地摩崖》」，見：袁維春，《秦漢碑述》，頁 83，引《增補校碑隨筆》。

〔註256〕張天弓，《中國書法大事年表》，頁 36。

〔註257〕張天弓，《中國書法大事年表》，頁 36。

〔註258〕高文，《漢碑集釋》，頁 11。

〔註259〕方若，《校碑隨筆》，目錄，頁 1；梁披雲等，《中國書法大辭典》，下冊，頁 1054；袁維春，《秦漢碑述》，頁 85，引王壯弘，《增補校碑隨筆》。

〔註260〕張天弓，《中國書法大事年表》，頁 36。

17、〈欒鎮村畫像石題記〉，[註261] 一稱「肥城漢畫像石闕」，[註262] 東漢章帝建初八年（83A.D.）刻，左右兩闕，右闕字 2 行，26 字，末三字殘。1956 年於山東肥城縣西南九十里安駕莊區欒鎮村發現。

18、〈孫仲陽爲父造石闕銘〉，[註263] 東漢章帝元和二年（85A.D.）刻。1965 年發現於山東莒南縣，現存山東石刻藝術博物館。

19、〈南武陽平邑皇聖卿闕畫像題字〉，[註264] 一稱東漢章帝元和三年（86A.D.）刻。

20、〈元和三年畫像題記〉，[註265] 東漢章帝元和三年（86A.D.）刻，江蘇銅山縣漢王鄉出土，現藏徐州漢畫像石藝術館。

21、〈元和四年刻石〉，[註266] 東漢章帝元和四年（87A.D.）刻，稅少陽書。凡 18 行，136 字。2003 年長江三峽庫區巴東張家墳墓群出土，現藏湖北恩施土家族苗族自治州博物館。

22、〈南武陽功曹闕〉，[註267] 東漢章帝章和元年（87A.D.）刻，石四面刻畫像，其中一面有隸書題字。現存山東費縣平邑集許八阜頂。

23、〈路公食堂畫像題字〉，[註268] 東漢和帝永元元年（89A.D.）刻，清咸豐八年於山東省魚臺出土，爲曲阜孔氏所得，後歸濟南金石保存所。

24、〈平夷碑〉，[註269] 東漢和帝永元三年（91A.D.）刻。1987 年在新疆哈密地區巴里昆縣發現，現存巴里昆縣文化館。

25、〈永元食堂題字〉，[註270] 東漢和帝永元七年（95A.D.）刻，石高 57 公分，寬 29.8 公分。可辨識者唯「永元七年九月……食堂」等數字。

[註261] 張天弓，《中國書法大事年表》，頁 36。原作「欒集鎮村畫像石題記」，「集」字當衍。
[註262] 梁披雲等，《中國書法大辭典》，下冊，頁 1054。
[註263] 張天弓，《中國書法大事年表》，頁 37。
[註264] 張天弓，《中國書法大事年表》，頁 37。
[註265] 張天弓，《中國書法大事年表》，頁 37。
[註266] 張天弓，《中國書法大事年表》，頁 37。
[註267] 梁披雲等，《中國書法大辭典》，下冊，頁 1054。
[註268] 梁披雲等，《中國書法大辭典》，下冊，頁 1054；張天弓，《中國書法大事年表》，頁 37。
[註269] 張天弓，《中國書法大事年表》，頁 37。
[註270] 張天弓，《中國書法大事年表》，頁 38。

26、〈永元刻石〉，〔註271〕東漢和帝永元八年（96A.D.）刻，凡 7 行，清嘉慶廿一年（1816A.D.），魚臺馬邦玉先得石之前段三行於鳧山前寨里井闌邊，次年，邦玉弟邦舉又訪得石之後段四行於井北人家。

27、〈孟琁碑〉，一稱「孟孝琚碑」，〔註272〕東漢和帝永元八年（96A.D.），乃孟琁之墓碑，石高 155 公分，寬 92 公分。凡 15 行，行 21 字。清光緒廿七年於雲南昭通縣出土，現存昭通縣昭通第三中學漢碑亭內。

28、〈楊孟元墓石柱題記〉，〔註273〕東漢和帝永元八年（96A.D.）刻。1982年陝西省綏德縣蘇家岩公社出土。

29、〈江陽長王平君闕〉，〔註274〕東漢和帝永元九年（97A.D.）刻。1980 年在成都金牛區聖燈鄉猛追村出土，現藏成都市博物館。

30、〈張仲有修通利水大道刻石〉，〔註275〕東漢和帝永元十年（98A.D.）刻。前段 11 行，行 14 至 16 字不等。後段漫漶。1926 年河南洛陽出土。

31、〈王得元石室畫像石題記〉，〔註276〕東漢和帝永元十二年（100A.D.）刻。1953 年陝西省綏德縣出土，現藏中國歷史博物館。

32、〈諸掾造冢刻石〉，〔註277〕一稱「永元刻石」，〔註278〕東漢和帝永元十三年（101A.D.）刻。凡 4 行，行 6 字。清光緒十九年（1893A.D.）山東沂水出土，曾歸縣人王氏。

33、〈王叔蹈摩崖題記〉，〔註279〕東漢和帝永元十四年（102A.D.）刻。

34、〈郭稚文墓畫像題字〉，〔註280〕一稱「圜陽西鄉榆里郭稚文石室題記」，

〔註271〕梁披雲等，《中國書法大辭典》，下冊，頁 1055。

〔註272〕梁披雲等，《中國書法大辭典》，下冊，頁 1088；高文，《漢碑集釋》，頁 15。

〔註273〕張天弓，《中國書法大事年表》，頁 38。

〔註274〕張天弓，《中國書法大事年表》，頁 38。

〔註275〕張天弓，《中國書法大事年表》，頁 39。

〔註276〕張天弓，《中國書法大事年表》，頁 39。

〔註277〕梁披雲等，《中國書法大辭典》，下冊，頁 1055；袁維春，《秦漢碑述》，頁 91，引王壯弘，《增補校碑隨筆》；張天弓，《中國書法大事年表》，頁 39。前兩書「掾」字誤作「椽」。

〔註278〕方若，《校碑隨筆》，頁 4；袁維春，《秦漢碑述》，頁 91，引王壯弘，《增補校碑隨筆》。

〔註279〕張天弓，《中國書法大事年表》，頁 39。

〔註280〕梁披雲等，《中國書法大辭典》，下冊，頁 1055。

〔註281〕東漢和帝永元十五年（103A.D.）刻，共兩石。1957 年陝西省綏德縣四十里鋪出土，現藏西安碑林。

35、〈永元十六年刻石〉，一稱「西河太守掾任孝孫石室畫像石題字」，〔註282〕東漢和帝永元十六年（104A.D.）刻。1949 年後出土於陝西。

36、〈顏文羽昆弟六人刻石〉，〔註283〕東漢和帝永元十□年（99～104A.D.）刻。清光緒九年（1883A.D.）於山東滕縣辛莊鄉堌城出土，現藏滕縣博物館。

37、〈幽州書佐秦君石闕銘〉，〔註284〕東漢和帝元興元年（105A.D.）刻。1964 年發現於北京西郊石景山，現藏北京大鐘寺北京石刻藝術博物館。

38、〈王稚子闕銘〉，〔註285〕一稱「雒陽令王稚子闕二」，〔註286〕或「漢王稚子闕」，〔註287〕或「王稚子二石闕」，〔註288〕或「王稚子闕」，〔註289〕或「王稚子雙闕」，〔註290〕乃循吏王渙之墓闕題記。「壘石五層，岩嶢上銳，如窐堵波狀」。〔註291〕東漢和帝元興元年（105A.D.）刻。右闕 16 字，左闕 14 字。在四川新都彌牟鎮。

39、〈秦君墓刻辭題記〉，〔註292〕一稱「烏還哺母等字殘石」，〔註293〕東漢和帝元興元年（105A.D.）刻。上刻「烏還哺母」四字似額；下刻 7 行，行字不等，存 140 餘字；邊刻 1 行 25 字。1964 年發現於北京西郊石景山上莊村東，現藏北京大鐘寺北京石刻藝術博物館。

〔註281〕張天弓，《中國書法大事年表》，頁 39。

〔註282〕張天弓，《中國書法大事年表》，頁 40。

〔註283〕張天弓，《中國書法大事年表》，頁 40。

〔註284〕張天弓，《中國書法大事年表》，頁 40。

〔註285〕洪适，《隸釋》，卷二十四，頁 250，引趙明誠，《金石錄》。趙氏據《後漢書・循吏傳》，謂王稚子名渙。

〔註286〕洪适，《隸釋》，卷十三，頁 144。

〔註287〕翁方綱，《兩漢金石記》，下冊，卷十四，頁 755。

〔註288〕王昶，《金石萃編》，第一冊，卷五，頁 6。

〔註289〕方若，《校碑隨筆》，頁 4；袁維春，《秦漢碑述》，頁 92，引王壯弘，《增補校碑隨筆》。

〔註290〕梁披雲等，《中國書法大辭典》，下冊，頁 1055。

〔註291〕葉昌熾，《語石》，卷五，頁 170。

〔註292〕張天弓，《中國書法大事年表》，頁 40。

〔註293〕梁披雲等，《中國書法大辭典》，下冊，頁 1055。

40、〈中山簡王劉焉墓黃腸石題字〉，〔註294〕一稱「中山簡王劉焉墓石」，〔註295〕東漢和帝永元年間（89～104A.D.）作，銘刻或墨書題字共174石，每塊1至10餘字不等，風格各有不同，蓋非出一人之手。1959年於河北省定縣北莊中山簡王墓出土。

41、〈賈武仲妻馬姜墓記〉，〔註296〕一稱「賈武仲妻馬姜墓石」，〔註297〕東漢殤帝延平元年（106A.D.）刻，乃馬援女馬姜之墓志，石高58.5公分，寬66公分。凡15行，行至多19字，最少2字。民國十八年（1929A.D.）於河南省洛陽王窰村出土，曾歸上虞羅振玉；石今已毀。

42、〈陽三老食堂畫像題字〉，〔註298〕一稱「陽三老石堂畫像題字」，〔註299〕東漢殤帝延平元年（106A.D.）刻，石下段毀損。上方「陽三老」3字；下方3行，首行28字，次行24字，末行存21字。清光緒十四、五年（1888～1889A.D.）間於山東曲阜出土，現藏中國歷史博物館。

43、〈貴平治黃腸石題字〉，〔註300〕東漢安帝永初元年（107A.D.）刻。河南洛陽出土，曾歸周進。

44、〈牛文明石室畫像石題記〉，〔註301〕東漢安帝永初元年（107A.D.）刻。1971年陝西省米脂縣出土，現藏西安碑林。

45、〈漢故安鄉侯張公碑〉，〔註302〕東漢安帝永初七年（113A.D.）刻。凡16行，行25字，殘存331字。現藏河南省商城博物館。

〔註294〕張天弓，《中國書法大事年表》，頁40。

〔註295〕梁披雲等，《中國書法大辭典》，下冊，頁1054。

〔註296〕袁維春，《秦漢碑述》，頁94，引王壯弘，《增補校碑隨筆》；高文，《漢碑集釋》，頁20。

〔註297〕梁披雲等，《中國書法大辭典》，下冊，頁1056。

〔註298〕張天弓，《中國書法大事年表》，頁40。

〔註299〕方若，《校碑隨筆》，頁5；梁披雲等，《中國書法大辭典》，下冊，頁1056；袁維春，《秦漢碑述》，頁91，引王壯弘，《增補校碑隨筆》。按：「『食堂』亦名『饗堂』，是古人建於墓前供亡靈享祭的象徵姓石屋」。見：張天弓，《中國書法大事年表》，頁38。唯本件題記確有「石堂畢成」語，則作「石堂」亦通。

〔註300〕張天弓，《中國書法大事年表》，頁40。

〔註301〕張天弓，《中國書法大事年表》，頁40。

〔註302〕張天弓，《中國書法大事年表》，頁41。

46、〈戴氏父母畫像題字〉，〔註303〕一稱「永初畫像戴父母卒日記」，〔註304〕或「永初戴父母卒日記」，〔註305〕東漢安帝永初七年（113A.D.）刻，有二石：一為永初七年六月刻，一為永初七年閏十二月十八日刻。前者 1 行，存 46 字，在像之左，曾歸上虞羅振玉，今在日本。後者 2 行，在像之左右；右行 23 字，左行存 22 字。〔註306〕曾歸長白端方。

47、〈子游碑〉，〔註307〕一稱「漢子游殘碑」，〔註308〕或「子游殘碑」，〔註309〕或「子游殘石」，〔註310〕或「賢良方正□允字子游殘碑」，〔註311〕東漢安帝元初二年（115A.D.）刻。清嘉慶三年（1798A.D.），河南安陽令趙希璜於縣北四十里之豐樂鎮西門豹祠內掘出下截，時稱「子游殘碑」；〔註312〕存 11 行，行 6 至 9 字不等，計 78 字。〔註313〕民國二年（1913A.D.）年，安陽又出土上截，時稱「賢良方正等字殘石」；〔註314〕或「賢良方正殘碑」，〔註315〕12 行。〔註316〕〈子游碑〉上下二截現均藏河南省安陽市文化館。

〔註303〕張天弓，《中國書法大事年表》，頁 41。

〔註304〕方若，《校碑隨筆》，頁 5；袁維春，《秦漢碑述》，頁 97，引王壯弘，《增補校碑隨筆》。

〔註305〕梁披雲等，《中國書法大辭典》，下冊，頁 1056。

〔註306〕此據方若，《校碑隨筆》，頁 5 所作釋文計之。《中國書法大辭典》謂「左行存四十七字，右行存四十八字」，恐誤。

〔註307〕張天弓，《中國書法大事年表》，頁 41。

〔註308〕翁方綱，《蘇齋題跋》（臺北：學海出版社，1977），頁 72。

〔註309〕方若，《校碑隨筆》，頁 22。

〔註310〕梁披雲等，《中國書法大辭典》，下冊，頁 1057。

〔註311〕張天弓，《中國書法大事年表》，頁 41。

〔註312〕翁方綱，《蘇齋題跋》，頁 72～73；王昶，《金石萃編》，第一冊，卷十九，頁 5。或曰：「舊拓本，『子游』之『游』字三點為落軿沙土所封，故趙希璜《安陽縣志》作『子斿』；王氏《金石萃編》從之。」見：方若，《校碑隨筆》，頁 22。

〔註313〕方若，《校碑隨筆》，頁 22。

〔註314〕梁披雲等，《中國書法大辭典》，下冊，頁 1057。或謂〈子游碑〉上截於 1921 年出土，見：張天弓，《中國書法大事年表》，頁 41。

〔註315〕張天弓，《中國書法大事年表》，頁 41。

〔註316〕梁披雲等，《中國書法大辭典》，下冊，頁 1057。

48、〈嵩山太室石闕銘〉，〔註317〕一稱「嵩山太室神道石闕銘」，〔註318〕或「泰室石闕銘」，〔註319〕東漢安帝元初五年（118A.D.）刻，乃陽城長呂常等人對中嶽神君之功德頌。分東西兩闕，石高 43 公分，寬 153 公分。陽文篆額「中嶽泰室陽城崇高闕」3 行 9 字，銘文存 28 行，行 9 字。唯第三、四行 10 字，254 字。現存河南登封縣東中嶽廟前。

49、〈元初五年崖墓題記〉，〔註320〕東漢安帝元初五年（118A.D.）刻。1984年於四川省青神縣瑞豐鎮黃葛村出土。

50、〈馮煥神道闕銘〉，〔註321〕一稱「馮煥神道」，〔註322〕東漢安帝永寧二年（121A.D.）刻，僅存東闕一石。凡 2 行，前行 9 字，後行 11 字。〔註323〕今在四川省渠縣北新興鄉趙家坪道旁。

51、〈西戶口畫像題字〉，〔註324〕東漢安帝延光元年（122A.D.）刻。山東滕縣西戶口村出土，初歸滕縣博物館，現藏山東省博物館。

52、〈索恩村崖墓題記〉，〔註325〕東漢安帝延光元年（122A.D.）刻。1987年於四川省綦江縣扶歡鄉索恩村崖墓出土。

53、〈穎川太守楊君題名〉，〔註326〕東漢安帝延光四年（125A.D.），刻於〈嵩山太室石闕銘〉下。

54、〈延光碑〉，〔註327〕一稱「漢延光殘碑」，〔註328〕或「延光殘碑」，〔註329〕

〔註317〕王昶，《金石萃編》，第一冊，卷六，頁 2；梁章鉅，《退盦金石書畫跋》（臺北：漢華文化事業公司，1972），上冊，卷二，頁 101。

〔註318〕翁方綱，《兩漢金石記》，上冊，卷九，頁 503。

〔註319〕梁披雲等，《中國書法大辭典》，下冊，頁 1058；袁維春，《秦漢碑述》，頁 108，引王壯弘，《增補校碑隨筆》。

〔註320〕張天弓，《中國書法大事年表》，頁 41。

〔註321〕張天弓，《中國書法大事年表》，頁 41。

〔註322〕梁披雲等，《中國書法大辭典》，下冊，頁 1058。

〔註323〕或謂：「左闕一行十一字，右闕一行九字。」見：梁披雲等，《中國書法大辭典》，下冊，頁 1058。

〔註324〕張天弓，《中國書法大事年表》，頁 41。

〔註325〕張天弓，《中國書法大事年表》，頁 42。

〔註326〕張天弓，《中國書法大事年表》，頁 42。

〔註327〕張天弓，《中國書法大事年表》，頁 42。

東漢安帝延光四年（125A.D.）刻。隸額五字橫列，碑文有直界而無橫界，凡 5 行，尚存 40 餘字；「似吏民頌長官之辭，而不辨何者為姓名」。〔註330〕清康熙六十年（1721A.D.）山東諸城超然臺故址出土，乾隆卅九年（1774A.D.），移置諸城縣內室東壁；民國元年（1912A.D.），又移置學宮。

55、〈延光四年封地刻石〉，〔註331〕一稱「延光四年界石」，〔註332〕東漢安帝延光四年（125A.D.）刻。凡 6 行，可辨識者 30 餘字。1956 年發現於雲南省昆明市郊塔密村，現藏雲南省博物館。

56、〈洛陽永建三年黃腸石題字〉，〔註333〕東漢順帝永建三年（128A.D.）刻。河南洛陽出土，現藏河南省圖書館。

57、〈王孝淵碑〉，〔註334〕一稱「王孝淵墓碑」，〔註335〕東漢順帝永建三年（128A.D.）刻。凡 13 行，行 20 餘字。1966 年發現於四川郫縣犀浦公社二門橋殘墓間。

58、〈陽嘉碑〉，〔註336〕一稱「陽嘉殘碑」，〔註337〕或「陽嘉殘石」，〔註338〕或「陽嘉等字殘石」，〔註339〕東漢順帝陽嘉二年（133A.D.）刻。〔註340〕碑陽存 11 行，行 7 至 10 字不等，計 91 字；碑陰存 3 列，上列 5 行，中列 13 行，下

〔註328〕翁方綱，《兩漢金石記》，下冊，卷十四，頁779。

〔註329〕王昶，《金石萃編》，第一冊，卷六，頁6；方若，《校碑隨筆》，頁6；梁披雲等，《中國書法大辭典》，下冊，頁1060；袁維春，《秦漢碑述》，頁135，引王壯弘，《增補校碑隨筆》。

〔註330〕翁方綱，《兩漢金石記》，下冊，卷十四，頁782，引《諸城志》。

〔註331〕張天弓，《中國書法大事年表》，頁42。

〔註332〕梁披雲等，《中國書法大辭典》，下冊，頁1060。

〔註333〕張天弓，《中國書法大事年表》，頁42。

〔註334〕張天弓，《中國書法大事年表》，頁42。

〔註335〕梁披雲等，《中國書法大辭典》，下冊，頁1060。

〔註336〕張天弓，《中國書法大事年表》，頁42。

〔註337〕方若，《校碑隨筆》，頁6。

〔註338〕梁披雲等，《中國書法大辭典》，下冊，頁1061。

〔註339〕袁維春，《秦漢碑述》，頁137，引王壯弘，《增補校碑隨筆》。

〔註340〕梁披雲等，《中國書法大辭典》，下冊，頁1061，謂「東漢永和元年（一三六年）刻」，恐誤。

列 11 行，行 1 至 5 字不等，計 85 字。清光緒元年（1875A.D.）於山東曲阜出土，今在南京，曾訛傳光緒十八年毀於火。

59、〈陽嘉二年李君碑〉，〔註341〕東漢順帝陽嘉二年（133A.D.）刻，近 700 字。2010 年四川省成都市天府廣場出土。

60、〈延年石室題字〉，〔註342〕東漢順帝陽嘉四年（135A.D.）刻，摩崖，凡 3 行，行 4 字。清末於四川郫縣山中發現，現藏北京故宮博物院。

61、〈裴岑紀功頌〉，一稱「敦煌太守裴岑紀功碑」，〔註343〕或「裴岑碑」，〔註344〕或「裴岑紀功碑」，〔註345〕東漢順帝永和二年（137A.D.）刻，石高 139 公分，寬 61 公分。凡 6 行，60 字。記裴岑以郡兵誅殺匈奴呼衍王之事。碑舊在新疆巴爾庫爾城西五十里，雍正間鍾岳琪移置城西北三里關帝廟前。

62、〈兩城山畫像題字〉，〔註346〕東漢順帝永和二年（137A.D.）刻，兩行，首行三十字，次行卅七字，邊刻「漢永和二年九月二日」九字。民國間山東兩城縣出土。

63、〈南武陽皇聖卿闕〉，〔註347〕東漢順帝永和三年（138A.D.）刻，四面刻畫像，僅南面有題字。在山東費縣平邑集八皇頂。

64、〈沙南侯獲刻石〉，〔註348〕一稱「沙南侯獲殘石」，〔註349〕或「沙南侯獲碑」，〔註350〕東漢順帝永和五年（140A.D.）刻。碑陽 6 行，碑陰殘存 3 行，

〔註341〕張天弓，《中國書法大事年表》，頁 42。
〔註342〕方若，《校碑隨筆》，頁 6；袁維春，《秦漢碑述》，頁 139，引王壯弘，《增補校碑隨筆》。
〔註343〕翁方綱，《兩漢金石記》，下冊，卷十四，頁 751；王昶，《金石萃編》，第一冊，卷七，頁 3；何紹基，《東洲草堂金石跋》（臺北：學海出版社，1981），卷三，頁 110；方若，《校碑隨筆》，頁 7；袁維春，《秦漢碑述》，頁 140，引王壯弘，《增補校碑隨筆》。
〔註344〕梁章鉅，《退盦金石書畫跋》，上冊，卷二，頁 103。
〔註345〕梁披雲等，《中國書法大辭典》，下冊，頁 1061。
〔註346〕梁披雲等，《中國書法大辭典》，下冊，頁 1061。
〔註347〕梁披雲等，《中國書法大辭典》，下冊，頁 1062。
〔註348〕梁披雲等，《中國書法大辭典》，下冊，頁 1062。
〔註349〕袁維春，《秦漢碑述》，頁 144，引王壯弘，《增補校碑隨筆》。
〔註350〕張天弓，《中國書法大事年表》，頁 43。

凡 33 字。石在新疆鎮西煥彩溝，清道光十五年（1835A.D.）薩湘舲經其地，始拓以歸。

65、〈孝子徐□造石羊題字〉，〔註351〕東漢順帝永和五年（140A.D.）刻。在山東沂州。

66、〈會仙友題字〉，〔註352〕一稱「東漢仙集留題字」，〔註353〕或「漢安仙集字」，〔註354〕或「仙集留題」，〔註355〕東漢順帝漢安元年（142A.D.）刻。凡2 行，12 字。原在四川簡陽逍遙煽逍遙洞岩壁上，宋代發現，今已毀。

67、〈北海相景君碑〉，〔註356〕一稱「北海相景君銘」，〔註357〕或「漢故益州太守北海相景君銘」，〔註358〕或「景君碑」，〔註359〕東漢順帝和安二年（143A.D.）刻，石高 230 公分，寬 109 公分。乃北海相景君之墓碑，篆額「漢故益州太守北海相景君銘」2 行 12 字，碑陽 17 行，行 23 字；碑陰 4 列，列各 18 行，唯第四列 2 行。現存山東省濟寧縣孔子廟。

68、〈宋伯望分界刻石〉，〔註360〕一稱「莒州漢安三年刻石」，〔註361〕或「宋伯望買田記」，〔註362〕東漢順帝漢安三年（144A.D.）刻，四面環刻，正面 9 行，全字 122；背面 4 行，全字 44；左側 6 行，全字 83；右側 5 行，全字 28。

〔註351〕梁披雲等，《中國書法大辭典》，下冊，頁 1062。

〔註352〕袁維春，《秦漢碑述》，頁 146，引王壯弘，《增補校碑隨筆》；張天弓，《中國書法大事年表》，頁 43。

〔註353〕孫承澤，《庚子銷夏記》，卷五，頁 210。

〔註354〕翁方綱，《兩漢金石記》，下冊，卷十四，頁 783。

〔註355〕王昶，《金石萃編》，第一冊，卷七，頁 4。

〔註356〕洪适，《隸釋》，卷二十一，頁 227，引歐陽修，《集古錄》、卷二十四，頁 252 引趙明誠，《金石錄》；孫承澤，《庚子銷夏記》，卷五，頁 218；王昶，《金石萃編》，第一冊，卷七，頁 4；方若，《校碑隨筆》，頁 8。

〔註357〕洪适，《隸釋》，卷六，頁 72；袁維春，《秦漢碑述》，頁 149，引王壯弘，《增補校碑隨筆》。

〔註358〕翁方綱，《兩漢金石記》，上冊，卷八，頁 416。

〔註359〕梁披雲等，《中國書法大辭典》，下冊，頁 1062；高文，《漢碑集釋》，頁 61。

〔註360〕梁披雲等，《中國書法大辭典》，下冊，頁 1063。

〔註361〕袁維春，《秦漢碑述》，頁 148，引王壯弘，《增補校碑隨筆》。

〔註362〕張天弓，《中國書法大事年表》，頁 43。其所計字數與王壯弘，《增補校碑隨筆》或有出入。

清光緒十九年於山東省莒縣西孟莊廟墓出土，曾歸縣人莊余珍，現藏山東省石刻藝術館。

69、〈文叔陽食堂記〉，[註363] 東漢順帝建康元年（144A.D.）刻。凡 6 行，行 12 至 15 字不等。石原在山東魚臺鳧陽山，道光十三年（1833A.D.）發現，或云已流失國外。

70、〈三公山神碑〉，[註364] 東漢質帝本初元年（146A.D.）刻，碑陽隸額模糊不辨，文 18 行，行 20 餘字；碑陰 14 行。舊在河北元氏封龍山南蘇莊；清道光間吳式芬訪得，移置縣第一高級小學。

71、〈武斑碑〉，[註365] 一稱「敦煌長史武斑碑」，[註366] 東漢桓帝建和元年（147A.D.）刻，石高 330 公分，寬 149 公分。乃敦煌長史武斑之墓碑，紀伯允書。[註367] 隸額「故敦煌長史武君之碑」9 字，碑文存 20 行，行約 40字。今在山東省嘉祥縣武氏祠中。

72、〈武氏石闕銘〉，[註368] 一稱「漢武氏石闕銘」，[註369] 或「武始造石闕銘」，[註370] 東漢桓帝建和元年（147A.D.）刻，乃武始兄弟四人爲其父造立者，銘高 73 公分，寬 33 公分。凡 8 行，行 12 字；唯末行 9 字。清乾隆五十一年爲黃小松於山東嘉祥訪得，現藏山東省嘉祥縣武宅山武氏祠文管所。

〔註363〕方若，《校碑隨筆》，頁 8；袁維春，《秦漢碑述》，頁 172，引王壯弘，《增補校碑隨筆》；張天弓，《中國書法大事年表》，頁 44。

〔註364〕梁披雲等，《中國書法大辭典》，下冊，頁 1063。

〔註365〕洪适，《隸釋》，卷二十三，頁 244，引歐陽棐，《集古錄目》，「斑」字作「班」；梁披雲等，《中國書法大辭典》，下冊，頁 1063。

〔註366〕洪适，《隸釋》，卷二十四，頁 252，引趙明誠，《金石錄・上》，「斑」字作「班」、卷六，頁 73；翁方綱，《兩漢金石記》，下冊，卷十五，頁 890；王昶，《金石萃編》，第一冊，卷八，頁 1。

〔註367〕翁方綱云：「紀伯允三字上有缺文，或是『□紀伯允』，則紀字是其名，伯允是其字，未可知也。」見：《兩漢金石記》，下冊，卷十五，頁 894。

〔註368〕王昶，《金石萃編》，第一冊，卷八，頁 2；方若，《校碑隨筆》，頁 8；高文，《漢碑集釋》，頁 86。

〔註369〕翁方綱，《兩漢金石記》，下冊，卷十五，頁 896。

〔註370〕梁披雲等，《中國書法大辭典》，下冊，頁 1063；袁維春，《秦漢碑述》，頁 173，引王壯弘，《增補校碑隨筆》。

73、〈武氏祠畫像題字〉，一稱「武氏祠畫像題記」，〔註371〕東漢桓帝建和元年（147A.D.）始建，歷數十年而完工。包括：武梁、武榮、武開明、武班四人之祠堂，石存43方。雕刻神話傳說、歷史事件、孝子列女及車馬出巡、宴饗樂舞、水陸攻戰等畫像。畫像旁並有題記，凡191條，字數多寡不一。清乾隆五十一年（1786A.D.）發現，現藏山東省嘉祥縣武宅山武氏祠文管所。

74、〈李固碑〉，〔註372〕東漢桓帝建和元年（147A.D.）刻。殘存7行，行17字。現存陝西山陽。

75、〈石門頌〉，〔註373〕一稱「司隸校尉楊厥碑」，〔註374〕或「司隸楊厥開石門頌」，〔註375〕或「司隸校尉楊君石門頌」，〔註376〕或「故司隸校尉楗爲楊君頌」，〔註377〕或「司隸校尉楊孟文頌」，〔註378〕或「司隸校尉楗爲楊君石門頌摩崖」，〔註379〕東漢桓帝建和二年（148A.D.）立，石高327公分，寬254公分。隸額「故司隸校尉楗爲楊君頌」十字，乃漢中太守王升嘉賞司隸校尉楊孟文開鑿石門通道而勒石。碑文凡22行，行30或31字不等。原刻於陝西褒城縣東北褒斜谷石門，1967年因當地修建水庫，乃將此摩崖自山壁鑿出，1971年移置漢中市博物館。

76、〈蕭壩崖墓表〉，〔註380〕東漢桓帝建和年間（147～149A.D.）立，在四川樂山蕭壩臺子洞對面和尙冲墓壁上，1941年發現。

77、〈李倪□題字〉，〔註381〕東漢桓帝和平元年（150A.D.）刻。5行，計16字。在三門峽棧道，1949年後發現。

〔註371〕張天弓，《中國書法大事年表》，頁44。

〔註372〕張天弓，《中國書法大事年表》，頁44。

〔註373〕何紹基，《東洲草堂金石跋》，卷三，頁119；梁披雲等，《中國書法大辭典》，下冊，頁1063；高文，《漢碑集釋》，頁88。

〔註374〕洪适，《隸釋》，卷二十二，頁229，引歐陽修，《集古錄》。

〔註375〕洪适，《隸釋》，卷二十四，頁253，引趙明誠，《金石錄‧上》。

〔註376〕洪适，《隸釋》，卷四，頁49。

〔註377〕翁方綱，《兩漢金石記》，下冊，卷十三，頁731。

〔註378〕王昶，《金石萃編》，第一冊，卷八，頁3。

〔註379〕袁維春，《秦漢碑述》，頁176，引王壯弘，《增補校碑隨筆》。

〔註380〕梁披雲等，《中國書法大辭典》，下冊，頁1064。

〔註381〕梁披雲等，《中國書法大辭典》，下冊，頁1064。

78、〈左表墓門題記〉，〔註382〕一稱「萬年盧舍石柱」，〔註383〕東漢桓帝和平元年（150A.D.）刻，共兩石，一石 19 字；一石 21 字。1919 年於山西省離石馬茂莊漢墓出土，現藏美國波士頓博物館。

79、〈繆宇墓畫像石題記〉，〔註384〕東漢桓帝元嘉元年（151A.D.）刻。凡 11 行，100 餘字。1981 年江蘇省徐州邳縣出土，現藏邳縣博物館。

80、〈蒼山元嘉元年畫像石題記〉，〔註385〕東漢桓帝元嘉元年（151A.D.）刻，凡 2 石，其一，10 行；其二，5 行。1973 年於山東省蒼山縣城西城前村西晉墓葬中出土，現藏山東省考古所。

81、〈元嘉二年裴君碑〉，〔註386〕東漢桓元嘉二帝年（152A.D.）刻。凡 708 字。2010 年四川省成都市天府廣場出土。

82、〈乙瑛碑〉，〔註387〕一稱「吳雄修孔子廟碑」，〔註388〕或「孔子廟置卒史碑」，〔註389〕或「孔廟置守廟百石孔龢碑」，〔註390〕或「魯相乙瑛請置百石卒史孔龢碑」，〔註391〕或「孔廟置守廟百石卒史碑」，〔註392〕或「魯相乙瑛請置百石卒史碑」，〔註393〕東漢桓帝永興元年（153A.D.）刻，石高 260 公分，寬 129 公分。凡 18 行，滿行 40 字，存 606 字。記魯相乙瑛奏請於孔廟置百石卒史執掌祭祀之事。現存山東省曲阜縣孔廟碑林。

〔註382〕張天弓，《中國書法大事年表》，頁 44。

〔註383〕梁披雲等，《中國書法大辭典》，下冊，頁 1064。

〔註384〕張天弓，《中國書法大事年表》，頁 44。

〔註385〕張天弓，《中國書法大事年表》，頁 44。

〔註386〕張天弓，《中國書法大事年表》，頁 42。

〔註387〕梁披雲等，《中國書法大辭典》，下冊，頁 1065；張天弓，《中國書法大事年表》，頁 44。

〔註388〕洪适，《隸釋》，卷二十一，頁 220，引歐陽修，《集古錄》。

〔註389〕洪适，《隸釋》，卷二十四，頁 254，引趙明誠，《金石錄・上》。

〔註390〕洪适，《隸釋》，卷一，頁 17。

〔註391〕孫承澤，《庚子銷夏記》，卷五，頁 214。

〔註392〕翁方綱，《兩漢金石記》，上冊，卷六，頁 328；王昶，《金石萃編》，第一冊，卷八，頁 5。

〔註393〕方若，《校碑隨筆》，頁 8。

83、〈向壽墓記〉，[註394] 東漢桓帝永興二年（154A.D.）刻，凡 4 行，行 9 至 17 字不等。

84、〈李孟初神祠碑〉，[註395] 一稱「故宛令益州刺史李孟初神祠碑」，[註396] 或「宛令李孟初神祠碑」，[註397] 或「宛令李孟初碑」，[註398] 東漢桓帝永興二年（154A.D.）刻，石高 159 公分，寬 90 公分。凡 15 行，行約 30 字。乃吏民爲李孟初建祠廟所立。清乾隆年間出土，[註399] 咸豐十年（1860A.D.）移置南陽府署，今在南陽市西南臥龍崗漢碑亭內。

85、〈薌他君石祠堂石柱題記〉，[註400] 一稱「薌他君祠堂刻石」，[註401] 東漢桓帝永興二年（154A.D.）刻，石高 210 公分，寬 18 公分。隸額 3 行 17 字，碑文凡 10 行，行 40 餘字。1934 年山東省東阿西南鐵頭村出土，現藏北京故宮博物院。

86、〈孔謙碑〉，[註402] 一稱「孔德讓碣」，[註403] 或「孔謙碣」，[註404] 或「漢孔德讓碑」，[註405] 東漢桓帝永興二年（154A.D.）刻，乃孔子廿世孫

[註394] 張天弓，《中國書法大事年表》，頁 45。

[註395] 梁披雲等，《中國書法大辭典》，下冊，頁 1065；高文，《漢碑集釋》，頁 175；張天弓，《中國書法大事年表》，頁 45。

[註396] 翁方綱，《兩漢金石記》，上冊，目錄，頁 92。

[註397] 王昶，《金石萃編》，第一冊，卷八，頁 8；袁維春，《秦漢碑述》，頁 148，引王壯弘，《增補校碑隨筆》。按：李孟初官至益州刺史，故此碑宜改稱「益州刺史李孟初神祠碑」。

[註398] 方若，《校碑隨筆》，頁 8。

[註399] 或作「道光年間白河水漲沖出」，見：張天弓，《中國書法大事年表》（上海：上海書畫出版社，2012），頁 45。唯乾隆五十一年出版之《兩漢金石記》既已收之，則此碑出土之時代當以「乾隆年間」爲是。

[註400] 張天弓，《中國書法大事年表》，頁 45。

[註401] 梁披雲等，《中國書法大辭典》，下冊，頁 1066。

[註402] 高文，《漢碑集釋》，頁 179。

[註403] 洪适，《隸釋》，卷二十二，頁 233，引歐陽修，《集古錄》。

[註404] 洪适，《隸釋》，卷六，頁 76；王昶，《金石萃編》，第一冊，卷九，頁 1；梁披雲等，《中國書法大辭典》，下冊，頁 1066；袁維春，《秦漢碑述》，頁 213，引王壯弘，《增補校碑隨筆》；張天弓，《中國書法大事年表》，頁 45。

[註405] 翁方綱，《兩漢金石記》，上冊，卷七，頁 373。

孔謙之墓碑，石高 80 公分，寬 56 公分。凡 8 行，行 10 字，唯末行二字。今在山東省曲阜孔廟。

　　87、〈李寓表〉，〔註406〕一稱「李禹通合道摩崖」，〔註407〕東漢桓帝永壽元年（155A.D.）刻。凡 7 行，行 10 字。原在陝西褒城石門洞西壁，1971 年修褒河水庫，鑿遷漢中市博物館。

　　88、〈孔君墓碑〉，〔註408〕一稱「孔君墓碣」，〔註409〕東漢桓帝永壽元年（155A.D.）刻，篆額存「孔君之碑」四字，文凡 8 行，行 15 字。清乾隆五十八年何元錫於山東曲阜孔林牆外訪得，今存曲阜孔廟大成殿東廡。

　　89、〈禮器碑〉，〔註410〕一稱「修孔子廟器表」，〔註411〕或「韓明府孔子廟碑」，〔註412〕或「魯相韓勑造孔廟禮器碑」，〔註413〕或「韓勑造孔廟禮器碑」，〔註414〕或「韓勑碑」，〔註415〕東漢桓帝永壽二年（156A.D.）刻，石高 234 公分，寬 105 公分。碑陽 16 行，行 36 字，凡 545 字；碑陰 3 列，列 17 行，凡 532 字；左側 3 列，列 4 行，凡 156 字；右側 4 列，列 4 行，凡 150 字。共計 1383 字，記魯相韓勑整修孔廟及添置禮器之事，亦吏民以頌令君之德政者。現存山東省曲阜縣孔廟碑林。

　　90、〈劉熊碑〉，〔註416〕一稱「酸棗令劉熊碑」，〔註417〕東漢桓帝永壽二年

〔註406〕梁披雲等，《中國書法大辭典》，下冊，頁 1066。

〔註407〕張天弓，《中國書法大事年表》，頁 45。按：「禹」為「寓」之誤，「合」則為「閣」之誤。

〔註408〕梁披雲等，《中國書法大辭典》，下冊，頁 1066；張天弓，《中國書法大事年表》，頁 45。

〔註409〕王昶，《金石萃編》，第一冊，卷九，頁 1。

〔註410〕梁披雲等，《中國書法大辭典》，下冊，頁 1066；高文，《漢碑集釋》，頁 181。

〔註411〕洪适，《隸釋》，卷二十一，頁 220，引歐陽修，《集古錄》。

〔註412〕洪适，《隸釋》，卷二十四，頁 255，引趙明誠，《金石錄・上》。

〔註413〕洪适，《隸釋》，卷一，頁 19；孫承澤，《庚子銷夏記》，卷五，頁 212；翁方綱，《兩漢金石記》，上冊，卷六，頁 305；方若，《校碑隨筆》，頁 8；袁維春，《秦漢碑述》，頁 219，引王壯弘，《增補校碑隨筆》。

〔註414〕王昶，《金石萃編》，第一冊，卷九，頁 1。

〔註415〕梁章鉅，《退盦金石書畫跋》，上冊，卷二，頁 105。

〔註416〕何紹基，《東洲草堂金石跋》，卷三，頁 133；高文，《漢碑集釋》，頁 204。

（156A.D.）刻，乃劉熊之功德頌。碑陽凡 23 行，行 32 字，唯末行 24 字。記
酸棗令劉熊之政教績效；碑陰記相與立碑者 180 人姓名及捐款數目。

　　91、〈永壽三年殘碑〉，〔註 418〕東漢桓帝永壽三年（157A.D.）刻。民國初
年洛陽邙山出土，1979 年移洛陽古代藝術博物館。

　　92、〈許安國祠堂畫像石題記〉，〔註 419〕東漢桓帝永壽三年（157A.D.）刻，
石高 68 公分，寬 107 公分。題記分刊畫像左右，左 10 行，右 1 行。1981 年
山東嘉祥縣宋山村出土，現藏山東石刻藝術博物館。

　　93、〈鄭固碑〉，〔註 420〕一稱「郎中鄭固碑」，〔註 421〕或「郎中鄭君碑」，
〔註 422〕或「漢故郎中鄭君之碑」，〔註 423〕或「鄭固郎中碑」，〔註 424〕東漢帝延
熹元年（158A.D.）刻，乃鄭固之墓碑，石高 211 公分，寬 109 公分。篆額「漢
故郎中鄭君之碑」8 字，碑文存 15 行，行 24 字；另有右下角殘石一，存 24
字。現藏山東濟寧市博物館。

　　94、〈劉平國治路頌〉，〔註 425〕一稱「龜茲左將軍劉平國摩崖」，〔註 426〕
或「龜茲左將軍劉平國治路誦摩崖」，〔註 427〕或「劉平國刻石」，〔註 428〕東漢
桓帝延熹元年（158A.D.）刻，石在新疆拜城縣東北薄扎克拉格溝口摩崖，分
兩處，北為題識，3 行 11 字；南為頌文，11 行，行 12 至 16 字不等。清光緒
五年（1879A.D.）為施鈞甫發現。

〔註 417〕洪适，《隸釋》，卷二十六，頁 279，引趙明誠，《金石錄‧下》、卷五，頁 64；袁
　　　　維春，《秦漢碑述》，頁 607，引王壯弘，《增補校碑隨筆》。

〔註 418〕張天弓，《中國書法大事年表》，頁 45。

〔註 419〕張天弓，《中國書法大事年表》，頁 45。

〔註 420〕梁披雲等，《中國書法大辭典》，下冊，頁 1067；高文，《漢碑集釋》，頁 218。

〔註 421〕洪适，《隸釋》，卷二十一，頁 221，引歐陽修，《集古錄》、卷六，頁 76；王昶，《金
　　　　石萃編》，第一冊，卷十，頁 1；方若，《校碑隨筆》，頁 9。

〔註 422〕洪适，《隸釋》，卷二十四，頁 256，引趙明誠，《金石錄‧上》。

〔註 423〕翁方綱，《兩漢金石記》，上冊，卷八，頁 469。

〔註 424〕袁維春，《秦漢碑述》，頁 234，引王壯弘，《增補校碑隨筆》。

〔註 425〕梁披雲等，《中國書法大辭典》，下冊，頁 1067。

〔註 426〕方若，《校碑隨筆》，頁 9。

〔註 427〕袁維春，《秦漢碑述》，頁 231，引王壯弘，《增補校碑隨筆》。

〔註 428〕張天弓，《中國書法大事年表》，頁 45。

95、〈徐家村石堂畫像石題記〉，[註429] 東漢桓帝延熹元年（158A.D.）刻。
1968 年於山東曲阜徐家村出土，現藏曲阜孔廟大成殿西廡。

96、〈延熹二年謝王四崖墓題記〉，[註430] 東漢桓帝延熹二年（159A.D.）
刻。1981 年於四川江津縣沙河鄉水滸村一號崖墓內發現。

97、〈仇孟機造塚崖墓題記〉，[註431] 一稱「蕭壩崖墓表」，[註432] 東漢桓
帝延熹二年（159A.D.）刻。在四川樂山蕭壩臺子洞象鼻嘴墓壁上，1941 年發
現。

98、〈張景作土牛碑〉，[註433] 一稱「張景造土牛碑」，[註434] 或「張景碑」，
[註435] 東漢桓帝延熹二年（159A.D.）刻，石高 125 公分，寬 54 公分。四周毀
損，僅存 12 行，滿行 23 字，計 229 字。1958 年於河南省南陽市出土，現藏南
陽市西南臥龍岡漢碑亭內。

99、〈蒼頡廟碑〉，[註436] 一稱「倉頡廟碑」，[註437] 東漢桓帝延熹五年
（162A.D.）之前刻，[註438] 石高 201 公分，寬 198 公分。碑陽 24 行；碑陰存

〔註429〕張天弓，《中國書法大事年表》，頁 46。

〔註430〕張天弓，《中國書法大事年表》，頁 46。

〔註431〕張天弓，《中國書法大事年表》，頁 46。

〔註432〕梁披雲等，《中國書法大辭典》，下冊，頁 1064。

〔註433〕此碑諸家著錄皆作「張景造土牛碑」；惟碑文但云「義作土牛」及「歲歲作治，未
　　　　見「造」字，故本書改稱「張景作土牛碑」。

〔註434〕梁披雲等，《中國書法大辭典》，下冊，頁 1068；張天弓，《中國書法大事年表》，
　　　　頁 46。

〔註435〕高文，《漢碑集釋》，頁 227。

〔註436〕洪适，《隸釋》，卷二十五，頁 267，引趙明誠，《金石錄·中》；翁方綱，《兩漢金
　　　　石記》，下冊，卷十一，頁 585；王昶，《金石萃編》，第一冊，卷十，頁 3。

〔註437〕方若，《校碑隨筆》，頁 10；梁披雲等，《中國書法大辭典》，下冊，頁 1068；袁維
　　　　春，《秦漢碑述》，頁 234，引王壯弘，《增補校碑隨筆》；張天弓，《中國書法大事
　　　　年表》，頁 46。

〔註438〕碑右側刻辭載：「上郡仇君……延熹……五年正月到官，奉見劉明府立祠刊石，表
　　　　章大聖之遺靈」云云，則此碑於東漢桓帝延熹五年以前當已刊立。或以爲桓帝延
　　　　熹五年刻，翁方綱已辯其誤，見：《兩漢金石記》，下冊，卷十一，頁 602。而張
　　　　天弓，《中國書法大事年表》，頁 46，仍誤置於延熹五年。方若，《校碑隨筆》，頁
　　　　10 作「熹平六年」，則爲碑額「平陵衡君」參拜題字之期。

2 列，上列 8 行，下列 14 行；左側存 3 列，上列 6 行，中列 5 行，下列 4 行；右側 4 列，上三列各 5 行，下列存 5 行；因蝕泐太甚，字數不可計。石原在陝西白水縣史官村倉頡廟內，1975 年移置西安碑林。

100、〈桐柏淮源廟碑〉，〔註 439〕一稱「淮源廟碑」，〔註 440〕東漢桓帝延熹六年（163A.D.）刻。凡 15 行，行 33 字；末二行題侍祠官屬。原石已佚；元至正四年，吳炳重書刻之，現藏河南桐柏院招待所東院。

101、〈子臨爲父通作封記〉，〔註 441〕一稱「□臨爲父通作封記」，〔註 442〕東漢桓帝延熹六年（163A.D.）刻。凡 16 行，行 24 至 28 字不等。清光緒廿四年（1898A.D.）於山東鄒縣馬槽村田中出土，旋爲人刮磨作方池半沒土中；宣統元年（1909A.D.）勸業道蕭應查礦經此，見而掘出，歸金石保存所。現藏山東省博物館。

102、〈孔宙碑〉，〔註 443〕一稱「泰山都尉孔君碑」，〔註 444〕或「泰山都尉孔宙碑」，〔註 445〕或「有漢泰山都尉孔君之碑」，〔註 446〕乃孔子十九世孫孔宙之墓碑，東漢桓帝延熹七年（164A.D.）刻，石高 241 公分，寬 132 公分。碑陽篆額「有漢泰山都尉孔君之碑」10 字，文 15 五行，行 28 字；碑陰篆額「門生故吏名」5 字，其下 3 列，上二列各 21 行，下列 20 十行。現存山東省曲阜縣孔廟碑林。

〔註 439〕 方若，《校碑隨筆》，頁 10；袁維春，《秦漢碑述》，頁 258，引王壯弘，《增補校碑隨筆》。

〔註 440〕 梁披雲等，《中國書法大辭典》，下冊，頁 1069。

〔註 441〕 梁披雲等，《中國書法大辭典》，下冊，頁 1069。

〔註 442〕 方若，《校碑隨筆》，頁 10 袁維春，《秦漢碑述》，頁 260，引王壯弘，《增補校碑隨筆》；張天弓，《中國書法大事年表》，頁 46。

〔註 443〕 梁章鉅，《退盦金石書畫跋》，上冊，卷二，頁 109；梁披雲等，《中國書法大辭典》，下冊，頁 1069；袁維春，《秦漢碑述》，頁 261，引王壯弘，《增補校碑隨筆》；張天弓，《中國書法大事年表》，頁 46。

〔註 444〕 洪适，《隸釋》，卷二十一，頁 220，引歐陽修，《集古錄》。

〔註 445〕 洪适，《隸釋》，卷二十四，頁 259，引趙明誠，《金石錄・上》、卷七，頁 81；孫承澤，《庚子銷夏記》，卷五，頁 215；王昶，《金石萃編》，第一冊，卷十一，頁 1；方若，《校碑隨筆》，頁 11。

〔註 446〕 翁方綱，《兩漢金石記》，上冊，卷六，頁 357。

　　103、〈封龍山頌〉，〔註 447〕一稱「封龍山碑」，〔註 448〕東漢桓帝延熹七年
（164A.D.）刻。凡 15 行，行 26 字。記常山相富波等人奏准修祀封龍山神祠一
事。清宣宗道光廿七年（1874A.D.）發現，今藏河北省元氏縣文清書院。

　　104、〈華山碑〉，〔註 449〕一稱「西嶽華山廟碑」，〔註 450〕或「華山廟碑」，
〔註 451〕或「以爲郭香察所書」，非是。〔註 452〕東漢桓帝延熹八年（165A.D.）
刻，石高 254 公分，寬 119 公分。篆額「西嶽華山廟碑」6 字，碑文凡 22 行，
行 38 字。記弘農太守袁逢修祀華山神廟，見光武帝建武年間所立碑石文字磨
滅，故重新勒石之事。明世宗嘉慶卅四年毀於地震；今陝西省華陰縣西嶽廟
中之「華山廟碑」，乃阮元命人翻刻者。

　　105、〈徐州從事繆紆墓志〉，〔註 453〕東漢桓帝延熹八年（165A.D.）刻。
1982 年於江蘇邳縣燕子埠青龍山發現。

　　106、〈鮮于璜碑〉，〔註 454〕東漢桓帝延熹八年（165A.D.）刻，乃雁門太
守鮮于璜之墓碑。石高 232 公分，寬 81～83 公分。碑陽篆額「漢故鴈門太守
鮮于君碑」10 字，文 16 行，行 35 字；碑陰 15 行，行 25 字。1972 年於河北
省武清縣高村公社出土，現藏天津歷史博物館。

〔註 447〕袁維春，《秦漢碑述》，頁 260，引王壯弘，《增補校碑隨筆》：張天弓，《中國書法
　　　　大事年表》，頁 47。

〔註 448〕方若，《校碑隨筆》，頁 10；梁披雲等，《中國書法大辭典》，下冊，頁 1069。

〔註 449〕梁章鉅，《退盦金石書畫跋》，上冊，卷二，頁 111；何紹基，《東洲草堂金石跋》，
　　　　卷三，頁 120；梁披雲等，《中國書法大辭典》，下冊，頁 1070；張天弓，《中國書
　　　　法大事年表》，頁 47。

〔註 450〕洪适，《隸釋》，卷二十一，頁 233，引歐陽修，《集古錄》、卷二十四，頁 259，引
　　　　趙明誠，《金石錄‧上》、卷二，頁 25；翁方綱，《兩漢金石記》，上冊，卷十，頁
　　　　537；王昶，《金石萃編》，第一冊，卷十一，頁 4；方若，《校碑隨筆》，頁 11；袁
　　　　維春，《秦漢碑述》，頁 275，引王壯弘，《增補校碑隨筆》。

〔註 451〕張天弓，《中國書法大事年表》，頁 46。

〔註 452〕洪适：「東漢循王莽之禁，人無二名。『郭香察書』者，察涖它人之書爾。小歐陽
　　　　以爲郭香察所書，非也。」見：洪适，《隸釋》，卷二，頁 26。

〔註 453〕張天弓，《中國書法大事年表》，頁 47。

〔註 454〕梁披雲等，《中國書法大辭典》，下冊，頁 1070；上海書畫出版社，《鮮于璜碑》，
　　　　首頁，〈《鮮于璜碑》簡介〉；張天弓，《中國書法大事年表》，頁 47。

107、〈武榮碑〉，〔註455〕一稱「執金吾丞武榮碑」，〔註456〕或「漢故執金吾丞武君之碑」，〔註457〕乃執金吾丞武榮之墓碑。東漢桓帝永康元年（167A.D.）刻，〔註458〕石高 239 公分，寬 64 公分。隸額，凡 10 行，行 31 字，唯末行 3 字。今在山東省濟寧縣孔廟戟門西側。

108、〈孝堂山石室畫象題字〉，〔註459〕一稱「漢郭巨墓石室畫象題字」，〔註460〕或「孝堂山石室高令明題記」，〔註461〕石室三間，在山東省長清縣孝堂山上肥城縣，畫像共 10 幅，其中，第三、六、七、十各幅下有隸書圖說，第三幅另有東漢桓帝永康元年（167A.D.）高令明觀記；第六幅另有謝賢明記東漢順帝永建四年（129A.D.）邵善來此叩頭之事。則畫像當在永建四年前。

109、〈饋饋臺畫像石題記〉，〔註462〕東漢桓帝永康元年（167A.D.）刻。1983 年於山東省梁山縣城關饋饋臺村出土，現藏梁山縣文化館。

110、〈建寧元年殘碑〉，〔註463〕東漢靈帝建寧元年（168A.D.）刻。殘存 5 行，20 餘字。1976 年於山西省臨猗縣城關翟村漢丞相翟方進墓中出土。

111、〈衡方碑〉，〔註464〕一稱「衛尉卿衡方碑」，〔註465〕或「衛尉衡方碑」，

〔註455〕洪适，《隸釋》，卷二十一，頁 224，引歐陽修，《集古錄》：梁披雲等，《中國書法大辭典》，下冊，頁 1089：袁維春，《秦漢碑述》，頁 291，引王壯弘，《增補校碑隨筆》：張天弓，《中國書法大事年表》，頁 48。

〔註456〕洪适，《隸釋》，卷十二，頁 139：孫承澤，《庚子銷夏記》，卷五，頁 221：王昶，《金石萃編》，第一冊，卷十二，頁 1：方若，《校碑隨筆》，頁 11。

〔註457〕翁方綱，《兩漢金石記》，上冊，卷八，頁 455。

〔註458〕「碑不著年月，顧氏《隸辨》以爲永康元年，仍之。」見：方若，《校碑隨筆》，頁 11。

〔註459〕王昶，《金石萃編》，第一冊，卷七，頁 1：

〔註460〕翁方綱，《兩漢金石記》，上冊，卷十四，頁 766。原按：「石本無郭巨墓字，其稱郭墓者，據傳聞也。」

〔註461〕張天弓，《中國書法大事年表》，頁 47。「高令明」之「令」誤作「永」。

〔註462〕張天弓，《中國書法大事年表》，頁 47。

〔註463〕張天弓，《中國書法大事年表》，頁 48。

〔註464〕洪适，《隸釋》，卷二十二，頁 235，引歐陽修，《集古錄》：梁章鉅，《退盦金石書畫跋》，上冊，卷二，頁 117：何紹基，《東洲草堂金石跋》，卷三，頁 121：

〔註466〕或「漢故衛尉卿衡府君之碑」，〔註467〕乃衛尉卿衡方之墓碑。朱登書，東漢靈帝建寧元年（168A.D.）立，石高 231 公分，寬 145 公分。碑陽隸額「漢故衛尉卿衡府君之碑」10 字，碑文凡 23 行，行 36 字；碑陰漫漶甚，只辨「南郡」等二列題名。今在山東省汶上縣西南十五里郭家樓前。

　　112、〈李冰石像題銘〉，〔註468〕東漢靈帝建寧元年（168A.D.）刻。題銘分刻三處：石像中央腹部一行，曰「故蜀郡李府君諱冰」8 字；左右衣袖各 1 行 15 字，凡 38 字。1974 年於四川灌縣都江堰發現，現藏灌縣伏龍觀。

　　113、〈張壽碑〉，〔註469〕一稱「竹邑侯相張壽碑」，〔註470〕或「漢故竹邑侯相張壽碑」，〔註471〕或「竹邑侯相張壽殘碑」，〔註472〕乃竹邑侯相張壽之墓碑。東漢靈帝建寧元年（168A.D.）刻，石高 96 公分，寬 120 公分。凡 16 行，556字；殘餘 181 字。現藏山東省成武縣孔廟。

　　114、〈郭有道碑〉，〔註473〕一稱「郭林宗碑」，〔註474〕「郭泰碑」，〔註475〕或東漢靈帝建寧二年（169A.D.）刻。凡 12 行，行 40 字。舊在山西省介休縣，原石於宋前已佚，傳世拓本皆重書重刻者。

　　　　梁披雲等，《中國書法大辭典》，下冊，頁 1071；袁維春，《秦漢碑述》，頁 303，
　　　　引王壯弘，《增補校碑隨筆》；張天弓，《中國書法大事年表》，頁 48。

〔註465〕洪适，《隸釋》，卷二十四，頁 261，引趙明誠，；王昶，《金石萃編》，第一冊，
　　　　卷十二，頁 4；方若，《校碑隨筆》，頁 11。

〔註466〕洪适，《隸釋》，卷八，頁 90。

〔註467〕翁方綱，《兩漢金石記》，下冊，卷十二，頁 664。

〔註468〕張天弓，《中國書法大事年表》，頁 48。

〔註469〕梁披雲等，《中國書法大辭典》，下冊，頁 1072；袁維春，《秦漢碑述》，頁 297，
　　　　引王壯弘，《增補校碑隨筆》。

〔註470〕洪适，《隸釋》，卷二十二，頁 228，引歐陽修，《集古錄》、卷七，頁 88；孫承
　　　　澤，《庚子銷夏記》，卷五，頁 222；王昶，《金石萃編》，第一冊，卷十二，頁 3。

〔註471〕翁方綱，《兩漢金石記》，下冊，卷十二，頁 686。

〔註472〕方若，《校碑隨筆》，頁 11。

〔註473〕方若，《校碑隨筆》，頁 13；袁維春，《秦漢碑述》，頁 342。

〔註474〕翁方綱，《兩漢金石記》，下冊，卷十七，頁 961。

〔註475〕王昶，《金石萃編》，第一冊，卷十二，頁 7；梁披雲等，《中國書法大辭典》，下
　　　　冊，頁 1072。

115、〈史晨碑〉，〔註476〕一稱「魯相史晨孔子廟碑」，〔註477〕或「史晨前後碑」，〔註478〕或「史晨饗孔廟碑并奏銘」，〔註479〕東漢靈帝建寧二年（169A.D.）刻，石高231公分，寬112公分。碑陽14行，423字；碑陰17行，526字。共949字。碑陽記魯相史晨奏准以公費修繕並饗祀孔廟之事，碑陰附刻史晨先前所上之奏章。現存山東省曲阜縣孔廟碑林。

116、〈肥致碑〉，〔註480〕東漢靈帝建寧二年（169A.D.）刻。凡19行，滿行29字，計484字。1991年河南偃師市南蔡莊鄉南蔡莊村出土，現藏偃師市商城博物館。

117、〈許阿瞿墓誌〉，〔註481〕一稱「許阿瞿畫像石左方墓志」，〔註482〕或「許阿瞿畫像石題記」，〔註483〕東漢靈帝建寧三年（170A.D.）刻，乃五歲幼童許阿

〔註476〕梁披雲等，《中國書法大辭典》，下冊，頁1073。按：史晨於建寧元年到官，見孔廟中「無公出享獻之薦」，乃先「自以奉錢脩上案食醊具，以敘小節」；復於二年奏請「出王家穀，春秋行禮，以供煙祀」。既准，「乃敢承祀」。據碑陽「刊石勒銘，並列本奏」之語，知史晨之奏章實附刻於碑陰。唯因上奏在前，饗祀在後，故宋代洪适已誤謂「前碑載奏請之章」，而「後碑」「敘饗禮之盛」，見：洪适，《隸釋》，卷一，頁24～25。至清初，孫承澤謂「前碑載史姓字爵里」，「後碑史……上尚書」云云；見：孫承澤，《庚子銷夏記》，卷五，頁214；固已矯洪氏之誤。然稍晚之翁方綱，反指「孫退谷《庚子銷夏記》誤以後碑爲前碑」，見：翁方綱，《兩漢金石記》，上冊，卷六，頁344。其後之論金石者，如：王昶、梁章鉅、何紹基，莫不襲洪、翁之誤。見：王昶，《金石萃編》，卷十三，頁3；梁章鉅，《退盦金石書畫跋》，上冊，卷二，頁119；何紹基，《東洲草堂金石跋》，卷三，頁123；梁披雲等，《中國書法大辭典》，下冊，頁1073。至方若謂「魯相史晨謁孔子廟碑，與史晨奏銘刻在一石」；且先述謁孔子廟碑，再及於奏銘，則當係以「史晨謁孔子廟碑」爲碑陽，而以「史晨奏銘」爲碑陰。見：方若，《校碑隨筆》，頁12。此碑當如王壯弘所稱，作「史晨饗孔廟碑并奏銘」，或如《中國書法大辭典》簡稱「史晨碑」。

〔註477〕孫承澤，《庚子銷夏記》，卷五，頁214。

〔註478〕梁章鉅，《退盦金石書畫跋》，上冊，卷二，頁119。

〔註479〕袁維春，《秦漢碑述》，頁318，引王壯弘，《增補校碑隨筆》。

〔註480〕張天弓，《中國書法大事年表》，頁48。

〔註481〕梁披雲等，《中國書法大辭典》，下冊，頁1074。

〔註482〕高文，《漢碑集釋》，頁354。

〔註483〕張天弓，《中國書法大事年表》，頁48。

瞿之墓志。石高 112 公分，寬 70 公分。凡 6 行，行 26 字。1973 年於河南省南陽市東郊出土，現藏南陽市博物館。

118、〈夏承碑〉，〔註484〕一稱「淳于長夏承碑」，〔註485〕或「漢北海淳于長夏君碑」，〔註486〕或「北海淳于長夏承碑」，〔註487〕乃淳于長夏承之墓碑。東漢靈帝建寧三年（170A.D.）刻，石高 267 公分，寬 128 公分。篆額「漢北海淳于長夏承碑」9 字；碑文 13 行，行 30 字。石舊在河北永年，宋哲宗元祐年間（1086～1094A.D.）出土，明憲宗成化年間（1465～1487A.D.）毀於地震。

119、〈西狹頌〉，〔註488〕一稱「武都太守李翕碑」，〔註489〕「武都太守李翕西狹頌」，〔註490〕或「漢武都太守李翕西狹頌」，〔註491〕或「李翕西狹頌」，〔註492〕或「惠安西表摩崖」，〔註493〕東漢靈帝建寧四年（171A.D.）刻，仇靖書文。摩崖，石高 290 公分，寬 198 公分。篆額「惠安西表」4 字；碑文凡 20 行，行 20 字；另有題名及祥瑞畫像記，合計 527 字。現存甘肅省成縣天井山。

120、〈陳德碑〉，〔註494〕一稱「陳德殘碑」，〔註495〕東漢靈帝建寧四年（171A.D.）刻，碑陽篆額 6 字，文存 10 行，行 5 字；碑陰篆額 6 字，文存 10

〔註484〕梁披雲等，《中國書法大辭典》，下冊，頁 1074；袁維春，《秦漢碑述》，頁 343，引王壯弘，《增補校碑隨筆》。

〔註485〕洪适，《隸釋》，卷二十四，頁 262，引趙明誠，《金石錄‧上》、卷八，頁 94；孫承澤，《庚子銷夏記》，卷五，頁 219；王昶，《金石萃編》，第一冊，卷十三，頁 6；方若，《校碑隨筆》，頁 13。

〔註486〕翁方綱，《兩漢金石記》，上冊，卷十，頁 550。

〔註487〕張天弓，《中國書法大事年表》，頁 48。

〔註488〕梁章鉅，《退盦金石書畫跋》，上冊，卷二，頁 125；梁披雲等，《中國書法大辭典》，下冊，頁 1074；張天弓，《中國書法大事年表》，頁 49。

〔註489〕洪适，《隸釋》，卷二十五，頁 263，引趙明誠，《金石錄‧中》。

〔註490〕洪适，《隸釋》，卷四，頁 52；袁維春，《秦漢碑述》，頁 354，引王壯弘，《增補校碑隨筆》。

〔註491〕翁方綱，《兩漢金石記》，下冊，卷十三，頁 701。

〔註492〕王昶，《金石萃編》，第一冊，卷十四，頁 1。

〔註493〕方若，《校碑隨筆》，頁 14。

〔註494〕翁方綱，《兩漢金石記》，下冊，卷十六，頁 938。

〔註495〕方若，《校碑隨筆》，頁 13；梁披雲等，《中國書法大辭典》，下冊，頁 1074；袁維春，《秦漢碑述》，頁 352，引王壯弘，《增補校碑隨筆》。

行，行 5 字。褚峻於山東沂州訪得，清雍正六年（1728A.D.）以後亡佚。

121、〈楊叔恭碑〉，〔註496〕一稱「沇州刺史楊叔恭殘碑」，〔註497〕或「楊叔恭殘碑」，〔註498〕東漢帝建寧四年（171A.D.）刻。碑陽存 12 行，71 字；碑陰可辨者僅 10 字；碑側 4 行，12 字。清嘉慶廿一年於山東鉅野城南出土，現藏北京故宮博物院。

122、〈孔彪碑〉，〔註499〕一稱「博陵太守孔彪碑」，〔註500〕或「漢故博陵太守孔府君碑」，〔註501〕東漢靈帝建寧四年（171A.D.）刻，乃孔子十九世孫孔彪之墓碑。石高 343 公分，寬 115 公分。篆額「漢故博陵太守孔府君碑」10 字，碑陽凡 18 行，行 45 字；碑陰 13 行。今在山東曲阜。

123、〈郙閣頌〉，〔註502〕一稱「李翕析里橋郙閣頌」，〔註503〕或「漢析里橋郙閣頌」，〔註504〕或「李翕析里橋郙閣頌摩崖」，〔註505〕或「析里橋郙閣頌」，〔註506〕東漢靈帝建寧五年（172A.D.）刻，仇靖撰文，仇紼書。摩崖，石高 251 公分，寬 182 公分。隸額「析里橋郙閣頌」6 字；碑文凡 24 行，549 字。現

〔註496〕張天弓，《中國書法大事年表》，頁 49。

〔註497〕方若，《校碑隨筆》，頁 14。

〔註498〕梁披雲等，《中國書法大辭典》，下冊，頁 1074；袁維春，《秦漢碑述》，頁 385，引王壯弘，《增補校碑隨筆》。

〔註499〕梁披雲等，《中國書法大辭典》，下冊，頁 1076；張天弓，《中國書法大事年表》，頁 49。

〔註500〕洪适，《隸釋》，卷二十五，頁 264，引趙明誠，《金石錄・中》、卷八，頁 96；孫承澤，《庚子銷夏記》，卷五，頁 217；王昶，《金石萃編》，第一冊，卷十四，頁 3；方若，《校碑隨筆》，頁 14；袁維春，《秦漢碑述》，頁 352，引王壯弘，《增補校碑隨筆》。

〔註501〕翁方綱，《兩漢金石記》，上冊，卷六，頁 349。

〔註502〕洪适，《隸釋》，卷二十二，頁 236，引歐陽修，《集古錄》；梁章鉅，《退盦金石書畫跋》，上冊，卷二，頁 127；梁披雲等，《中國書法大辭典》，下冊，頁 1076；張天弓，《中國書法大事年表》，頁 49。

〔註503〕洪适，《隸釋》，卷四，頁 53；孫承澤，《庚子銷夏記》，卷五，頁 224；王昶，《金石萃編》，第一冊，卷十四，頁 6。

〔註504〕翁方綱，《兩漢金石記》，下冊，卷十三，頁 709。

〔註505〕方若，《校碑隨筆》，頁 15。

〔註506〕袁維春，《秦漢碑述》，頁 389，引王壯弘，《增補校碑隨筆》。

存陝西省略陽縣白崖。

　　124、〈孟津建寧五年黃腸石題字〉，〔註507〕東漢靈帝建寧五年（172A.D.）刻。1984 年於河南省孟津縣發現。

　　125、〈熹平殘碑〉，〔註508〕東漢靈帝熹平二年（173A.D.）刻，殘存 7 行，首行 8 字，二行 13 字，三至六行各 14 字，末行 1 字。乾隆五十八年（1793A.D.）於山東省曲阜東郊出土，現藏曲阜孔廟大成殿東廡。

　　126、〈楊淮表記〉，〔註509〕一稱「司隸校尉楊淮表記」，〔註510〕或「司隸校尉楊淮表摩崖」，〔註511〕東漢靈帝熹平二年（173A.D.）刻，摩崖，蓋同郡卞玉過楊淮墓，勒此銘頌楊淮及弟弼之功德。石高 274 公分，寬 73 公分。凡 7 行，行 24 至 26 字不等。在陝西褒城石門西壁。

　　127、〈四神刻石〉，〔註512〕東漢靈帝熹平二年（173A.D.）刻。1914 年於山東省莒縣于家莊出土，現藏濟寧市博物館。

　　128、〈魯峻碑〉，〔註513〕一稱「司隸校尉魯峻碑」，〔註514〕或「漢故司隸校尉忠惠父魯君碑」，〔註515〕東漢靈帝熹平二年（173A.D.）刻。乃魯峻之墓碑，

〔註507〕張天弓，《中國書法大事年表》，頁 49。

〔註508〕王昶，《金石萃編》，第一冊，卷十五，頁 7；方若，《校碑隨筆》，頁 16；袁維春，《秦漢碑述》，頁 419，引王壯弘，《增補校碑隨筆》；張天弓，《中國書法大事年表》，頁 49。

〔註509〕梁披雲等，《中國書法大辭典》，下冊，頁 1076；袁維春，《秦漢碑述》，頁 401，引王壯弘，《增補校碑隨筆》；高文，《漢碑集釋》，頁 387；張天弓，《中國書法大事年表》，頁 49。

〔註510〕翁方綱，《兩漢金石記》，下冊，卷十三，頁 740；王昶，《金石萃編》，第一冊，卷十五，頁 2。

〔註511〕方若，《校碑隨筆》，頁 15。

〔註512〕張天弓，《中國書法大事年表》，頁 49。

〔註513〕洪适，《隸釋》，卷二十一，頁 225，引歐陽修，《集古錄》；梁披雲等，《中國書法大辭典》，下冊，頁 1078；袁維春，《秦漢碑述》，頁 403，引王壯弘，《增補校碑隨筆》；高文，《漢碑集釋》，頁 390。

〔註514〕洪适，《隸釋》，卷二十五，頁 265，引趙明誠，《金石錄‧中》、洪适，《隸釋》，卷九，頁 100；孫承澤，庚子銷夏記》，卷五，頁 220；王昶，《金石萃編》，第一冊，卷十五，頁 3；方若，《校碑隨筆》，頁 15。

〔註515〕翁方綱，《兩漢金石記》，上冊，卷八，頁 401。

石高 289 公分，寬 149 公分。碑陽篆額「漢故司隸校尉忠惠父魯君碑」12 字，文 17 行，行 32 字；碑陰篆額「門生故吏名」5 字，文 2 列，列 21 行。現藏山東省濟寧市鐵塔寺街市教育局。

129、〈婁壽碑〉，[註516] 一稱「玄儒婁先生碑」，[註517] 或「玄儒先生婁壽碑」，[註518] 或「漢元儒先生婁壽碑」，[註519] 東漢靈帝熹平三年（174A.D.）刻，乃婁壽之墓碑。篆額「玄儒婁先生碑」6 字，文凡 13 行，行 25 字，唯末行 6 字。石舊在湖北襄陽，久佚。

130、〈耿勳碑〉，[註520] 一稱「漢武都太守耿勳碑」，[註521] 或「武都太守耿勳碑」，[註522] 或「耿勳表」，[註523] 東漢靈帝熹平三（174A.D.）刻，乃武都太守耿勳之表頌。在甘肅成縣天成山，摩崖，石高 218 公分，寬 205 公分。凡 22 行，行 22 字，唯末行 12 字。

131、〈伯興妻殘碑〉，[註524] 東漢靈帝熹平三年（174A.D.）刻。殘存 5 行，行 13 或 14 字，計 69 字。1980 年於山東台兒莊張山子鎮官牧村發現，現藏山東棗莊市博物館。

132、〈營陵置社碑〉，[註525] 東漢靈帝熹平三年（174A.D.）刻。隸額「營陵置社之碑」6 字；碑陽、碑陰皆 10 行，行 25 字；兩側一作 3 列，一作 2 列。

133、〈韓仁銘〉，[註526] 一稱「漢聞熹長韓仁銘」，[註527] 或「聞熹長韓

〔註516〕梁披雲等，《中國書法大辭典》，下冊，頁 1078；高文，《漢碑集釋》，頁 411。

〔註517〕洪适，《隸釋》，卷二十一，頁 214，引歐陽修《集古錄》。

〔註518〕洪适，《隸釋》，卷九，頁 103。

〔註519〕翁方綱，《兩漢金石記》，下冊，卷十六，頁 933。

〔註520〕高文，《漢碑集釋》，頁 402；張天弓，《中國書法大事年表》，頁 49。

〔註521〕翁方綱，《兩漢金石記》，下冊，卷十三，頁 718；方若，《校碑隨筆》，頁 16。

〔註522〕王昶，《金石萃編》，第一冊，卷十五，頁 7。

〔註523〕梁披雲等，《中國書法大辭典》，下冊，頁 1078。

〔註524〕張天弓，《中國書法大事年表》，頁 49。

〔註525〕張天弓，《中國書法大事年表》，頁 50。

〔註526〕梁披雲等，《中國書法大辭典》，下冊，頁 1080；袁維春，《秦漢碑述》，頁 460，引王壯弘，《增補校碑隨筆》；高文，《漢碑集釋》，頁 417；張天弓，《中國書法大事年表》，頁 50。

〔註527〕翁方綱，《兩漢金石記》，下冊，卷十二，頁 681。

仁銘」，[註528] 東漢靈帝熹平四年（175A.D.）刻。乃聞憙長韓仁之墓碑，石高 228 公分，寬 125 公分。篆額「漢循吏故聞憙長韓仁銘」10 字，文凡 8 行，145 字。金哀宗正大五年（1228A.D.）李輔之發現，清康熙年間一度亡佚，又再發現。1925 年移置河南省滎陽縣第六初級中學。

　　134、〈堂谿典嵩高山請雨銘〉，[註529] 一稱「堂谿典嵩高山石闕銘」，[註530] 或「嵩高山請雨銘」，[註531] 或「請雨銘」，[註532] 東漢靈帝熹平四年（175A.D.）刻，在河南登封摩崖，刻於〈開母廟西闕銘〉之下，高 30 公分，寬存約 100 公分。殘存 17 行，行 5。傳世拓本完整者 64 字，缺損者 8 字。

　　135、〈孫仲隱墓記〉，[註533] 東漢靈帝熹平四年（175A.D.）刻。凡 6 行，行 9 字；唯末行 5 字。1983 年於山東省高密縣西南田莊鄉發現，現藏高密縣圖書館。

　　136、〈尹宙碑〉，[註534] 一稱「從事尹宙碑」，[註535] 或「豫州從事尹宙碑」，[註536] 東漢靈帝熹平六年（177A.D.）刻。乃豫州從事尹宙之墓碑，石高 267 公分，寬 128 公分。篆額「漢故豫州從事尹君之銘」10 字，僅存「從銘」2 字；文凡 15 行，行 27 字。元仁宗皇慶元年（1312A.D.）於洧川出土，移置孔廟；未久，又沒土中入。明萬曆中，因洧水泛漲岸崩而石復出。現藏河南省鄢陵縣第二中學。

〔註528〕王昶，《金石萃編》，第一冊，卷十七，頁 1；方若，《校碑隨筆》，頁 17。

〔註529〕梁披雲等，《中國書法大辭典》，下冊，頁 1080。

〔註530〕洪适，《隸釋》，卷二十五，頁 263，引趙明誠，《金石錄·中》；翁方綱，《兩漢金石記》，上冊，卷九，頁 527；高文，《漢碑集釋》，頁 421「谿」字作「溪」，非。

〔註531〕袁維春，《秦漢碑述》，頁 466，引王壯弘，《增補校碑隨筆》。

〔註532〕張天弓，《中國書法大事年表》，頁 50。

〔註533〕張天弓，《中國書法大事年表》，頁 50。

〔註534〕梁披雲等，《中國書法大辭典》，下冊，頁 1081；袁維春，《秦漢碑述》，頁 473，引王壯弘，《增補校碑隨筆》；高文，《漢碑集釋》，頁 424；張天弓，《中國書法大事年表》，頁 50。

〔註535〕翁方綱，《兩漢金石記》，下冊，卷十二，頁 674。

〔註536〕王昶，《金石萃編》，第一冊，卷十七，頁 2；方若，《校碑隨筆》，頁 17。

137、〈趙寬碑〉，[註537] 一稱「三老趙寬碑」，[註538] 東漢靈帝光和三年（180A.D.）刻，乃趙充國孫趙寬之墓碑。石高 110 公分，寬 55 公分。篆額「三老趙掾之碑」6 字；文凡 23 行，行 32 字，唯第二十行 12 字，末行僅 10 字，共 694 字。1943 年於青海省樂都縣白崖子發現，曾歸馬步芳，後藏青海省圖書館；1950 年遇火，僅存一小塊。

138、〈劉梁碑〉，[註539] 東漢靈帝光和四年（181A.D.）刻。殘存二石，一石 6 行，15 字；一石 4 行，20 字，碑陰有「其辭曰」3 字。原在河南省安陽縣豐樂鎮西門豹祠，現藏安陽縣文物館。

139、〈三公山碑〉，[註540] 一稱「三公碑」，[註541] 或「三公之碑」，[註542] 東漢靈帝光和四年（181A.D.）刻。陽文隸額「三公之碑」，左右各陰文隸書 3 字，曰「封龍君」、「靈山君」。文凡 23 行，行 41 字。今在河北省直隸文清書院。

140、〈校官碑〉，[註543] 一稱「溧陽長潘乾校官碑」，[註544] 或「潘乾校官碑」，[註545] 或「校官潘乾碑」，[註546] 東漢靈帝光和四年（181A.D.）刻，石高 188 公分，寬 106 公分。碑陽隸額「校官之碑」4 字，文凡 16 行，行 27 字‧唯第十二行僅 13 字，末行僅 7 字。碑陰題名 3 列，上列 3 行，下二列各 5 行。南宋紹興十三年（1143A.D.）溧水尉喻仲遠得於固城湖中，移置江蘇溧

〔註537〕梁披雲等，《中國書法大辭典》，下冊，頁 1082；高文，《漢碑集釋》，頁 432；張天弓，《中國書法大事年表》，頁 51。

〔註538〕袁維春，《秦漢碑述》，頁 484，引王壯弘，《增補校碑隨筆》。

〔註539〕張天弓，《中國書法大事年表》，頁 51。

〔註540〕洪适，《隸釋》，卷三，頁 43；張天弓，《中國書法大事年表》，頁 51。

〔註541〕洪适，《隸釋》，卷二十六，頁 279，引趙明誠，《金石錄‧下》。

〔註542〕梁披雲等，《中國書法大辭典》，下冊，頁 1082。

〔註543〕翁方綱，《兩漢金石記》，下冊，卷十一，頁 618；王昶，《金石萃編》，第一冊，卷十七，頁 3；梁章鉅，《退盦金石書畫跋》，上冊，卷二，頁 133；梁披雲等，《中國書法大辭典》，下冊，頁 1083；張天弓，《中國書法大事年表》，頁 51。

〔註544〕洪适，《隸釋》，卷五，頁 58。

〔註545〕何紹基，《東洲草堂金石跋》，卷三，頁 124。

〔註546〕方若，《校碑隨筆》，頁 17；袁維春，《秦漢碑述》，頁 494，引王壯弘，《增補校碑隨筆》。

陽縣學；現藏南京博物館。

141、〈魏元丕碑〉，〔註547〕一稱「涼州刺史魏元丕碑」，〔註548〕或「涼州刺史魏純碑」，〔註549〕或「漢故涼州刺史魏君之碑」，〔註550〕東漢靈帝光和四年（181A.D.）刻。篆額「漢故涼州刺史魏君之碑」10字，文凡16行，行28字，存469字。原石早佚。

142、〈五曹詔書碑〉，〔註551〕東漢靈帝光和四年（181A.D.）刻。1983年於四川省昭覺縣出土，現藏昭覺縣文化館。

143、〈王舍人碑〉，〔註552〕東漢靈帝光和六年（183A.D.）刻。篆額存「漢舍人王君之」6字，文凡12行，各行字數不等。1932年於山東省平度縣侯家村出土，現藏平度縣博物館。

144、〈白石神君碑〉，〔註553〕東漢靈帝光和六年（183A.D.）刻，石高180公分，寬109公分。碑陽篆額「白石神君碑」陽文5字，碑文16行，行35字；碑陰3列：上列4行，中列12行，下列11行。碑原在河北省元氏縣蘇莊白石山本廟，現藏元氏縣封龍山碑樓。

145、〈張表造虎函刻石〉，〔註554〕一稱「張表造虎函記」，〔註555〕東漢靈帝光和六年（183A.D.）刻。凡5行，計40字。清光緒卅四年（1908A.D.）山東

〔註547〕梁披雲等，《中國書法大辭典》，下冊，頁1083；張天弓，《中國書法大事年表》，頁51。

〔註548〕洪适，《隸釋》，卷十，頁118；袁維春，《秦漢碑述》，頁452，引王壯弘，《增補校碑隨筆》。

〔註549〕袁維春，《秦漢碑述》，頁453，引孫承澤，《庚子銷夏記》：唯今本《庚子銷夏記》無。

〔註550〕翁方綱，《兩漢金石記》，下冊，卷十一，頁901。

〔註551〕張天弓，《中國書法大事年表》，頁51。

〔註552〕張天弓，《中國書法大事年表》，頁51。

〔註553〕洪适，《隸釋》，卷二十五，頁273，引趙明誠，《金石錄・中》、卷三，頁46；孫承澤，庚子銷夏記》，卷五，頁225；翁方綱，《兩漢金石記》，下冊，卷十一，頁632；王昶，《金石萃編》，第一冊，卷十七，頁6；方若，《校碑隨筆》，頁17；袁維春，《秦漢碑述》，頁509，引王壯弘，《增補校碑隨筆》；高文，《漢碑集釋》，頁457；張天弓，《中國書法大事年表》，頁51。

〔註554〕梁披雲等，《中國書法大辭典》，下冊，頁1084。

〔註555〕張天弓，《中國書法大事年表》，頁51。

東平出土，現藏山東濟南圖書館。

146、〈熹平石經〉，一稱「漢石經殘字」，〔註556〕東漢靈帝光和六年（183A.D.）立。〔註557〕共 46 石，兩面刻字。原在河南洛陽；後遭兵火，又屢經遷徙，故散落不存。北宋以來，洛陽偶有〈熹平石經〉殘石出土，今存 100 餘方。包括：一、《周易》殘石，〔註558〕高 33 公分，寬 62 公分。正面 21 行，凡 191 字，刻〈家人〉至〈歸妹〉；背面 27 行，凡 264 字，刻〈文言〉與〈說卦〉。〔註559〕民國年間於河南省洛陽出土，現藏西安碑林博物館。二、《詩經》殘石，〔註560〕兩段，一刻〈魏風〉，8 行，71 字，又半字 9；一刻〈唐風〉，4 行，32 字，又半字 2。三、《尚書》殘石，〔註561〕三段，一刻〈盤庚篇〉，5 行半，26 字，又半字 5；一刻〈洪範篇〉，10 行，77 字，又半字 11；一刻〈君奭篇〉，2 行，11 字，又半字 3。四、《春秋》殘石，〔註562〕兩面，存 624 字，現藏臺北國立歷史博物館。五、《儀禮》殘石，〔註563〕兩段，一刻〈大射儀〉，7 行 35 字，又半字 5；一刻〈聘禮〉，6 行，31 字。六、《春秋公羊傳》殘石，〔註564〕刻〈隱公四年〉傳，3 行，18 字，又半字 2。七、《論語》殘石，

〔註556〕翁方綱，《兩漢金石記》，上冊，卷三，頁 109。

〔註557〕《後漢書・蔡邕傳》載：「熹平四年，乃與五官中郎將堂谿典、光祿大夫楊賜、諫議大夫馬日磾、議郎張馴、韓說、太史令單颺等，奏求正定六經文字。靈帝許之，邕乃自書丹於碑，使工鐫刻，立於太學門外。」見：范曄，《後漢書》（臺北：鼎文書局，1978），卷六十下，頁 1990。《水經注・穀水》載：「東漢靈帝光和六年刻石鏤碑，載五經，立於太學講堂前，悉在東側。」見：酈道元，《水經注》，卷十六，頁 79。蓋所謂「熹平石經」者，倡始於熹平四年，歷時九年，而於光和六年畢工。

〔註558〕張天弓，《中國書法大事年表》，頁 51。

〔註559〕或將刻〈文言〉與〈說卦〉者作正面，而將刻〈家人〉至〈歸妹〉作背面，見：張天弓，《中國書法大事年表》，頁 51～52。然〈家人〉至〈歸妹〉乃《周易》經文，自當在前；而〈文言〉與〈說卦〉則為《周易》傳文，固宜在後。

〔註560〕翁方綱，《兩漢金石記》，上冊，卷三，頁 113～116。

〔註561〕翁方綱，《兩漢金石記》，上冊，卷三，頁 109～113；方若，《校碑隨筆》，頁 16。

〔註562〕國立歷史博物館編輯委員會，《漢熹平石經》（臺北：國立歷史博物館，1981）。何浩天序謂此石為「春秋公羊殘石」，非是。當逕稱「熹平石經春秋殘石」參見書後：屈萬里，〈國立歷史博物館藏漢熹平石經春秋殘石題記〉。

〔註563〕翁方綱，《兩漢金石記》，上冊，卷三，頁 117～119。

〔註564〕翁方綱，《兩漢金石記》，上冊，卷三，頁 119～121。

〔註565〕四段，一刻〈為政篇〉，8 行，53 字，又半字 11；一刻〈微子篇〉，8
行，172 字，又半字 4；一刻〈堯曰篇〉。凡上下兩段，上段 27 字，又半字 4，
下段 40 字，又半字 5；一刻篇末識語，3 行，18 字，又半字 4。

147、〈孔褒碑〉，〔註566〕一稱「漢故豫州從事孔君之碑」，〔註567〕或「豫州
從事孔褒碑」，〔註568〕當立於東漢靈帝中平元年（184A.D.）以後，〔註569〕乃孔
子二十世孫孔褒之墓碑。石高 323 公分，寬 89 公分。隸額「漢故豫州從事孔君
之碑」10 字，文凡 14 行，存 170 餘字。雍正三年出土，現藏山東曲阜孔廟同
文門內西側。

148、〈曹全碑〉，〔註570〕一稱「郃陽令曹全碑」，〔註571〕或「曹景完碑」，
〔註572〕東漢靈帝中平二年（185A.D.）刻，乃王敞等人對曹全之頌德碑。石高
253 公分，寬 123 公分。碑陽 20 行，行 45 字；碑陰 5 列，第一列 1 行，第二
列 26 行，第三列 5 行，第四列 17 行，第五列 4 行。明神宗萬曆初（1573A.D.）
於陝西省郃陽縣舊城出土，現藏陝西省西安市陝西博物館。

149、〈張遷碑〉，〔註573〕一稱「蕩陰令張遷碑」，〔註574〕或「漢故穀城長蕩

〔註565〕翁方綱，《兩漢金石記》，上冊，卷三，頁 121～127；方若，《校碑隨筆》，頁 16。

〔註566〕袁維春，《秦漢碑述》，頁 381，引王壯弘，《增補校碑隨筆》；高文，《漢碑集釋》，
頁 468。

〔註567〕翁方綱，《兩漢金石記》，上冊，卷七，頁 369。

〔註568〕王昶，《金石萃編》，第一冊，卷十四，頁 5；方若，《校碑隨筆》，頁 14。

〔註569〕翁方綱，《兩漢金石記》，上冊，卷七，頁 371 謂〈孔褒碑〉之「立石歲月不可考」；
或曰：「碑有云『元節所過』，元節即張儉之字也。碑之立必在中平元年黨禁已解
之後，故得直書其事而無所諱避也。」見：王昶，《金石萃編》，第一冊，卷十四，
頁 5～6 引，《抱經堂文集》。張天弓，《中國書法大事年表》，頁 49，將〈孔褒碑〉
列於建寧四年，蓋依《金石萃編》之例，將〈孔褒碑〉附於〈孔彪碑〉之後耳。

〔註570〕梁章鉅，《退盦金石書畫跋》，上冊，卷二，頁 135；梁披雲等，《中國書法大辭典》，
下冊，頁 1084；袁維春，《秦漢碑述》，頁 534，引王壯弘，《增補校碑隨筆》；高
文，《漢碑集釋》，頁 472；張天弓，《中國書法大事年表》，頁 52。

〔註571〕孫承澤，《庚子銷夏記》，卷五，頁 217；翁方綱，《兩漢金石記》，下冊，卷十一，
頁 605；王昶，《金石萃編》，第一冊，卷十八，頁 1；方若，《校碑隨筆》，頁 18。

〔註572〕何紹基，《東洲草堂金石跋》，卷三，頁 124。

〔註573〕梁章鉅，《退盦金石書畫跋》，上冊，卷二，頁 139；梁披雲等，《中國書法大辭典》，
下冊，頁 1085。

陰令張君表頌」，〔註575〕東漢靈帝中平三年（186A.D.）刻。〔註576〕乃張遷由穀城長升任蕩陰令時，韋萌等故吏捐資所立之去思碑，石高 314 公分，寬 106 公分。碑陽篆額「漢故穀城長蕩陰令張君表頌」12 字，文 15 行，567 字；碑陰 19 行，322 字。明初（1368A.D.）於山東省東阿縣（漢穀城縣）出土，現藏山東省東平縣。

150、〈鄭季宣碑〉，〔註577〕一稱「尉氏令鄭君碑」，〔註578〕「漢尉氏令鄭季宣碑」，〔註579〕或「尉氏令鄭季宣碑」，〔註580〕或「尉氏令鄭季宣殘碑」，〔註581〕或「鄭季宣殘碑」，〔註582〕東漢靈帝中平三年（186A.D.）刻。碑陽存 18 行，計 75 字；碑陰上方橫刻篆書「尉氏故吏處士人名」8 字，下方兩列，各 20 行。

151、〈平度天柱山摩崖題字〉，〔註583〕東漢靈帝中平三年（186A.D.）刻。題「中平三年弟子」6 字。

152、〈趙圉令碑〉，〔註584〕一稱「圉令趙君碑」，〔註585〕東漢獻帝初平元年（190A.D.）刻。隸額「漢故圉令趙君之碑」8 字，碑文凡 13 行，行 19 字，唯末行僅 10 字。石原在河南南陽，今佚。

〔註574〕孫承澤，《庚子銷夏記》，卷五，頁 223；王昶，《金石萃編》，第一冊，卷十八，頁 4；方若，《校碑隨筆》，頁 18；袁維春，《秦漢碑述》，頁 556，引王壯弘，《增補校碑隨筆》；高文，《漢碑集釋》，頁 489；張天弓，《中國書法大事年表》，頁 52。

〔註575〕翁方綱，《兩漢金石記》，下冊，卷十二，頁 651。

〔註576〕或誤作「建於中平十年」，見：孫承澤，《庚子銷夏記》，卷五，頁 223。

〔註577〕張天弓，《中國書法大事年表》，頁 52。

〔註578〕洪适，《隸釋》，卷二十五，頁 274，引趙明誠，《金石錄·中》。

〔註579〕翁方綱，《兩漢金石記》，上冊，卷八，頁 430。

〔註580〕王昶，《金石萃編》，第一冊，卷十七，頁 8。

〔註581〕方若，《校碑隨筆》，頁 17。

〔註582〕梁披雲等，《中國書法大辭典》，下冊，頁 1085；袁維春，《秦漢碑述》，頁 524，引王壯弘，《增補校碑隨筆》。

〔註583〕張天弓，《中國書法大事年表》，頁 52。

〔註584〕張天弓，《中國書法大事年表》，頁 52。

〔註585〕洪适，《隸釋》，卷二十六，頁 276，引趙明誠，《金石錄·下》；何紹基，《東洲草堂金石跋》，卷三，頁 141。

153、〈北海太守爲虞氏婦刻石〉，〔註586〕東漢獻帝初平四年（193A.D.）刻。

154、〈郭擇趙汜碑〉，〔註587〕東漢獻帝建安四年（199A.D.）刻。凡 15 行，首行標題 22 字；其餘各行 27 至 29 字，可識者約 354 字。2005 年四川都江堰渠首魚嘴外江河床出土。

155、〈嚴季男刻石〉，〔註588〕東漢獻帝建安五年（200A.D.）刻。凡 7 行，行 11 字。記原在四川綦縣吹角壩，今佚。

156、〈樊敏碑〉，〔註589〕一稱「巴郡太守樊敏碑」，〔註590〕或「巴郡太守樊敏碑」，〔註591〕東漢獻帝建安十年（205A.D.）刻，〔註592〕乃樊敏之墓碑。篆額「漢故領校巴郡太守樊府君碑」2 行 12 字，文 21 行，行 29 字。石原在四川雅州蘆山南十里，一度佚失；清道光年間再次訪得，現在蘆山縣石馬壩樊敏墓前。

157、〈趙儀碑〉，〔註593〕東漢獻帝建安十三年（208A.D.）刻。破爲三塊，凡 5 列，100 餘字。2000 年四川蘆山縣出土。

158、〈高頤闕橫額題字〉，〔註594〕東漢獻帝建安十四年（209A.D.）刻。在四川雅安姚橋。

159、〈王暉墓銘〉，〔註595〕東漢獻帝建安十六年（211A.D.）刻。1941 年於四川省蘆山縣石羊村出土，現藏重慶博物館。

160、〈唐公房碑〉，〔註596〕一稱「公昉碑」，〔註597〕或「仙人唐公房碑」，

〔註586〕張天弓，《中國書法大事年表》，頁 53。

〔註587〕張天弓，《中國書法大事年表》，頁 53。

〔註588〕張天弓，《中國書法大事年表》，頁 54。

〔註589〕袁維春，《秦漢碑述》，頁 577，引王壯弘，《增補校碑隨筆》。

〔註590〕洪适，《隸釋》，卷二十六，頁 277，引趙明誠，《金石錄・下》。

〔註591〕洪适，《隸釋》，卷十一，頁 128；孫承澤，《庚子銷夏記》，卷五，頁 222；方若，《校碑隨筆》，頁 19。

〔註592〕或作建寧七年十月立，見：梁披雲等，《中國書法大辭典》，下冊，頁 1079。

〔註593〕張天弓，《中國書法大事年表》，頁 55。

〔註594〕張天弓，《中國書法大事年表》，頁 55。

〔註595〕張天弓，《中國書法大事年表》，頁 55。

〔註596〕翁方綱，《兩漢金石記》，下冊，卷十二，頁 682；高文，《漢碑集釋》，頁 502。

〔註597〕洪适，《隸釋》，卷二十一，頁 225，引歐陽修，《集古錄》。

〔註598〕立碑年月無可考。石高 290 公分，寬 100 公分。碑陽篆額「仙人唐君之碑」6 字，文凡 17 行，行 31 字；唯第十六行 18 字，末行僅 25 字。碑陰不知行數。

161、〈朝侯小子碑〉，〔註599〕一稱「朝侯小子殘碑」，〔註600〕或「朝侯小子等字殘碑」，〔註601〕立碑年月不詳。碑陽存 14 行，行 15 字；碑陰僅存 10 字，計 204 字。清宣統三年（1911A.D.）陝西長安出土，曾歸建德周進，現藏北京故宮博物院。

162、〈沈君神道闕〉，〔註602〕立碑年月不詳。右闕 12 字，左闕 15 字。在四川渠縣北 80 里。

三、金 文

1、昆陽乘輿鼎，西漢中期造。銅質，高 38 公分，口徑 30 公分。器身有隸書銘文，凡 7 行，35 字。1961 年西安三橋鎮高窰村漢上林苑遺址出土，現藏西安市文管會。〔註603〕

2、陽信家盆，西漢中期造。銅質，口沿下鎏金寬帶紋一圈，上有隸書銘文，凡 5 行，23 字。1981 年陝西興平茂陵一號無名冢一號從葬坑出土，現藏茂陵博物館。〔註604〕

3、陽信家爐，西漢中期造。銅質，高 37.4 公分，口徑 23.1 公分，腹徑 20.3 公分。外壁有隸書銘文，凡 2 行，9 字。1981 年陝西興平茂陵一號無名冢一號從葬坑出土，現藏茂陵博物館。〔註605〕

4、中山內府鈁，西漢武帝元狩二年（121B.C.）造。銅質，器身方形，高

〔註598〕洪适，《隸釋》，卷三，頁 40；王昶，《金石萃編》，第一冊，卷十九，頁 1；方若，《校碑隨筆》，頁 19；梁披雲等，《中國書法大辭典》，下冊，頁 1088；袁維春，《秦漢碑述》，頁 589，引王壯弘，《增補校碑隨筆》。

〔註599〕中國書店，《朝侯小子碑》（金壇，2001），出版說明。

〔註600〕梁披雲等，《中國書法大辭典》，下冊，頁 1090。

〔註601〕袁維春，《秦漢碑述》，頁 624，引王壯弘，《增補校碑隨筆》。

〔註602〕梁披雲等，《中國書法大辭典》，下冊，頁 1093。

〔註603〕劉正成，《秦漢金文陶文》（北京：榮寶齋，1992），《中國書法全集》第九冊，頁 41。

〔註604〕劉正成，《秦漢金文陶文》，《中國書法全集》第九冊，頁 41。

〔註605〕劉正成，《秦漢金文陶文》，《中國書法全集》第九冊，頁 41。

36 公分，方口邊長 11 公分，腹寬 20.8 公分。頸部有隸書銘文，凡 7 行，27字。1968 年河北滿城陵山漢劉勝墓出土。〔註 606〕

5、南宮鐘，西漢武帝天漢四年（97B.C.）造。銅質，高 43.7 公分，口徑17.5 公分，腹徑 35 公分，底徑 20 公分。頸部有隸書銘文，凡 3 行，16 字。1961年西安三橋鎮高窰村漢上林苑遺址出土。〔註 607〕

6、泰山宮鼎，西漢宣帝甘露三年（51B.C.）造。銅質，高 35.2 公分，口徑 32 公分，腹徑 29 公分。隸書銘文，凡 5 行，30 字。1961 年西安三橋鎮高窰村出土。〔註 608〕

7、永始三年乘輿鼎，西漢成帝永始三年（14B.C.）造。銘 1 行 49 字。〔註 609〕

8、臨虞宮行鐙，西漢成帝元延四年（9B.C.）造。銘 1 行 30 字。〔註 610〕

9、萬歲宮高鐙，西漢成帝元延四年（9B.C.）造。銘 1 行 31 字。〔註 611〕

10、元始四年鈁，西漢哀帝元始四年（4A.D.）造。銅質，隸書銘文，凡 3行，35 字。出土地不詳。〔註 612〕

11、濕倉平斛，新莽始建國天鳳元年（14A.D.）造。高 27.3 公分，口徑 33.2公分。腹壁有隸書銘文，凡 3 行，29 字；又，底部陽文隸書 4 字。傳清末出土，現藏山西省博物館。〔註 613〕

12、四神規矩鏡，新莽始建國天鳳二年（15A.D.）造。銅質，面徑 16.6公分。圓形銘文帶有陽文隸書，凡 38 字。浙江紹興出土，現藏上海博物館。〔註 614〕

13、日入百千萬洗，東漢早期造。銅質，高 18 公分，口徑 35 公分。底部

〔註 606〕劉正成，《秦漢金文陶文》，《中國書法全集》第九冊，頁 43。

〔註 607〕劉正成，《秦漢金文陶文》，《中國書法全集》第九冊，頁 44。

〔註 608〕劉正成，《秦漢金文陶文》，《中國書法全集》第九冊，頁 44。

〔註 609〕二玄社，《漢金文集》（東京，1981），頁 8。

〔註 610〕二玄社，《漢金文集》，頁 42。

〔註 611〕二玄社，《漢金文集》，頁 42。

〔註 612〕二玄社，《漢金文集》，頁 27；劉正成，《秦漢金文陶文》，《中國書法全集》第九冊，頁 47。

〔註 613〕劉正成，《秦漢金文陶文》，《中國書法全集》第九冊，頁 58。

〔註 614〕劉正成，《秦漢金文陶文》，《中國書法全集》第九冊，頁 58。

陽文隸書，凡一行，5 字。1982 年陝西勉縣出土。〔註 615〕

14、建武十七年錢範，東漢光武帝建武十七年（41A.D.）造。銅質，背面有隸書銘文，凡 2 行，27 字。出土地不詳。〔註 616〕

15、建武卅二年弩機，東漢光武帝建武卅二年（56A.D.）造。銅質，郭身長 11.8 公分。郭側有隸書銘文，凡 4 行，39 字。1959 年河北定縣北莊漢墓出土。〔註 617〕

16、永平十八年弩機銘，東漢明帝永平十八年（75A.D.）造。銅質，郭上有隸書銘文，凡 3 行，34 字。出土地不詳。〔註 618〕

17、建初元年鐖，東漢章帝建初元年（76A.D.）造。銘一邊 2 行 12 字，一邊 1 行 3 字。〔註 619〕

18、永元七年鐖，東漢和帝永元七年（95A.D.）造。銘 7 行 31 字。〔註 620〕

19、元初二年弩機，東漢安帝元初二年（115A.D.）造。銅質，郭上有隸書銘文 12 字；郭側有隸書銘文，凡 7 行，38 字，另側隸銘 2 字。出土地不詳。〔註 621〕

20、扶侯鍾，東漢順帝陽嘉三年（134A.D.）造。銘 1 行 5 字。〔註 622〕

21、熹平鍾，東漢靈帝熹平六年（177A.D.）造。銘 1 行 12 字。〔註 623〕

22、大司農權，東漢靈帝光和二年（179A.D.）造。銅質，高 7.8 公分。底徑 10 公分。權身有隸書銘文，凡 16 行，99 字。出土地不詳，現藏中國歷史博物館。〔註 624〕

23、房桃枝買地券，東漢靈帝中平五年（188A.D.）造。條形鉛板，隸書銘

〔註 615〕劉正成，《秦漢金文陶文》，《中國書法全集》第九冊，頁 59。

〔註 616〕劉正成，《秦漢金文陶文》，《中國書法全集》第九冊，頁 50。

〔註 617〕劉正成，《秦漢金文陶文》，《中國書法全集》第九冊，頁 50。

〔註 618〕劉正成，《秦漢金文陶文》，《中國書法全集》第九冊，頁 50。

〔註 619〕二玄社，《漢金文集》，頁 52。

〔註 620〕二玄社，《漢金文集》，頁 52。劉正成，《秦漢金文陶文》，《中國書法全集》第九冊，頁 51 作「永元七年弩機」。

〔註 621〕劉正成，《秦漢金文陶文》，《中國書法全集》第九冊，頁 51。

〔註 622〕二玄社，《漢金文集》，頁 22～23。

〔註 623〕二玄社，《漢金文集》，頁 20。

〔註 624〕劉正成，《秦漢金文陶文》，《中國書法全集》第九冊，頁 52。

文，凡 3 行，97 字。傳河南洛陽出土，唐鳳樓舊藏。〔註625〕

24、東舍行鐙，東漢作。銘 1 行 2 字。〔註626〕

25、大好王洗，東漢晚期造。銅質，口徑 36 公分，高 16.9 公分底部有陽文隸書銘文，凡 2 行，11 字。1975 年湖南桃源大池塘出土，現藏湖南省博物館。〔註627〕

四、陶　文

1、白雁雌範，西漢早期造。陶質，側面有隸書銘文，凡 3 字。西安未央鄉六村堡出土，沈次量舊藏。〔註628〕

2、野雞範，西漢早期造。陶質，側面有隸書銘文，凡 2 字。西安未央鄉六村堡出土，西北大學藏。〔註629〕

3、牝麌範，西漢早期造。陶質，側面有隸書銘文，凡 2 字。西安未央鄉六村堡出土，陳直舊藏。〔註630〕

4、涼廿八磚，西漢中期造。陶質，磚面陽文隸書，凡 3 字。西安未央鄉出土。〔註631〕

5、華倉瓦當，西漢中期造。範製，陽文隸書 2 字。1980 年陝西華陰磑峪鄉漢京師倉遺址出土，現藏陝西省考古研究所。〔註632〕

6、吳氏舍瓦當，西漢中期造，範製，陽文隸書 4 字，順時針環讀。1980 年陝西華陰磑峪鄉漢京師倉遺址出土，現藏陝西省華倉考古隊。〔註633〕

7、元鳳四年錢範，西漢昭帝元鳳四年（77B.C.）造。陶質，陽文隸書 5 字。西安未央鄉西漢鑄錢遺址出土，劉軍山舊藏。〔註634〕

〔註625〕劉正成，《秦漢金文陶文》，《中國書法全集》第九冊，頁 53。

〔註626〕二玄社，《漢金文集》，頁 39。

〔註627〕劉正成，《秦漢金文陶文》，《中國書法全集》第九冊，頁 60。

〔註628〕劉正成，《秦漢金文陶文》，《中國書法全集》第九冊，頁 70。

〔註629〕劉正成，《秦漢金文陶文》，《中國書法全集》第九冊，頁 70。

〔註630〕劉正成，《秦漢金文陶文》，《中國書法全集》第九冊，頁 70。

〔註631〕劉正成，《秦漢金文陶文》，《中國書法全集》第九冊，頁 108。

〔註632〕劉正成，《秦漢金文陶文》，《中國書法全集》第九冊，頁 141。

〔註633〕劉正成，《秦漢金文陶文》，《中國書法全集》第九冊，頁 144。

〔註634〕劉正成，《秦漢金文陶文》，《中國書法全集》第九冊，頁 112。

8、地節四年磚，西漢宣帝地節四年（66B.C.）造。陽文隸書 1 行 4 字。
〔註635〕

9、元康二年錢範，西漢宣帝元康二年（64B.C.）造。陶質，陽文隸書 9 字。
西安未央鄉西漢鑄錢遺址出土，劉軍山舊藏。〔註636〕

10、神爵元年錢範，西漢宣帝神爵元年（60B.C.）造。陶質，陽文隸書 5
字。西安未央鄉西漢鑄錢遺址出土，沈次量舊藏。〔註637〕

11、五鳳元年錢範，西漢宣帝五鳳元年（57B.C.）造。陶質，陽文隸書 9
字。西安未央鄉向家巷西漢鑄錢遺址出土，白集武舊藏。〔註638〕

12、五鳳三年磚（兩件），西漢宣帝五鳳三年（55B.C.）造。文各 14 字。
〔註639〕

13、甘露三年磚（兩件），西漢宣帝甘露三年（51B.C.）造。蓋為同一模子
所翻造，文各 2 行 8 字。〔註640〕

14、竟寧元年磚，西漢元帝竟寧元年（33B.C.）造。陽文隸書，1 行 14 字。
〔註641〕

15、都建平三年瓦，西漢哀帝建平三年（4B.C.）造。陽文模印，隸書，1
行 5 字。西安漢長安城遺址出土，陳直舊藏。〔註642〕

16、都元受二年瓦，西漢哀帝元壽二年（1B.C.）造。陽文模印，隸書，1
行殘存 4 字；借「受」為「壽」。西安漢長安城遺址出土。〔註643〕

17、盜瓦者死瓦當，西漢造。範製陽文隸書 4 字，逆時針環讀；西安漢長
安城遺址出土。〔註644〕

〔註635〕二玄社，《漢塼文集》（東京，1977），頁 21。

〔註636〕劉正成，《秦漢金文陶文》，《中國書法全集》第九冊，頁 112。

〔註637〕劉正成，《秦漢金文陶文》，《中國書法全集》第九冊，頁 112。

〔註638〕劉正成，《秦漢金文陶文》，《中國書法全集》第九冊，頁 112。

〔註639〕二玄社，《漢塼文集》，頁 30。

〔註640〕二玄社，《漢塼文集》，頁 22。

〔註641〕二玄社，《漢塼文集》，頁 23。

〔註642〕劉正成，《秦漢金文陶文》，《中國書法全集》第九冊，頁 114。

〔註643〕劉正成，《秦漢金文陶文》，《中國書法全集》第九冊，頁 114。

〔註644〕劉正成，《秦漢金文陶文》，《中國書法全集》第九冊，頁 176。

18、居攝二年瓦，西漢孺子居攝二年（7A.D.）造。陽文模印隸書，殘存 1 行 4 字。西安漢長安城遺址出土。〔註645〕

19、居攝二年陶鍾，西漢孺子居攝二年（7A.D.）造。腹部有陰文戳印隸書，2 行 4 字。1964 年西安漢長安城遺址出土，現藏西北大學。〔註646〕

20、左作陶片，新莽時期（14～24A.D.）造。文陰刻，隸書，1 行 2 字。1934 年西安三橋鎮好漢廟出土。〔註647〕

21、保城都司空瓦，新莽始建國三年（12A.D.）造。模印，隸書陽文，1 行 10 字。西安漢長安城遺址出土。〔註648〕

22、保城都司空瓦，新莽始建國天鳳四年（17A.D.）造。模印，隸書陽文，1 行 12 字。1952 年西安漢長安城遺址出土。〔註649〕

23、天鳳五年磚，新莽天鳳五年（18A.D.）造。模印，隸書陽文，1 行 8 字。出土地不詳，四川大學博物館藏。〔註650〕

24、永平二年磚，東漢明帝永平二年（59A.D.）造。模印，隸書陽文，1 行 6 字。出土地不詳。〔註651〕

25、永平十八年磚，東漢明帝永平十八年（75A.D.）造。模印，隸書陽文，1 行 5 字。1950 年代四川蘆山出土，現藏蘆山博物館。〔註652〕

26、建初二年磚，東漢章帝建初二年（77A.D.）造。模印，隸書陽文，1 行 6 字。出土地不詳。〔註653〕

27、建初三年磚，東漢章帝建初三年（78A.D.）造。模印，隸書陽文，6 行 18 字。1940 年代四川出土。〔註654〕

〔註645〕劉正成，《秦漢金文陶文》，《中國書法全集》第九冊，頁 115。

〔註646〕劉正成，《秦漢金文陶文》，《中國書法全集》第九冊，頁 115。

〔註647〕劉正成，《秦漢金文陶文》，《中國書法全集》第九冊，頁 71。

〔註648〕劉正成，《秦漢金文陶文》，《中國書法全集》第九冊，頁 116。

〔註649〕劉正成，《秦漢金文陶文》，《中國書法全集》第九冊，頁 116。

〔註650〕劉正成，《秦漢金文陶文》，《中國書法全集》第九冊，頁 116。

〔註651〕劉正成，《秦漢金文陶文》，《中國書法全集》第九冊，頁 119。

〔註652〕劉正成，《秦漢金文陶文》，《中國書法全集》第九冊，頁 119。

〔註653〕劉正成，《秦漢金文陶文》，《中國書法全集》第九冊，頁 119。

〔註654〕劉正成，《秦漢金文陶文》，《中國書法全集》第九冊，頁 120。

28、元和三年磚（直式），東漢章帝元和三年（86A.D.）造。模印，隸書陽文，1行4字，反書。〔註655〕

29、元和三年磚（橫式），東漢章帝元和三年（86A.D.）造。側面模印隸書陽文，1列4字。河南淅川出土，現藏南陽地區文物研究所。〔註656〕

30、史仲磚，東漢章帝元和三年（86A.D.）造。刻畫，陰文隸書，4行21字，其上另有1行3字。〔註657〕

31、左章磚，東漢章帝章和元年（88A.D.）造。乾隸書刻銘，3行21字。清末河南洛陽出土，端方舊藏。〔註658〕

32、東門當磚，東漢和帝永元二年（90A.D.）造。刻畫，陰文隸書，3行21字，其上另有1行4字。〔註659〕

33、宣化磚，東漢和帝永元六年（94A.D.）造。模印陽文隸書，7行14字。1955年四川宜賓翠屏村漢墓出土，現藏宜賓市博物館。〔註660〕

34、永元十年磚（反書），東漢和帝永元十年（98A.D.）造。陽文隸書，1行22字。〔註661〕

35、永元十年磚（正書），東漢和帝永元十年（98A.D.）造。陽文隸書，1行6字。〔註662〕

36、永元十三年磚，東漢和帝永元十三年（101A.D.）造。陽文隸書，2行18字。〔註663〕

37、永元十三年磚，東漢和帝永元十三年（101A.D.）造。陽文隸書，2行18字。〔註664〕

〔註655〕二玄社，《漢磚文集》，頁23。

〔註656〕劉正成，《秦漢金文陶文》，《中國書法全集》第九冊，頁120。

〔註657〕二玄社，《漢磚文集》，頁53。

〔註658〕劉正成，《秦漢金文陶文》，《中國書法全集》第九冊，頁75。

〔註659〕二玄社，《漢磚文集》，頁52。

〔註660〕劉正成，《秦漢金文陶文》，《中國書法全集》第九冊，頁120。

〔註661〕二玄社，《漢磚文集》，頁26。

〔註662〕二玄社，《漢磚文集》，頁27。

〔註663〕二玄社，《漢磚文集》，頁28。

〔註664〕二玄社，《漢磚文集》，頁28。

38、張常磚，東漢和帝元興元年（105A.D.）造。陰刻隸書，4 行 24 字。1964 年河南偃師西大郊村東漢刑徒墓出土。〔註665〕

39、元興元年磚，東漢和帝元興元年（105A.D.）造。模印陽文隸書，1 行 9 字，反書。1950 年代末四川蘆山出土。〔註666〕

40、元興元年瓦當，東漢和帝元興元年（105A.D.）造。範製，陽文隸書 10 字。青海海宴三角城古城遺址出土。〔註667〕

41、齊祚磚，東漢殤帝延平元年（106A.D.）造。乾刻隸書，殘存 4 行 23 字。1964 年河南偃師西大郊村東漢刑徒墓出土。〔註668〕

42、李陵磚，東漢殤帝延平元年（106A.D.）造。乾刻隸書，殘存 4 行 20 字。1964 年河南偃師西大郊村東漢刑徒墓出土。〔註669〕

43、永初元年磚，東漢安帝永初元年（107A.D.）造。模印陽文隸書，1 行 7 字，反書。1950 年代末四川蘆山出土，現藏蘆山縣博物館。〔註670〕

44、梁始磚，東漢安帝永初二年（108A.D.）造。乾刻隸書，殘存 6 行 26 字。1964 年河南偃師西大郊村東漢刑徒墓出土。〔註671〕

45、永初三年七月磚，東漢安帝永初三年（109A.D.）造。模印陽文隸書，1 行 14 字。1973 年浙江上虞菁壩後旺村漢墓出土。〔註672〕

46、永初三年八月孟氏磚，東漢安帝永初三年（109A.D.）造。模印陽文隸書，1 行 14 字。1973 年浙江上虞菁壩後旺村漢墓出土。〔註673〕

47、永初三年八月磚，東漢安帝永初三年（109A.D.）造。模印陽文隸書，1 行 12 字。1973 年浙江上虞菁壩後旺村漢墓出土。〔註674〕

〔註665〕劉正成，《秦漢金文陶文》，《中國書法全集》第九冊，頁 76。
〔註666〕劉正成，《秦漢金文陶文》，《中國書法全集》第九冊，頁 121。
〔註667〕劉正成，《秦漢金文陶文》，《中國書法全集》第九冊，頁 179。
〔註668〕劉正成，《秦漢金文陶文》，《中國書法全集》第九冊，頁 76。
〔註669〕劉正成，《秦漢金文陶文》，《中國書法全集》第九冊，頁 77。
〔註670〕劉正成，《秦漢金文陶文》，《中國書法全集》第九冊，頁 121。
〔註671〕劉正成，《秦漢金文陶文》，《中國書法全集》第九冊，頁 78。
〔註672〕劉正成，《秦漢金文陶文》，《中國書法全集》第九冊，頁 122。
〔註673〕劉正成，《秦漢金文陶文》，《中國書法全集》第九冊，頁 122。
〔註674〕劉正成，《秦漢金文陶文》，《中國書法全集》第九冊，頁 122。

48、永初七年磚，東漢安帝永初七年（113A.D.）造。模印陽文隸書，1行9字。河南淅川老人倉出土，現藏南陽地區文物研究所。

49、武丑磚，東漢安帝永初年間（107～113A.D.）造。乾刻隸書，殘存4行17字。1964年河南偃師西大郊村東漢刑徒墓出土。〔註675〕

50、閻淵磚，東漢安帝永初七年（113A.D.）造。乾刻隸書，殘存3行24字。1964年河南偃師西大郊村東漢刑徒墓出土。〔註676〕

51、王貴磚，東漢安帝元初二年（115A.D.）造。乾刻隸書，殘存4行23字。1964年河南偃師西大郊村東漢刑徒墓出土。〔註677〕

52、胡開磚，東漢安帝元初二年（115A.D.）造。乾刻隸書，殘存4行20字。1964年河南偃師西大郊村東漢刑徒墓出土。〔註678〕

53、元初三年磚，東漢安帝元初三年（116A.D.）造。模印陽文隸書，2行14字。1950年代末四川蘆山出土。〔註679〕

54、潘釘磚，安帝永初至元初年間（113～120A.D.）造。乾刻隸書，殘存4行18字。1964年河南偃師西大郊村東漢刑徒墓出土。〔註680〕

55、費免磚，和帝永元至安帝永寧年間（103～121A.D.）造。乾刻隸書，殘存4行26字。1964年河南偃師西大郊村東漢刑徒墓出土。〔註681〕

56、延光元年磚，東漢安帝延光元年（122A.D.）造。模印陽文隸書，1行4字。清末浙江湖州出土。〔註682〕

57、倉寄磚，東漢和帝永元至安帝延光年間（103～125A.D.）造。乾刻隸書，銘1行2字。1964年河南偃師西大郊村東漢刑徒墓出土。〔註683〕

58、王苛磚，東漢和帝永元至安帝延光年間（103～125A.D.）造。乾刻隸

〔註675〕劉正成，《秦漢金文陶文》，《中國書法全集》第九冊，頁80。

〔註676〕劉正成，《秦漢金文陶文》，《中國書法全集》第九冊，頁79。

〔註677〕劉正成，《秦漢金文陶文》，《中國書法全集》第九冊，頁81。

〔註678〕劉正成，《秦漢金文陶文》，《中國書法全集》第九冊，頁81。

〔註679〕劉正成，《秦漢金文陶文》，《中國書法全集》第九冊，頁123。

〔註680〕劉正成，《秦漢金文陶文》，《中國書法全集》第九冊，頁83。

〔註681〕劉正成，《秦漢金文陶文》，《中國書法全集》第九冊，頁84。

〔註682〕劉正成，《秦漢金文陶文》，《中國書法全集》第九冊，頁123。

〔註683〕劉正成，《秦漢金文陶文》，《中國書法全集》第九冊，頁83。

書，銘 1 行 2 字。1964 年河南偃師西大郊村東漢刑徒墓出土。〔註 684〕

59、趙孟磚，東漢和帝永元至安帝延光年間（103～125A.D.）造。乾刻隸書，殘存 3 行 18 字。1964 年河南偃師西大郊村東漢刑徒墓出土。〔註 685〕

60、張達磚，東漢和帝永元至安帝延光年間（103～125A.D.）造。乾刻隸書，殘存 4 行 18 字。1964 年河南偃師西大郊村東漢刑徒墓出土。〔註 686〕

61、梁奴磚，東漢安帝延光四年（125A.D.）造。乾刻隸書，殘存 4 行 23 字。1964 年河南偃師西大郊村東漢刑徒墓出土。〔註 687〕

62、延光四年磚，東漢安帝延光四年（125A.D.）造。模印陽文隸書，1 行 7 字，反書。1984 年湖北宜昌前坪包金頭漢墓出土。〔註 688〕

63、駱公磚，東漢安帝延光四年（125A.D.）造。模印陽文隸書，1 行 5 字，反書。1984 年湖北宜昌前坪包金頭漢墓出土。〔註 689〕

64、陽嘉元年磚，東漢順帝陽嘉元年（132A.D.）造。模印陽文隸書，一側 1 行 8 字，另一側 2 行 15 字。1973 年湖北房縣城關鎮漢墓出土。〔註 690〕

65、陽嘉二年磚，東漢順帝陽嘉元年（133A.D.）造。陽文隸書，1 行 6 字，反書。〔註 691〕

66、永和二年磚，東漢順帝永和二年（137A.D.）造。模印陽文隸書，2 行 7 字。1950 年代末四川蘆山出土。〔註 692〕

67、永和三年磚，東漢順帝永和三年（138A.D.）造。模印陽文隸書，1 行 12 字。1959 年廣東韶關市郊漢墓出土。〔註 693〕

68、永和六年磚，東漢順帝永和六年（141A.D.）造。陽文隸書，1 行 14

〔註 684〕劉正成，《秦漢金文陶文》，《中國書法全集》第九冊，頁 83。

〔註 685〕劉正成，《秦漢金文陶文》，《中國書法全集》第九冊，頁 83。

〔註 686〕劉正成，《秦漢金文陶文》，《中國書法全集》第九冊，頁 84。

〔註 687〕劉正成，《秦漢金文陶文》，《中國書法全集》第九冊，頁 82。

〔註 688〕劉正成，《秦漢金文陶文》，《中國書法全集》第九冊，頁 124。

〔註 689〕劉正成，《秦漢金文陶文》，《中國書法全集》第九冊，頁 124。

〔註 690〕劉正成，《秦漢金文陶文》，《中國書法全集》第九冊，頁 125。

〔註 691〕二玄社，《漢磚文集》，頁 27。

〔註 692〕劉正成，《秦漢金文陶文》，《中國書法全集》第九冊，頁 125。

〔註 693〕劉正成，《秦漢金文陶文》，《中國書法全集》第九冊，頁 125。

字，中段 2 字殘。〔註 694〕

69、永和□年磚，東漢順帝永和某年（136～141A.D.）造。陽文隸書，1
行 11 字，「年」上之字殘。〔註 695〕

70、本初元年磚，東漢質帝本初元年（146A.D.）造。模印陽文隸書，1 行
8 字。出土地不詳。〔註 696〕

71、永壽三年磚，東漢桓帝永壽三年（157A.D.）造。模印陽文隸書，1 行
5 字。出土地不詳。〔註 697〕

72、延熹四年磚，東漢桓帝延熹四年（161A.D.）造。模印陽文隸書，1 行
9 字。出土地不詳。〔註 698〕

73、延熹七年磚，東漢桓帝延熹七年（164A.D.）造。1977 年董園村一號
漢墓出土陽文印字磚 80 塊、陰文刻字磚 154 塊，以隸書爲主，間有篆書、章草、
行書、今草各體。〔註 699〕

74、會稽明府磚，東漢靈帝建寧三年（170A.D.）造。銘 2 行 11 字，濕刻
隸書。1977 年安徽亳縣曹操宗族墓元寶坑一號墓出土。〔註 700〕

75、爲漢所燒磚，東漢靈帝建寧三年（170A.D.）造。銘 2 行 15 字，濕刻
隸書。1977 年安徽亳縣曹操宗族墓元寶坑一號墓出土。〔註 701〕

76、丁次豪磚，東漢靈帝建寧三年（170A.D.）造。銘 1 行 10 字，濕刻隸
書。1977 年安徽亳縣曹操宗族墓元寶坑一號墓出土。〔註 702〕

77、李農磚，東漢靈帝建寧三年（170A.D.）造。銘 4 行 19 字，乾刻隸
書。端方舊藏。〔註 703〕

〔註 694〕二玄社，《漢塼文集》，頁 29。釋文「永和」誤作「元和」。

〔註 695〕二玄社，《漢塼文集》，頁 29。

〔註 696〕劉正成，《秦漢金文陶文》，《中國書法全集》第九冊，頁 126。

〔註 697〕劉正成，《秦漢金文陶文》，《中國書法全集》第九冊，頁 126；二玄社，《漢塼文
集》，頁 21。

〔註 698〕劉正成，《秦漢金文陶文》，《中國書法全集》第九冊，頁 127。

〔註 699〕張天弓，《中國書法大事年表》，頁 47。

〔註 700〕劉正成，《秦漢金文陶文》，《中國書法全集》第九冊，頁 89。

〔註 701〕劉正成，《秦漢金文陶文》，《中國書法全集》第九冊，頁 92。

〔註 702〕劉正成，《秦漢金文陶文》，《中國書法全集》第九冊，頁 93。

〔註 703〕劉正成，《秦漢金文陶文》，《中國書法全集》第九冊，頁 97。

78、熹平三年磚，東漢靈帝熹平三年（174A.D.）造。模印陽文隸書，1行7字，反文。1950年代末四川蘆山出土。〔註704〕

79、建安二年磚，東漢獻帝建安二年（197A.D.）造。模印陽文隸書，1行8字。1973年四川大邑馬王墳漢墓出土。〔註705〕

80、後無復磚，東漢造。陽文隸書，9字。〔註706〕

81、千萬歲磚，東漢造。模印陽文隸書，1行3字。1950年代末四川滎經縣出土。〔註707〕

82、安定磚，東漢造。模印陽文隸書，殘存1行2字。1950年代末四川滎經縣出土。〔註708〕

83、張公磚，東漢造。模印陽文隸書，1行6字。1950年代末四川新津出土。〔註709〕

84、大利千萬磚，東漢造。模印陽文隸書，1行5字。四川西昌天王山出土。〔註710〕

85、長生壽考磚，東漢造。模印陽文隸書，1行4字，反文。1956年湖南長沙南塘沖出土。〔註711〕

86、奉車都尉上計掾磚，東漢造。模印陽文隸書，1行14字。河南淅川出土。〔註712〕

87、大富昌磚，東漢造。模印陽文隸書，1行6字。河南淅川出土。〔註713〕

88、千秋萬世磚，東漢造。模印陽文隸書，3行12字。出土地點不詳。

〔註714〕

〔註704〕劉正成，《秦漢金文陶文》，《中國書法全集》第九冊，頁127。

〔註705〕劉正成，《秦漢金文陶文》，《中國書法全集》第九冊，頁127。

〔註706〕二玄社，《漢磚文集》，頁40～42。

〔註707〕劉正成，《秦漢金文陶文》，《中國書法全集》第九冊，頁128。

〔註708〕劉正成，《秦漢金文陶文》，《中國書法全集》第九冊，頁128。

〔註709〕劉正成，《秦漢金文陶文》，《中國書法全集》第九冊，頁128。

〔註710〕劉正成，《秦漢金文陶文》，《中國書法全集》第九冊，頁129。

〔註711〕劉正成，《秦漢金文陶文》，《中國書法全集》第九冊，頁129。

〔註712〕劉正成，《秦漢金文陶文》，《中國書法全集》第九冊，頁130。

〔註713〕劉正成，《秦漢金文陶文》，《中國書法全集》第九冊，頁130。

〔註714〕劉正成，《秦漢金文陶文》，《中國書法全集》第九冊，頁133。

89、長樂未央磚，東漢造。模印陽文隸書，3 行 8 字，反文，左讀。出土地點不詳。〔註715〕

90、工者所作瓦當，東漢造。範製，陽文隸書，4 字。出土地點不詳。〔註716〕

91、五曹治磚，東漢晚期造。乾刻隸書，3 行 19 字。1960 年北京懷柔城北漢墓出土。〔註717〕

92、劉公磚，東漢晚期造。濕刻隸書，1 行 4 字。1982 年陝西華陰岳廟鄉新村司徒劉崎墓出土。〔註718〕

93、日入千萬磚，漢代造。濕刻隸書，1 行 4 字。出土地點不詳，羅振玉舊藏。〔註719〕

94、八月大吉磚，漢代造。濕刻隸書，1 行 4 字。1954 年陝西鳳翔小塘村出土。〔註720〕

95、大女史磚文，漢代造。乾刻隸書，1 行 5 字。西安西郊出土。〔註721〕

96、陰記神□磚，漢代造。乾刻隸書，1 行 4 字。1955 年河南洛陽澗區出土。〔註722〕

97、萬歲千秋瓦當，漢代造。2 行 4 字。〔註723〕

五、漆器銘刻

1、1988 年，江蘇邗江縣甘泉鄉姚莊村 102 號漢墓出土漆器 38 件，其中 1 件耳杯，底足外緣針刻「綏和元年……」古隸；1 件漆盤，沿口背面針刻「鴻嘉三年……」古隸 27 字；1 件楢蓋，內沿針刻「河平二年……」古隸 49 字。〔註724〕

〔註715〕劉正成，《秦漢金文陶文》，《中國書法全集》第九冊，頁 134。

〔註716〕劉正成，《秦漢金文陶文》，《中國書法全集》第九冊，頁 178。

〔註717〕劉正成，《秦漢金文陶文》，《中國書法全集》第九冊，頁 100。

〔註718〕劉正成，《秦漢金文陶文》，《中國書法全集》第九冊，頁 101。

〔註719〕劉正成，《秦漢金文陶文》，《中國書法全集》第九冊，頁 101。

〔註720〕劉正成，《秦漢金文陶文》，《中國書法全集》第九冊，頁 101。

〔註721〕劉正成，《秦漢金文陶文》，《中國書法全集》第九冊，頁 103。

〔註722〕劉正成，《秦漢金文陶文》，《中國書法全集》第九冊，頁 103。

〔註723〕二玄社，《漢瓦當文集》（東京，1981），頁 32。

〔註724〕印志華，〈江蘇邗江縣姚莊 102 號漢墓〉，《考古》2004 年第 4 期；黃文傑，《秦漢

2、1993 年，湖南長沙望城坡西漢漁陽墓出土漆耳杯 2500 件，其中第二型與第三型外底常見錐刻「漁陽」古隸 2 字。〔註725〕

第四節　隸書諸名釋義

隸書之名稱可分為三類，即：一、隸書一體之統稱，二、秦代隸書之專稱，三、漢代隸書之專稱。

壹、隸書一體之統稱

一、徒隸之書、徒隸書

隸書一體，最初蓋稱為「徒隸之書」或「徒隸書」。韋續《墨藪・五十六種書》云：

> 徒隸之書，因程邈幽囚，為徒隸書也。〔註726〕

按：「徒」字本義為「步行」，〔註727〕如《易經・賁卦》「舍車而徒」，〔註728〕即謂不乘車而代之以步行。引申為「步卒」等義，如《詩・魯頌・閟宮》「公徒三萬」，〔註729〕即謂魯公有步卒三萬人。再引申為「給使役」者。《周禮・天官・冢宰》云：

> 胥十有二人，徒百有二十人。

文字的整理與研究》，頁 154。

〔註725〕長沙市文物考古研究所、長沙簡牘博物館，〈湖南長沙望城坡西漢漁陽墓發掘簡報〉，《文物》2010 年第 4 期；黃文傑，《秦漢文字的整理與研究》，頁 154。

〔註726〕孫過庭等，《唐人書學論著／宣和書譜》，頁 205。

〔註727〕《說文解字》：「徒，步行也，从辵、土聲。」見：丁福保，《說文解字詁林》，第三冊，頁 26。

〔註728〕《易・賁》之初九：「賁其趾，舍車而徒。」見：王弼、韓康伯注、孔穎達等正義，《周易正義》，（臺北：藝文印書館，1976），《十三經注疏》第一冊之一，卷三，頁 62。

〔註729〕毛亨傳、鄭玄箋、孔穎達疏，《毛詩正義》（臺北：藝文印書館，1976），《十三經注疏》，第二冊，卷二十之二，頁 781。《康熙字典》：「徒，步卒也，《詩・魯頌》：『公徒三萬。』」見：張玉書等撰、渡部溫訂正、嚴一萍校正，《校正康熙字典》（臺北：藝文印書館，1973），上冊，頁 841。

疏云：

> 徒，給使役。〔註730〕

而給使役者又多爲被刑之罪人，《論衡·四諱》云：

> 二曰：諱被刑爲徒。……被刑謂之徒。〔註731〕

至於「隸」字，「从隸、奈聲」，「附箸」應係引申之義；〔註732〕其本義當爲「被逮者」，〔註733〕亦即被逮捕之罪犯或遭擄獲之戰俘，如《周禮·秋官》之「五隸」是。〔註734〕。引申爲「徒役作者」，《儀禮·既夕禮》云：

> 隸人涅廁

注云：

> 隸人，罪人，今之徒役作者也。〔註735〕

再引申爲「僕隸」。《左傳·桓公·二年》載：

> 士有隸子弟。

注云：

> 士卑，自以其子弟爲僕隸。〔註736〕

「以其子弟爲僕隸」亦即以其子弟給使役。是「徒」與「隸」皆有給使役者之

〔註730〕 鄭玄注、賈公彥疏，《周禮注疏》（臺北：藝文印書館，1976），《十三經注疏》第三冊，卷一，頁13。

〔註731〕 王充，《論衡》（臺北：學人雜誌社，1971），卷二十三，頁11。

〔註732〕 《說文解字》：「隸，附箸也，从隸、奈聲。」見：丁福保，《說文解字詁林》，第三冊，頁1097。

〔註733〕 馬敘倫云：「疑（附箸）非本訓。隸爲追捕，故即名被追捕之人曰隸。……《廣雅釋詁一》：『隸，臣也。』臣爲俘虜，是被逮者也。」見：古文字詁林編纂委員會，《古文字詁林》，第三冊，頁517引《說文解字六書疏證》卷六。

〔註734〕 《周禮·秋官》：「司隸掌五隸之灋。」「五隸」即下文之罪隸、蠻隸、閩隸、夷隸、貉隸。見：鄭玄注、賈公彥疏，《周禮注疏》，《十三經注疏》第三冊，卷三十六，頁546。五隸中之「罪隸」固爲犯罪而被逮捕者；其餘四隸蓋爲自閩、夷諸地擄獲之戰俘。

〔註735〕 鄭玄注、賈公彥等疏，《儀禮注疏》，《十三經注疏》第四冊，卷四十，頁476。

〔註736〕 左丘明傳、杜預注、孔穎達疏，《左傳正義》（臺北：藝文印書館，1976），《十三經注疏》第六冊，卷五，頁97。

義，故《廣韻》云：

> 徒，……隸也。〔註737〕

故「徒隸」一名遂成爲被刑或遭擄而給使役者之稱。

「徒隸」一名蓋戰國時已有之。《戰國策・燕策》云：

> 若恣睢奮擊，呴藉叱咄，則徒隸之人至矣。〔註738〕

二、隸　書

「徒隸之書」或「徒隸書」簡稱「隸書」。許慎《說文解字・敘》云：

> 自爾秦書有八體，……八曰隸書。〔註739〕

漢代人士固將秦隸與漢隸統稱爲「隸書」；唯南朝至南唐則多以「隸書」指稱今之楷書。如：庾肩吾〈書品論〉云：

> 隸書，今時正書是也。〔註740〕

「正書」乃楷書之別稱，庾肩吾所謂「隸書，今時正書是也」，可以作爲梁朝時楷書亦名「隸書」之佐證。

又，張懷瓘《書斷・上》云：

> 案：八分則小篆之捷，隸亦八分之捷。〔註741〕

「八分」爲漢隸之別稱，「隸」爲「隸書」之簡稱。「隸書」既爲「八分之捷」，則張懷瓘所謂之「隸書」，亦指楷書而言。

又，《唐六典・祕書省》云：

> 校書郎、正字，掌讎校典籍，刊正文字，字體有五：……五曰
> 隸書，謂典籍、表奏及公私文疏。〔註742〕

又，顧藹吉〈隸八分考〉云：

〔註737〕陳彭年等重修、余迺永校著，《互註校正宋本廣韻》（臺北：聯貫出版社，1974），卷一，頁82。

〔註738〕《戰國策・燕策・燕昭王收破燕後即位》所載郭隗之言，見：劉向集錄，《戰國策》（臺北：里仁書局，1982），下冊，第二十九卷，頁1064。

〔註739〕丁福保，《說文解字詁林》，第十一冊，頁901。

〔註740〕張彥遠，《法書要錄》，卷二，頁52。

〔註741〕張彥遠，《法書要錄》，卷七，頁204。

〔註742〕李林甫等撰、陳仲夫點校，《唐六典》（北京：中華書局，1992），卷十，頁300。

南唐以前，亦謂正書爲「隸書」。〔註743〕

而楷書之所以亦稱作「隸書」，蓋因初期之楷書，如鍾繇〈宣示表〉等章程書，其字形與漢代隸書實無甚大差異，故張懷瓘《書斷・上》云：

楷隸初制，大範幾同。〔註744〕

三、隸　字

「隸書」一稱「隸字」。衛恆《四體書勢》云：

秦既用篆，奏事繁多，篆字難成，即令隸人佐書，曰隸字。

〔註745〕

「隸書」又稱「隸字」，恰如「書體」之或稱「字體」一般。〔註746〕

唯「隸字」一名亦指稱隸書文字。如：張懷瓘《書斷・上》云：

至和帝時，賈魴撰《滂喜篇》，以《倉頡》爲上篇，《訓纂》爲中篇，《滂喜》爲下篇，所謂《三倉》也，皆用隸字爲之，隸法由茲而廣。〔註747〕

即指用隸書一體所寫成之文字。

四、隸

「隸書」或「隸字」再簡稱「隸」。如：成公綏〈隸書體〉云：

蟲篆既繁，草藁近僞；適之中庸，莫尚於隸。〔註748〕

「隸」與「蟲篆」及「草藁」並舉，其爲書體「隸書」一名之省稱無疑。

又，王僧虔〈古來能書人名〉載：

〔註743〕顧藹吉，《隸辨》（北京：中華書局，2003），卷八，頁312。

〔註744〕張彥遠，《法書要錄》，卷七，頁204。

〔註745〕房玄齡等，《晉書》，卷三十六，〈衛恆傳〉，頁1064。

〔註746〕或謂「書體」意指「文字的體勢」，「字體」意指「文字的體類」。然而，無論根據字詞之意義，抑或歷代書學理論之實際用法，「書體」與「字體」實爲同義詞，皆可作爲「文字的體勢」與「文字的體類」雙重意涵使用。參見：郭伯佾，《漢代草書的產生》（臺北：花木蘭文化出版社，2011），頁1。

〔註747〕張彥遠，《法書要錄》，卷七，頁203。

〔註748〕孫岳頒等，《佩文齋書畫譜》（臺北：新興書局，1982），卷一，頁35引《成公子安集》。

扶風曹喜，後漢人，不知其官。善篆、隸，篆小異李斯，見師

一時。〔註749〕

先言曹喜「善篆、隸」，繼云其小篆「與李斯小異」，則「隸」當亦爲書體之名。

而「徒隸之書」、「徒隸書」、「隸書」或「隸」取名之原由，歷來有三種不同主張──

其一，因爲其施用對象的身分爲「徒隸」而取名。如：班固《漢書・藝文志》云：

是時始造隸書矣，起於官獄多事，苟趨省易，施之於徒隸也。

〔註750〕

又如：許慎《說文解字・敘》亦云：

秦始皇帝初兼天下，……是時，秦……大發隸卒，興戍役，官獄職務繁，初有隸書以趣約易。〔註751〕

其二，因書寫者的身分爲「隸人」而取名如：衛恆《四體書勢》云：

秦旣用篆，奏事繁多，篆字難成，即令隸人佐書，曰隸字。

〔註752〕

又如：張懷瓘《書斷・上・隸書》云：

案：隸書者，……以爲隸人佐書，故名『隸書』。〔註753〕

其三，因創造者之身分爲「徒隸」而取名。如：王僧虔〈古來能書人名〉云：

秦獄吏程邈……因於雲陽獄，增減大篆體，去其繁複，名書曰『隸書』。〔註754〕

又如：庾肩吾〈書品論〉云：

〔註749〕張彥遠，《法書要錄》，卷一，頁12。

〔註750〕班固，《漢書》，卷三十，頁1721。

〔註751〕丁福保，《說文解字詁林》，第十一冊，頁900～901。

〔註752〕房玄齡等，《晉書》，卷三十六，〈衛恆傳〉，頁1064。

〔註753〕張彥遠，《法書要錄》，卷七，頁203。

〔註754〕張彥遠，《法書要錄》，卷一，頁12。

　　　　尋隸體發源，秦時隸人下邽程邈所作。〔註755〕

又如：江式〈論書表〉云：

　　　隸書者，始皇時衙吏下邽程邈附於小篆所作也。世人以邈徒隸，
　　即謂之「隸書」。〔註756〕

　　以上三種主張之中，以第一種「因施用對象的身分爲『徒隸』而取名」爲
較得其情實。〔註757〕事實上，如本書上文所述，隸書早在秦始皇帝統一中國之
前就已存在；秦始皇帝統一天下之後，將此種書體施用於官獄文書，記錄與徒
隸相關之事務，故稱爲「徒隸之書」或「徒隸書」，簡稱「隸書」或「隸」。

貳、秦代隸書之專稱

一、秦　隸

　　秦代的隸書簡稱「秦隸」，與漢隸對稱。元·吾丘衍〈字源七辨〉云：

　　　秦隸者，程邈以文牘繁多，難於用篆，因減小篆爲便用之法，
　　故不爲體勢。

　　　若漢款識相近。〔註758〕

或謂迄至西漢末年，猶行秦隸。顧藹吉〈隸八分考〉云：

　　　考之前漢，尚用秦隸。今有〈五鳳二年刻石〉，在曲阜孔廟中，
　　與《隸續》所載〈建平郫縣碑〉字，皆無波勢。〔註759〕

　　秦隸帶有濃厚之篆書意味，筆畫平整，除北京大學所藏之〈隱書〉等少數
書蹟外，〔註760〕大多無明顯之波磔。

二、古　隸

　　秦隸又稱爲「古隸」。《西京雜記》云：

〔註755〕張彥遠，《法書要錄》，卷二，頁52。

〔註756〕張彥遠，《法書要錄》，卷二，頁62。

〔註757〕參見：本書第二章第一節之叁。

〔註758〕吾丘衍《學古篇》，收入《篆刻學》，第一種，頁79～80。篇名原作「字源七辨字」，
　　　　依孫岳頒等，《佩文齋書畫譜》卷二，頁59改。

〔註759〕顧藹吉，《隸辨》，卷八，頁318。

〔註760〕北京大學出土文獻所，《北京大學藏秦代簡牘書迹選粹》，頁11～14。

杜陵秋胡者，能通尚書，善爲古隸字。〔註761〕

（傳）衛夫人〈筆陣圖〉：

　　鬱拔縱橫如古隸。〔註762〕

「古隸」蓋即「古隸之書」或「古隸書」之簡稱。酈道元《水經注·穀水》云：

　　古隸之書起於秦代，而篆字文繁，無會劇務，故用隸人之省，
謂之隸書。〔註763〕

韋續《墨藪》則云：

　　古隸書者，程邈獄中變大篆所作。〔註764〕

「秦隸」或「古隸」蓋爲與漢代隸書相區別而設。

三、秦　分

秦隸一稱「秦分」。或云：

　　秦代的隸書，亦名「秦分」。〔註765〕

秦隸之所以稱爲「秦分」，蓋謂八分書起於秦時。張懷瓘云：

　　八分者，秦羽人上谷王次仲所作也。〔註766〕

唯朱長文已駁之，云：

　　懷瓘……謂今之八分爲起於秦，謂之正書即秦邈之隸，皆非
也。〔註767〕

若「秦分」一名，則首見於《廣藝舟雙楫》，本以指稱小篆。康有爲云：

　　自〈石鼓〉爲孔子時正文外，秦篆得正文之八分，名曰「秦分」；
吾邱衍說也。〔註768〕

〔註761〕劉歆，《西京雜記》（臺北：臺灣商務印書館，1979），卷三，頁28。

〔註762〕張彥遠，《法書要錄》，卷一，頁9。

〔註763〕酈道元，《水經注》，卷十六，頁79。

〔註764〕孫過庭等，《唐人書學論著／宣和書譜》，頁205。

〔註765〕梁披雲，《中國書法大辭典》，上冊，頁23。

〔註766〕張彥遠，《法書要錄》，卷七，頁201。

〔註767〕朱長文，《墨池編》，上冊，卷七，頁246。

〔註768〕康有爲著、祝嘉疏證，《廣藝舟雙楫疏證》，卷四，〈分變第五〉，頁55～56。

按：吾丘衍《學古篇》云：

> 小篆者，李斯省籀文之法，同天下書者。比籀文體十存其八，
> 故小篆謂之八分小篆也。〔註769〕

謂小篆爲「八分小篆」蓋因不解杜甫〈李潮八分小篆歌〉之詩語而生之誤。

參、漢代隸書之專稱

一、漢　隸

漢代的隸書簡稱爲「漢隸」。黃長睿〈跋陳碧虛所書相鶴經後〉云：

> 自秦易篆爲佐隸，漢世去古未遠，當時正隸體尚有篆籀意象。
> 厥後魏・鍾元常及士季晉・王世將、逸少、子敬作小楷，法皆出於
> 邊就漢隸，運筆結體既圓勁雅淡，字率扁而弗撱。〔註770〕

漢隸與秦隸在筆法上之主要差別有二，其一，即起筆之方折，其二，即收
筆之波挑。吾丘衍《學古編・三十五舉》云：

> 十七舉曰：隸書人謂宜區，殊不知妙在不區。挑拔平硬，如折
> 刀頭，方是漢隸。《書體括》云：「方勁古折，斬釘截鐵。」備矣。
>
> 〔註771〕

又，吾丘衍《學古編・字源七辨》云：

> 漢隸者，蔡邕石經及漢人諸碑上字是也。此體最爲後出，皆有
> 挑法，與秦隸同名，其實異寫。〔註772〕

王壯爲則云：

> 漢隸，通常是指東漢的隸書而言。這種字體與隸書、古隸、秦
> 隸不同之處，是具有波磔挑法的。〔註773〕

二、八　分

〔註769〕楊家駱主編，《篆刻學》，第一種，〈字源七辨〉。

〔註770〕黃長睿，《東觀餘論》，（臺北：漢華文化公司，1974），卷下，頁58～59。

〔註771〕吾丘衍《學古編》，卷一，頁63；收於：楊家駱編，《篆刻學》第一種。

〔註772〕吾丘衍《學古編》，卷一，頁80；收於：楊家駱編，《篆刻學》第一種。

〔註773〕王壯爲，《書法研究》，頁14。

起筆方折、收筆帶有波挑之漢隸又稱「八分」。（傳）衛夫人〈筆陣圖〉云：

> 凶險可畏如八分。〔註774〕

（傳）東晉‧王羲之〈題衛夫人筆陣圖後〉則云：

> 又，八分更有一波，謂之「隼尾波」，即鍾公〈泰山銘〉及〈魏
> 文帝受禪碑〉中已有此體。〔註775〕

「八分」乃繼大小二篆而起之書體，竇臮《述書賦》云：

> 蟲篆制而八分閒矣。〔註776〕

「八分」繼「蟲篆」之後而出現，則所謂「八分」，固爲秦書八體中之「隸書」。
惟後世所謂之「八分」，實爲秦隸之增添波挑筆勢者。朱長文云：

> 漢自有隸書，而今之八分，乃漢魏之際增隸而作者。〔註777〕

「增隸」意謂將西漢之古隸增添波挑，以提昇其藝術之表現性。然謂八分乃
「漢魏之際」始有，則囿於漢末王次仲之作「八分楷法」。

　　一、（傳）蔡琰之「割程隸八分取二分，至於這種「具有波磔挑法的」漢
　　　　隸何以名喚「八分」，歷來最少有七種不同的說法，包括——割李篆
　　　　二分取八分」；〔註778〕

　　二、王愔之「字方八分」；〔註779〕

　　三、張懷瓘之「若八字分散」；〔註780〕

〔註774〕張彥遠，《法書要錄》，卷一，頁9。

〔註775〕張彥遠，《法書要錄》，卷一，頁11。

〔註776〕張彥遠，《法書要錄》，卷六，頁183。

〔註777〕朱長文，《墨池編》，卷十，頁312。

〔註778〕轉引自顧藹吉，《隸辨》，卷八，〈隸八分考〉，頁314。按：《六藝之一錄》卷一七
　　　　二與《佩文齋書畫譜》卷一皆收錄蔡文姬這段話，註明是出自北宋周越《古今法
　　　　書苑》；二書所引文字與顧書稍有出入。因周書已佚，無從校勘；惟顧書所引起首
　　　　多「臣父造八分時」一句，語意較完足，故從之。

〔註779〕張懷瓘《書斷》卷上〈八分〉引，見：張彥遠，《法書要錄》，卷七，頁201。按：
　　　　這段話應是王愔《文字志》書中關於「王次仲」之說明。參見：張彥遠，《法書要
　　　　錄》，卷一，頁25〈文字志目〉之「中卷目」。

〔註780〕張懷瓘《書斷》卷上〈八分〉，張彥遠，《法書要錄》，卷七，頁202。

四、郭忠恕之「八體之後，又分此法」；〔註781〕

五、黃庭堅之「用筆須八方分布周密」；〔註782〕

六、包世臣之「八，背也，言其左右分布相背然也」；〔註783〕

七、張果詮之「在全篇章法布白橫平豎直整齊的正方形每方寸界格紋理
內，寫字大小約占八分」。〔註784〕

以上七種說法中，當以王愔「字方八分」一說最爲合理。〔註785〕所謂「字
方八分」，意即將每個文字寫在八分大小的方格中。唐蘭云：

> 所以名爲「八分」，實際本只是一個尺度，慢慢就變成一種書體，
> 反而替代了楷法的舊名（例如五言詩可單稱爲五言）。〔註786〕

關於王愔「字方八分」一說之所以成立，可以有三個支持的理由——

其一，漢代習慣以「方」多少來描述字體之大小。如：「方寸千言」即寫
了一千個方寸大小之文字。「字方八分」應解釋作一個字大小爲八
分四方。恰似《孟子·萬章下》所謂：「天子之制，地方千里。」
〔註787〕

其二，漢代經籍所使用之簡冊，書《易》、《詩》、《書》、《禮》、《樂》、《春
秋》者，長二尺四寸；書《孝經》者，長一尺二寸；書《論語》
者，長八寸，〔註788〕皆爲八分之倍數。若「字方八分」，則二尺四

〔註781〕郭忠恕，《佩觿》，孫岳頒等，《佩文齋書畫譜》卷二，頁51引。

〔註782〕唐蘭，《中國文字學》，頁170。

〔註783〕包世臣著、祝嘉疏證，《藝舟雙楫疏證》，頁32。

〔註784〕張果詮，〈「八分」爲書寫格式新解〉，《書法研究》（上海：上海書畫社，1988），
第3期，頁99～104。

〔註785〕參見：郭伯佾，〈「八分」名義考釋——王愔「字方八分」說的再肯定〉，《書法論
文集》（臺北：中華民國書法教育學會，1989）之伍。

〔註786〕唐蘭，《中國文字學》，頁170。

〔註787〕趙岐注、孫奭疏，《孟子正義》，《十三經注疏》，第八冊之四，卷十·上，頁177。

〔註788〕《儀禮·聘禮》「百名以上書於策，不及百名書於方」疏引鄭玄〈論語序〉云：
「《易》、《詩》、《書》、《禮》、《樂》、《春秋》，策皆二尺四寸，《孝經》謙半之，
《論語》八寸。」「二尺四寸」原作「尺二寸」，依阮元〈校勘記〉改。見：鄭
玄注、賈公彥等疏，《儀禮注疏》，《十三經注疏》，第四冊，卷二十四，頁283、
289。

寸簡一行可寫 30 字，一尺二寸簡一行可寫 15 字，八寸簡一行可
寫 10 字。

其三，漢代人習慣以物品某方面之數量作爲該物品之名稱。就簡牘而言，
可以寫兩行字之簡，稱爲「兩行」；詔書以尺一長之版書寫，故稱
詔書爲「尺一」：書信以一尺長之牘書寫，故稱書信爲「尺牘」；
法律以三尺長之簡書寫，故稱法律爲「三尺」……。

或以「八分」爲界於篆、隸間之字體。顧藹吉〈隸八分考〉云：

> 任玠序范度《五體書》云：「八分則酌乎篆、隸之間。」吾衍
> 《字源七辨》云：「八分比隸字則微似篆。」陸深書輯云：「分取篆
> 隸之間，謂之八分。」顧炎武《金石文字記》云：「省者謂之隸，
> 其稍繁而猶雜篆法者謂之八分。」此皆因流俗所傳文姬之言而誤者
> 也。〔註789〕

顧氏所駁甚是。

三、八分璽法與八分楷法

八分書又稱爲「八分璽法」，成公綏〈隸書體〉云：

> 若乃八分璽法，殊好異制，分白賦黑，萃布星列。翹首舉尾，
> 直刺邪掣。繾綣結體，劉釆奪節。〔註790〕

蓋因寫八分書前須先畫界欄，如摹印一般。

而因爲字體的大小爲八分見方，且用以作爲弟子習字之範本，故又稱爲
「八分楷法」。王僧虔〈古來能書人名〉云：

> 上谷王次仲，後漢人，作八分楷法。〔註791〕

「八分楷法」或爲王次仲所作，然八分書則在西漢以有之；唯當時仍沿稱「隸
書」耳。

四、史　書

漢隸一稱「史書」。班固《漢書・元帝紀》載：「元帝多材藝，善史書。」

〔註789〕顧藹吉，《隸辨》，卷八，〈隸八分考〉，頁315。
〔註790〕孫岳頒等，《佩文齋書畫譜》，卷一，頁35引。
〔註791〕張彥遠，《法書要錄》，卷一，頁12。

應劭謂「史書」為「周宣王太史籀所作大篆」。〔註792〕錢大昕駁之，云：

> 應說非也。漢律：太史試學童，能諷書九千字以上，乃得為史。〈貢禹傳〉：「武帝時，盜賊起郡國，擇使巧史書者以為右職。俗皆曰：『何以禮義為？史書而仕宦。』」〈酷吏傳〉：「嚴延年善史書，所欲誅殺，奏成於手中，主簿親近史不得聞。」蓋史書者，令史所習之書，猶言隸書也。善史書者，謂能識字作隸書耳，豈皆盡通《史籀》十五篇乎？〔註793〕

段玉裁云：

> 漢人謂隸書為「史書」，故孝元帝、孝成許皇后、王尊、嚴延年、楚王侍者馮嫽、後漢孝和帝、和熹鄧皇后、順列梁皇后、北海靖王睦、樂成靖王黨、安帝生母左姬、魏胡昭，史皆云善史書。大致皆謂適於時用，如〈禹貢傳〉云：「郡國擇便巧史書者以為右職。」又，蘇林引胡公云：「漢官假佐，取內郡善史書者給佐諸府也。」是可以知史書之必為隸書。向來注家釋史書為大篆，其謬可知矣。〔註794〕

則廣舉史例，證成「史書」乃「適於時用」之漢代隸書。

五、佐　書

隸書在莽新時期稱為「佐書」。許慎《說文解字・敘》云：

> 及亡新居攝，……時有六書，……四曰佐書，即秦隸書，秦始皇帝使下杜人程邈所作也。〔註795〕

江式〈論書表〉云：

> 及亡新居攝，……時有六書，……四曰佐書，秦隸書也。〔註796〕

〔註792〕班固，《漢書》，卷九，〈元帝紀〉，頁298、299。

〔註793〕錢大昕，《三史拾遺》（北京：學苑出版社，2005），卷二，〈元帝紀〉，頁1。

〔註794〕丁福保，《說文解字詁林》，第十一冊，頁935。

〔註795〕丁福保，《說文解字詁林》，第十一冊，頁902。「佐書」一作「左書」；又，「秦始皇帝使下杜人程邈所作也」十三字，原置於上文「三曰篆書，即小篆」之後，依段玉裁注改。見：丁福保，《說文解字詁林》，第十一冊，頁936～937。

〔註796〕張彥遠，《法書要錄》，卷二，頁63。

無論「佐書，即秦隸書」，抑或「佐書，秦隸書也」，皆謂莽新時期所謂之「佐書」一體，即秦書八體中之「隸書」。

至於漢代隸書何以又稱「史書」或「佐書」，就是因爲「史」與「書佐」主掌文書之故。〔註797〕

六、銘石之書、銘石書

漢隸一稱「銘石之書」。王僧虔〈古來能書人名〉云：

> 鍾有書三體，一曰銘石之書，最妙者也。〔註798〕

「銘石之書」簡稱「銘石書」。顧藹吉《隸辨・隸八分考》云：

> 鍾繇〈泰山銘〉、〈受禪碑〉，皆銘石書也，羲之謂之八分。〔註799〕

蓋漢代以當時之隸書刊碑，故鍾繇所善之銘石書即又稱「八分」之漢隸。《唐六典・祕書省》云：

> 校書郎、正字，掌讎校典籍，刊正文字，字體有五：……四曰
>
> 八分，謂石經、碑碣所用。〔註800〕

八分因是「石經碑碣所用」，故亦曰「銘石書」。

〔註797〕潘重規，《中國文字學》（臺北：東大圖書公司，1977），頁42。

〔註798〕張彥遠，《法書要錄》，卷一，頁14。

〔註799〕顧藹吉，《隸辨》，卷八，頁316。

〔註800〕李林甫等撰、陳仲夫點校，《唐六典》（北京：中華書局，1992），卷十，頁300。

第三章　從文字構成觀點分析漢代隸書

林罕〈字原偏旁小說自序〉云：

> 隸書有不拋篆者，有全違篆者，有減篆者，有添篆者，有篆隸
同文者。〔註1〕

林罕所謂的「篆」，蓋指東漢許慎《說文解字》書中的小篆、古文和籀文，主要為戰國至漢代的篆書。事實上，《說文解字》一書，不但「說解」方面有不少錯誤，其說解所根據之字形，更是多所訛變；〔註2〕因此，僅以《說文解字》中的篆書作為衡量隸書的標準，不但無法得出正確的判斷，恐怕還有治絲益棼之虞。

時至今日，甲骨文、金文等古文字學研究的成績，已大大超越東漢以來的歷代各朝；地下出土的商周乃至更早的古文字史料，多為清末以前所未曾夢見。因此，現今研究漢代隸書的文字構成，自應充分運用古文字學的豐碩成果，而不只是因循前人故步，拘囿於《說文解字》的範圍。

從文字構成——包括文字構造法則、組成元素，以及其筆畫演變之軌跡—

〔註1〕 丁福保，《說文解字詁林》，第一冊，頁513～514。

〔註2〕 《說文解字》書中，如：以「覆也」說「乘」字，以「數飛也」說「習」字，以「樂竟為一章」說「章」字……等，為《說文解字》說解錯誤之例。至於「公」字下從「厶」，「皆」字下從「白」，「皇」字上從「自」……等，則為說解所根據之字形訛變之例（參見本書第三章第一節相關討論）。

一的觀點來看，漢代隸書大約可以分爲「正寫字」、「或體字」和「訛變字」三種類型。本章三節將分別就此三種類型之漢隸實例做進一步討論。

第一節　正寫字：構造合理、元素正確

　　所謂「正寫字」，是指構造法則合乎六書中的象形、指事、會意、形聲之原理，其組成元素也正確無誤的文字。這些文字經歷長期的使用（書寫或契刻）過程之後，有的可能在筆畫方面產生減少或縮短的「簡化」現象，或者增多或延長的「繁化」現象；只要其組成元素沒有由原來的一種訛變爲另外一種，都算是「正寫字」。

　　例如：「上」字，甲骨文作「二」、「二」、「上」……等形，〔註3〕第一形從一（象平面物形）〔註4〕、加一短橫於上，指示其部位；第二形之一稍變爲弧曲，若手掌向上之形；第三形則指事符號變作一短橫加一豎畫，大概是爲避免與數字「二」混淆，三形皆表示「在……之上」之義。金文作「二」或「上」，〔註5〕前者與甲骨文第一形相同；後者則與甲骨文第三形相同而爲小篆所本。小篆作「丄」或「𠄞」，〔註6〕第一形將指事符號由短橫改作豎畫，避免與數字「二」混淆；第二形則將甲骨文第三形與金文第二形之豎畫加以屈曲。漢代隸書作「上」、「上」、「上」……等形。〔註7〕上舉甲骨文至漢隸「上」字各種不同寫法，皆可視爲「正寫字」。

　　又如：「木」字，甲骨文作「朩」、「朩」、「朩」……等形，〔註8〕皆象單

〔註3〕李宗焜，《甲骨文字編》，下冊，頁1327。

〔註4〕中國的文字中，常有以一橫畫代表平面物的情形，如：「雨」字，甲骨文作「⻗」等形，見：李宗焜，《甲骨文字編》，中冊，頁423～429，上方的橫畫爲「天」；又如：「之」字，甲骨文作「𡳐」，見：李宗焜，《甲骨文字編》，上冊，頁265～266，下方的橫畫爲「地」。因此，個人認爲：「上」（二）、「下」（二）兩字的長橫畫應該也是某種平面物的象形。田倩君《釋上》，認爲「二」字是「某一較小事物放置於另一較大事物之上」，見：《中國文字》，第九卷，頁4291；不合於「指事」體例，故不從其說。

〔註5〕容庚，《金文編／金文續編》，《金文編》第一·三，頁37。

〔註6〕丁福保，《說文解字詁林》，第二冊，頁36。

〔註7〕李靜，《隸書字典》，頁3～4。

〔註8〕李宗焜，《甲骨文字編》，中冊，頁489。

株樹木之形：中間長豎為樹幹，上端枒槎為樹枝，下方岐畫則為樹根。金文作「𣎴」、「米」、「米」……等形，〔註9〕與甲骨文第三形近似而字畫更工整。小篆作「米」，〔註10〕與甲骨文第三形及金文近似。漢隸作「木」或「木」，〔註11〕將表樹枝之兩斜曲筆畫變作一橫畫。楷書「木」字除了上方承襲漢隸作橫畫之外，在表樹幹之中豎下端往往多了書寫過程中屬於「帶筆」之勾畫，而作「木」，〔註12〕此一鉤畫實承襲自章草之作「木」。〔註13〕上舉甲骨文以下「木」字各種不同寫法，亦皆可視為「正寫字」。

　　一般人都說文字是「約定俗成」的，似乎意謂著：一個文字，只要多數人的共同寫法，就算是對的。果真如此，我們又如何能說漢代或北魏的碑刻上有很多訛變字呢？這些我們所謂的訛變字，在當時候何嘗不是大多數人的寫法？其實，所謂的「約定俗成」，乃是「名物法則等，經一二人提倡，而為社會習用或公認之謂」，〔註14〕所以，負責「約定」的，只是少數的專家（一二人），一般大眾（社會）則不過是加以接受而已。然而，一二專家之所以如此提倡，社會大眾之所以願意公認，其中實有能為彼此所共同接受的義理存在。中國文字的「約定俗成」的義理，根據文字學家的研究，就是「六書」中的象形、指事、會意、形聲。〔註15〕因此，必須是構造法則合乎六書原理，組成元素也正確無誤的文字，方得稱為「正寫字」；構造法則不合乎六書原理的，稱為「俗制字」；〔註16〕組成元素有誤的，則是「訛變字」。〔註17〕文字之是否為正寫字，顯然有

〔註9〕　容庚，《金文編／金文續編》，《金文編》第六・一，頁341。

〔註10〕　丁福保，《說文解字詁林》，第五冊，頁417。

〔註11〕　李靜，《隸書字典》，頁332。

〔註12〕　二玄社，《唐顏真卿多寶塔碑》（東京，1982），頁42。自北魏至唐代之楷書，「木」字中豎多帶勾趯；見：伏見冲敬，《書法大字典》（北京：華夏出版社，2004），上冊，頁1100。

〔註13〕　陳建貢、徐敏，《簡牘帛書字典》（上海：上海書畫出版社，1991），頁419。

〔註14〕　林尹、高明主編，《中文大辭典》（臺北：中國文化大學出版部，1982），第七冊，頁10968

〔註15〕　參見：本書第一章第二節。

〔註16〕　例如：以「一去不還也」為「丟」，見：《康熙字典》上冊，頁193引《揚子方言》（今本《方言》無）；以「小上大下」為「尖」，見：丁福保，《說文解字詁林》5～717頁「櫼」下引徐鍇說，其構造法則皆為「領會意思」的「會意」，而非六書

相關之義理可以作爲評判標準，而與多少人這樣寫沒有必然的關係。

唐代杜甫〈李潮八分小篆歌〉云：「大小二篆生八分。」〔註18〕意思是說，漢代隸書的文字構成有來自小篆的，也有來自與小篆不同寫法的大篆的。正因爲此故，所以漢隸之中固然有不少「苟趨省易」的訛變字；〔註19〕卻也有許多字的寫法較之楷書、甚至小篆還更正確的。以下試舉漢代隸書中寫法正確之若干例字，略作討論——

一、「山」字

甲骨文作「 𝖶𝖶 」、「 𝖶 」、「 𝖶 」、「 𝗃 」、「 𝖫𝖫 」、 𝖶 ……等形，〔註20〕大多象峰巒三起之形；第六形則僅作二起，而與「丘」字混同。本義爲「土之聚也，有石而高」。〔註21〕

金文作「 𝖶𝖶 」、「 𝖶 」、「 𝖶𝖶 」、「 𝖶𝖶𝖶 」、「 𝖶𝖶 」、「 𝗃 」、「 𝗃 」……等形，〔註22〕第一形象峰巒五起之形；餘皆象三起形。

秦泰山刻石作「 山 」，〔註23〕與金文最後一形略同，而爲《說文解字》小篆所本。

秦隸作「 𝗃 」、「 𝗐 」、「 山 」「 ■ 」、「 ■ 」……等形，〔註24〕略似金文之末兩形。

中「會合意思」的真正「會意」；因此，算是「俗制字」。

〔註17〕 參見：本書第三章第三節及第四章第三節。

〔註18〕 彭定球等，《全唐詩》，卷二二二，頁2360。

〔註19〕 班固，《漢書》，卷三十，頁1721。

〔註20〕 李宗焜，《甲骨文字編》，中冊，頁442～443。

〔註21〕 《國語・周語下》：「夫山，土之聚也。」見：左丘明撰、韋昭注，《國語》（臺北：臺灣中華書局，1966），卷三，頁5。「有石而高」見下文《說文解字》「山」字訓。地質學則凡陸地聳出地面達三百二十公尺以上者，統稱曰「山」。見：林尹、高明主編，《中文大辭典》，第八冊，頁824。

〔註22〕 前六形見：容庚，《金文編／續金文編》，《金文編》，第九・一三，頁562。第七形出自〈中山王䜌器〉，見：曹寅蓬，《中國書法字典——金文編》（濟南：山東美術出版社，2013），頁149。乃容庚，《金文編》所未收者。

〔註23〕 二玄社，《泰山刻石／瑯邪臺刻石》（東京，1979），頁7。

〔註24〕 前三形見：袁仲一、劉鈺，《秦文字類編》（西安：陝西人民教育出版社，1993），頁469；後兩形見：陳建貢、徐敏，《簡牘帛書字典》，頁261。

《說文解字》云：

　　⛰，宣也，宣气散生萬物，有石而高，象形。〔註25〕

漢代隸書作「⛰」、「⛰」、「⛰」、「⛰」、「⛰」、「⛰」、「⛰」、

「山」、「山」……等形。〔註26〕

　　按：漢隸「山」字，皆象峰巒三起之形，前四形尚保存肥筆；其後諸形逐漸簡化，最末兩形中央省作一豎，爲現行楷書所本。第一至七形較諸現行楷書之中央作一豎者皆更爲正確。

二、「公」字

　　甲骨文作「公」或「公」，〔註27〕從八（象雙臂形）、口（讀ㄍㄨㄥ，「宮」字初文，一作「呂」）聲；〔註28〕本義爲「手大臂」；後假借爲公私字，乃另造從肉、厷（，從又、口聲，「公」之或體字）聲之「肱」字。〔註29〕

　　金文作「公」、「公」、「公」、「公」、「公」……等形，〔註30〕皆從八、呂聲，下方或作一圓，或作二圓，或於一圓中加點。

　　石鼓文作「公」，〔註31〕與金文第三形略同。

　　秦隸作「公」、「公」、「公」……等形，〔註32〕源自石鼓文。第一形下方

〔註25〕丁福保，《說文解字詁林》，第八冊，頁1。

〔註26〕前五形及第八形見：陳建貢、徐敏，《簡牘帛書字典》，頁261～262；第六形見：二玄社，《漢韓仁銘／夏承碑》，〈夏承碑〉，頁62；第七形見：二玄社，《漢曹全碑》，頁38；第九形見：李靜，《隸書字典》，頁144引〈白石神君碑〉。

〔註27〕李宗焜，《甲骨文字編》，下冊，頁1331。

〔註28〕馬敘倫說，見：古文字詁林編纂委員會，《古文字詁林》，第一冊，頁655～656。馬氏謂「八本臂之初文」，「呂……實宮之初文」，「公從呂得聲」，並是；又謂「公蓋肱之次初文」，乃以《說文解字》所謂「厷」之古文「厶」爲「肱」之初文。見：古文字詁林編纂委員會，《古文字詁林》，第三冊，頁383。恐非。蓋所謂「厷」之古文「厶」，當是「呂」之作單圈者所訛變。

〔註29〕丁福保，《說文解字詁林》，第三冊，頁1001。

〔註30〕容庚，《金文編／金文續編》，《金文編》第二・三～二・四，頁71～73。

〔註31〕二玄社，《周石鼓文》（東京，1981），頁50。

〔註32〕第一形見：北京大學出土文獻所，《北京大學藏秦代簡牘書迹選粹》，頁7；第二形見：陳建貢、徐敏，《簡牘帛書字典》，頁77；第三形見：袁仲一、劉鈺，《秦文字

猶近圓形;第二形下方所從之「宮」字初文作三角形,第三形之左右兩筆上端相疊,若從厶者。

《說文解字》云:

> 㕣,平分也,從八、從厶;八,猶背也。韓非曰:「背厶爲公。」

〔註33〕

蓋未見「公」字初形,又誤以假借義爲本義,故不免爲韓非所牽。

漢代隸書作「㕣」、「㕣」、「公」「公」、「公」、「公」、「公」……等形。〔註34〕

按:漢隸「公」字,第一至三形下方若「口」,源自甲骨文;第四、五形下方作三角形,蓋爲第一形之小訛。第六、七形下方明作「厶」,源自秦隸第二、三形與《說文解字》篆文。第一至五形較諸《說文解字》小篆以及現行楷書之「從厶」者更爲正確,爲正寫字;若第六、七形則不免與小篆及楷書同其謬誤。

三、「帥」字

甲骨文缺。

金文作「帥」、「帥」、「帥」、「帥」、「帥」、「帥」……等形,〔註35〕前三形從巾、從二戶重疊,第四形從巾、從戶;第五形從市、從二戶重疊,第六形則從二市重疊、從二戶重疊。二戶重疊與一戶義同,二市重疊亦與一市義同;而「巾」與「市」事類相近。《禮記·內則》云:

> 子生:男子,設弧於門左;女子,設帨於門右。〔註36〕

金文「帥」字,前四形蓋從巾、從戶,末兩形蓋從市、從戶,皆「特別表示出

類編》,頁508。

〔註33〕 丁福保,《說文解字詁林》,第二冊,頁1006。

〔註34〕 第一、四、六形見:陳建貢、徐敏,《簡牘帛書字典》,頁77;第二形見:李靜,《隸書字典》,頁54引〈熹平石經殘石〉;第三形見:二玄社,《漢史晨前後碑》,頁44;第五形見:二玄社,《漢乙瑛碑》(東京,1980),頁41;第四、七形見:李靜,《隸書字典》,頁55引〈樊敏碑〉。

〔註35〕 容庚,《金文編》,第七·三八,見:《金文編/續金文編》,頁468。

〔註36〕 鄭玄注、孔穎達疏,《禮記正義》,卷二十八,頁534。

巾懸於門右的樣子」，〔註37〕本義爲「佩巾」；其後借爲將帥字，乃另造从巾、兌聲之「帨」字。

　　侯馬盟書作「🀄」。〔註38〕

　　石鼓文作「帥」。〔註39〕

　　秦隸作「🀄」或「🀄」，〔註40〕左旁已訛若「𠂤」。

　　《說文解字》云：

　　　　帥，佩巾也，从巾、𠂤。帨，帥或从兌。〔註41〕

　　漢代隸書作「帥」、「帥」、「帥」、「帥」……等形。〔註42〕

　　按：漢隸「帥」字，前三形與金文第一形及石鼓文略同，較諸《說文解字》小篆及楷書正確；若第四形則从𠂤，爲訛變字。

四、「皆」字

　　甲骨文作「🀄」、「🀄」、「🀄」……等形，〔註43〕舊以爲不識之字，商承祚根據秦故道殘詔版「皆」字上从「虤」，而將上舉甲骨文諸字釋作「皆」。〔註44〕竊以爲：甲骨文「皆」字从二虎、从口，本義當爲「詥也」；引申爲「俱」義，乃另造从言、皆聲之「諧」字。〔註45〕其上从「虎」者，當係省寫。

〔註37〕關於金文「帥」字之構造以及「巾懸於門右」云云，參見：古文字詁林編纂委員會，《古文字詁林》，第七冊，頁 153～155 引龍宇純〈說帥〉。

〔註38〕陳建貢、徐敏，《簡牘帛書字典》，頁 273。

〔註39〕二玄社，《周石鼓文》，頁 38。

〔註40〕古文字詁林編纂委員會，《古文字詁林》，第七冊，頁 150 引《睡虎地秦簡文字編》。

〔註41〕丁福保，《說文解字詁林》，第六冊，頁 999。

〔註42〕第一形見：二玄社，《漢北海相景君碑》（東京，1978），頁 14；第二形見：二玄社，《漢孔宙碑》（東京，1980），頁 44；第三形見：上海書畫出版社，《鮮于璜碑》，頁 5；第四形見：伏見冲敬，《書法大字典》，上冊，頁 690；

〔註43〕李宗焜，《甲骨文字編》，中冊，頁 602～603；另，下冊，頁 1335，亦收有或體「皆」字。

〔註44〕古文字詁林編纂委員會，《古文字詁林》，第四冊，頁 24 引〈中山王𰾹鼎壺銘文芻議〉，《古文字研究》第七輯。

〔註45〕丁福保，《說文解字詁林》，第三冊，頁 552。馬敍倫云：「皆爲諧之初文。」見：古文字詁林編纂委員會，《古文字詁林》，第四冊，頁 24 引《說文解字六書疏證》。按：《文心雕龍・諧隱》：「諧之言皆也，辭淺會俗，皆悅笑也。」見：劉勰著、王

金文作「＿」，〔註46〕或「＿」，〔註47〕前者从从、从甘，會意；「从甘」乃从口之衍化。〔註48〕後者上段从上虍下月，下段从甘。

秦權量銘作「＿」、「＿」、「＿」……等形，〔註49〕前兩形从比、从甘；第三形从龇、从甘。

秦隸作「＿」或「＿」……等形，〔註50〕皆从比、从甘。

《說文解字》云：

＿，俱詞也，从比、从白。〔註51〕

漢代隸書作「＿」、「＿」、「＿」、「＿」、「＿」、「＿」……等形。〔註52〕

按：漢隸「皆」字，除第三形上段从从外，其餘各形上段皆从比；「比」與「从」皆象兩人并隨，事類相近，故作為形符可通用。第一至五形下段皆从「甘」，較諸《說文解字》小篆以及現行楷書之「从白」者更為正確；若第六形下段从「曰」，則與从「白」者同為訛變字。

五、「皇」字

甲骨文缺。

金文作「＿」、「＿」、「＿」、「＿」、「＿」、「＿」……等形，〔註53〕顧實

更生，《文心雕龍讀本》（臺北：文史哲出版社，1980），上冊，頁257。可作為「皆」字乃「諧」字初文之旁證。

〔註46〕容庚，《金文編》，卷四・五，頁224。

〔註47〕古文字詁林編纂委員會，《古文字詁林》，第四冊，頁23。

〔註48〕古文字从口者多有衍化為从甘之例，如：曹、曾、會、者、魯……亦是。

〔註49〕前兩形見：二玄社，《秦權量銘》（東京，1981），頁45、55；第三形秦故道殘詔版「皆」字見：容庚，《金文編／金文續編》，《金文續編》第四・二，頁1315。

〔註50〕袁仲一、劉鈺，《秦文字類編》，頁497。

〔註51〕丁福保，《說文解字詁林》，第四冊，頁144。

〔註52〕前三形見：陳建貢、徐敏，《簡牘帛書字典》，頁570～571；第四形見：二玄社，《漢西嶽華山廟碑》（東京，1984），頁12；第五形見：二玄社，《漢乙瑛碑》，頁13；第六形見：李靜，《隸書字典》，頁263引〈楊震碑〉。

〔註53〕容庚，《金文編／金文續編》，第一・九，頁49～52。

謂「从日上出光，王聲」，[註54]而日光與王之筆畫各有繁簡不同。本義當爲「煇

也」，其後引申爲「大也」，乃另造从火、皇聲之「煌」字。[註55]如：《詩經》

之以「皇」爲「煌」是。[註56]

秦〈泰山刻石〉作「皇」，[註57]上段若「白」，源自金文末形，而稍有

訛變。

權量銘一作「皇」，[註58]上段从「自」，爲《說文解字》小篆所本。

秦隸作「皇」，[註59]上段若「白」。

《說文解字》云：

皇，大也，从自、王。自，始也；始王者三皇，大君也。自

讀若鼻，今俗以作始生子爲鼻子是。[註60]

「从自」云云，非是。

漢代隸書作「皇」、「皇」、「皇」、「皇」……等形。[註61]

按：漢隸「皇」字，第一形上从「自」，與上引權量銘及《說文解字》小

篆同；其餘諸形上段皆作若「白」，較諸《說文解字》小篆之「从自」者更爲

正確。

六、「乘」字

甲骨文作「」、「」、「」、「」、「」……等形，[註62]或曰：「象

〔註54〕古文字詁林編纂委員會，《古文字詁林》，第一冊，頁228引《國學輯林第一期》。

〔註55〕丁福保，《說文解字詁林》，第八冊，頁810。

〔註56〕《詩·小雅·皇皇者華》「皇皇者華」傳：「皇皇，猶煌煌。」又，《詩·小雅·斯
干》「朱芾斯皇」箋：「皇，猶煌煌。」見：毛亨傳、鄭玄箋、孔穎達疏，《毛詩正
義》，《十三經注疏》，第二冊，卷九之二，頁318、卷十一之二，頁387。

〔註57〕二玄社，《秦泰山刻石／瑯邪臺刻石》，頁4、11、20、22、23。

〔註58〕袁仲一、劉鈺，《秦文字類編》，頁52。

〔註59〕二玄社，《秦權量銘》，頁30。

〔註60〕丁福保，《說文解字詁林》，第二冊，頁220。

〔註61〕前兩形見：陳建貢、徐敏，《簡牘帛書字典》，頁571～572；第三形見：二玄社，《漢
禮器碑》，頁4；第四形見：二玄社，《漢韓仁銘／夏承碑》，頁57。

〔註62〕前第一、三、四、五形見：李宗焜，《甲骨文字編》，上冊，頁82～84；第二形見：
古文字詁林編纂委員會，《古文字詁林》，第五冊，頁723引《甲骨文編》。

人乘木之形」。〔註63〕竊以爲：从「大」（人）在「木」（樹）上，會意；本義爲
「陵也」、「升也」、「登也」。〔註64〕第二形以下筆畫有簡化或訛變。

　　金文作「☒」、「☒」、「☒」、「☒」、「☒」、「☒」……等形，〔註65〕
蓋皆从大、从舛、从木；而表人雙腳之「舛」多有訛變。第六形上方之「大」
失其雙臂而訛若「入」。

　　秦隸作「☒」、「☒」、「☒」……等形，〔註66〕前兩形从大、从舛、从木；
第三形上段之「大」訛作「入」。

　　《說文解字》云：

　　　　☒，覆也。从入、桀。☒，古文乘从几。〔註67〕

上部之「大」訛爲「入」，與金文最後一形及秦隸最後一形相同。

　　漢代隸書作「乘」、「乗」、「乗」、「☒」、「☒」、「☒」、「☒」、「乗」
……等形。〔註68〕

　　按：漢隸「乘」字，除第七、八兩形明顯訛變外，其餘各形還保留从大、
从舛、从木的遺意，較諸《說文解字》小篆之「从入」者以及現行楷書之寫法
更爲正確。

〔註63〕　王國維説，見：古文字詁林編纂委員會，《古文字詁林》，第五冊，頁 724 引《戩
　　　　壽堂所藏甲骨文字考釋》。

〔註64〕　《易‧屯》之六二：「象曰：六二之難，乘剛也。」正義：「以其乘陵初剛，不肯
　　　　從之。」見：王弼、韓康伯注、孔穎達等正義，《周易正義》，卷一，頁22。又，《詩‧
　　　　豳風‧七月》：「亟其乘屋。」傳：「乘，升也。」見：毛亨傳、鄭玄箋、孔穎達正
　　　　義，《毛詩正義》，卷八之一，頁285。又，《爾雅‧釋獸》：「時善乘領。」注：「好
　　　　登山峰之一獸也。」見：郭璞注、邢昺疏，《爾雅注疏》（臺北：藝文印書館，1976），
　　　　《十三經注疏》，第八冊之三，卷十，頁 191。

〔註65〕　容庚，《金文編／金文續編》，《金文編》第五‧三八，頁 340。

〔註66〕　第一形見：北京大學出土文獻所，《北京大學藏秦代簡牘書迹選粹》，頁 16；後兩
　　　　形見：袁仲一、劉鈺，《秦文字類編》，頁 305。

〔註67〕　丁福保，《說文解字詁林》，第五冊，頁 412。

〔註68〕　第一形見：二玄社，《漢郙閣頌》（東京，1978），頁 16；第二形見：李靜，《隸書
　　　　字典》，頁 15 引〈元嘉元年畫像石題記〉；第三至七形見：陳建貢、徐敏，《簡牘
　　　　帛書字典》，頁18；第八形見：二玄社，《漢武氏祠畫像題字》，頁48。

七、「哭」字

甲骨文作「🔣」「🔣」、「🔣」、「🔣」、「🔣」、「🔣」……等形，〔註69〕

葉玉森謂：「象一人擗踊形，从吅，表號呼意，當即古文哭字。」〔註70〕，其本義應爲「弔哭」，如：《論語》「子於是日哭」是。〔註71〕

金文缺。

秦隸作「🔣」、「🔣」、「🔣」……等形，其下从犬。〔註72〕

《說文解字》云：

　　🔣，哀聲也，从吅、獄省聲。〔註73〕

「哀聲」爲弔喪之引申義；「从吅、獄省聲」云云，卻迂曲而不通。李孝定謂：「兂與犬形亦略近，故篆體轉寫訛變耳。」〔註74〕

漢代隸書作「🔣」、「🔣」、「🔣」、「🔣」……等形。〔註75〕

按：漢隸「哭」字，第一形形从大（象人形），第二形从「犮」（从大、加一斜畫於後腿，本義爲「人之後腿」，即「跋」字初文），「大」或「犮」與「兂」皆與人有關。故第一、二形都是正寫字，較諸《說文解字》小篆以及現行楷書下段之作「犬」者都更正確。〔註76〕若第三、四形，其下从犬，則爲訛變字。

〔註69〕李宗焜，《甲骨文字編》，上冊，頁27～28，未釋。

〔註70〕古文字詁林編纂委員會，《古文字詁林》，第二冊，頁183。

〔註71〕《論語・述而》載：「子於是日哭，則不歌。」〈正義〉曰：「此章言孔子於是日聞喪或弔人而哭，則終是日不歌也。」見：何晏注、邢昺疏，《論語正義》，《十三經注疏》，第八冊之一，卷七，頁61。另，朱注：「哭，謂弔哭。」見：朱熹，《論語集注》，《四書集注》（臺北：藝文印書館，1996）之三，卷四，頁223。

〔註72〕第一形見：北京大學出土文獻所，《北京大學藏秦代簡牘書迹選粹》，頁9；第二、三形見：袁仲一、劉鈺，《秦文字類編》，頁139。

〔註73〕丁福保，《說文解字詁林》，第二冊，頁1323。

〔註74〕李孝定，《甲骨文字集釋》，頁431。

〔註75〕第一形見：上海書畫出版社，《鮮于璜碑》，頁25；第二形見：二玄社，《漢孟琁碑／張景造土牛碑》，頁18；第三、四形見：陳建貢、徐敏，《簡牘帛書字典》，頁159。

〔註76〕楷書碑刻，如：北魏〈楊胤墓誌〉、隋〈橋紹墓誌〉、唐顏真卿〈顏氏家廟碑〉……等，「哭」字下段皆从大，不从犬。見：伏見冲敬，《書法大字典》，上冊，頁361。

八、「習」字

甲骨文作「㲋」、「㲋」、「㲋」、「㲋」，〔註77〕上方之「羽」，乃「彗」字初文。〔註78〕唐蘭謂：甲骨文「習字當从日、羽 聲，羽 今彗字也」，本義為「暴乾」。〔註79〕引申為「溫習」義，〔註80〕乃另造从火、彗聲之「熭」字。〔註81〕

金文缺。

秦隸作「習」，〔註82〕其下从「目」。字書無此字，「目」或係「日」之訛。

《說文解字》云：

習，數飛也，从羽、从白。〔註83〕

「从羽」乃从「彗」之訛，「从白」則為从「日」之誤。

漢代隸書作「習」、「習」、「習」、「習」……等形。〔註84〕

按：漢隸「習」字諸形下皆从日，較諸《說文解字》小篆以及現行楷書之「从白」者都更正確。〔註85〕

〔註77〕李宗焜，《甲骨文字編》，中冊，頁692～693。

〔註78〕甲骨文「彗」字象掃帚之形；「羽」字（李宗焜釋「翼」）象鳥類羽毛之形，兩字截然有別。見：李宗焜，《甲骨文字編》，中冊，頁691～692、701～708。

〔註79〕古文字詁林編纂委員會，《古文字詁林》，第四冊，頁52引《殷虛文字記》。

〔註80〕《論語·學而》載孔子之言曰：「學而時習之，不亦說乎！」又曰：「溫故而知新，可以為師矣。」見：何晏注、邢昺疏，《論語正義》，卷一，頁5；卷二，頁17。「學而時『習』之」即所以「『溫』故而知新」。

〔註81〕《說文解字》：「熭，暴乾也。」見：丁福保，《說文解字詁林》，第八冊，頁833《繫傳》本。

〔註82〕袁仲一、劉鈺，《秦文字類編》，頁251。

〔註83〕丁福保，《說文解字詁林》，四冊，頁165。「从羽、从白」，一本作「从羽、白聲」。

〔註84〕前兩形見：陳建貢、徐敏，《簡牘帛書字典》，頁657；第三形見：二玄社，《漢孔宙碑》，頁13；第三形見：伏見冲敬，《書法大字典》，下冊，頁1773引〈熹平石經〉。

〔註85〕自北魏至唐代，楷書碑帖之「習」字下方蓋皆从「日」，仍合乎甲骨文寫法，為正寫字。見：伏見冲敬，《書法大字典》，下冊，頁1772。唯薛稷〈信行禪師碑〉「習」字凡三見，作「習」等形，下段皆从「白」，見：上海書畫出版社，《薛稷信行禪師

九、「章」字

甲骨文缺。

金文作「」、「」、「」、「」、「」……等形，[註86] 李孝定云：

> 金銘章字皆用爲璋，疑章黃即璋璜之象形，……而其字形又與
> 後世禮家所説璋璜之制不合；。……是其字形則實難索解，當存以
> 俟考。[註87]

竊以爲：金文「章」字前三形象圓形玉珮之形，其後假借爲文章字，乃另造從玉、章聲之「璋」字；[註88] 第四、五形則於上橫之上加一短橫。

石鼓文作「」，[註89] 原先貫串玉珮之中央豎畫只剩上下兩小截。而爲《説文解字》所本。

秦隸作「」，[註90] 中豎仍貫穿已變作方形之玉珮。

《説文解字》云：

> ，樂竟爲一章，從音、從十；十，數之終也。[註91]

「樂竟爲一章」乃其假借義；若「從音、從十」云云，則是根據訛變之形而作說解。

漢代隸書作「」、「」、「」、「」、「」……等形。[註92]

按：漢隸「章」字，中豎皆貫穿方塊，甚至與第三橫相連，較之石鼓文與

碑》（上海，2014），頁 19、36、66。

[註86] 容庚，《金文編／續金文編》，《金文編》，第三・九，頁 150。

[註87] 李孝定，《金文詁林讀後記》（臺北：中央研究院歷史語言研究所，1982），卷三，頁 67。

[註88] 許慎以「半璧」爲璜、「半圭爲璋」，見：丁福保，《説文解字詁林》，第二冊，頁275、282。與章、黃之象圓形玉珮之形不符，應係漢儒誤解商周禮器之名制耳；豈可反以疑甲骨文與金文耶？

[註89] 二玄社，《周石鼓文》（東京，1981），頁 30。

[註90] 袁仲一、劉鈺，《秦文字類編》，頁 385。

[註91] 丁福保，《説文解字詁林》，第三冊，頁 753。

[註92] 前兩形見：陳建貢、徐敏，《簡牘帛書字典》，頁 612；第三形見：二玄社，《漢西嶽華山廟碑》，頁 33；第四形見：李靜，《隸書字典》367 引〈楊震碑〉；第五形見：李靜，《隸書字典》367 引〈白石神君碑〉。

《說文解字》小篆以及現行之楷書之「从音、从十」者，皆更正確。

十、「曾」字

甲骨文作「▨」、「▨」、「▨」、「▨」……等形，〔註93〕竊以爲：當是从八（象雙臂形）、田聲，〔註94〕本義爲「舉也」，《楚辭》所謂「翾飛兮翠曾」，即用其本義。〔註95〕其後引申爲高曾義，或假借爲曾經字，乃另造从手、曾聲之「揗」字或从羽、曾聲之「翻」字。〔註96〕後兩形上从北，蓋爲「八」之誤；第四形下段則應係「田」之誤。

金文作「▨」、「▨」、「▨」、「▨」……等形，〔註97〕下方加口或甘。

秦隸缺。

《說文解字》云：

　　　曾，詞之舒也，从八、从曰、囧聲。〔註98〕

漢代隸書作「曾」、「曾」、「曾」、「曾」……等形。〔註99〕

按：漢隸「曾」字，中段「口」中作一橫，源自甲骨文、金文等大篆之寫法，較諸《說文解字》小篆以及現行楷書之从「囧聲」者更爲正確。

第二節　或體字：構造法則或組成元素不同

所謂「或體字」，是指同一個文字的正寫字以外之其他正確寫法。或體字

〔註93〕李宗焜，《甲骨文字編》，中冊，頁 827。

〔註94〕「田」發舌音定聲，「曾」發齒音精聲或從聲；又，「田」收平聲先韻，「曾」收平聲登韻。二者之讀音似乎並無關聯。唯在閩南語中，「曾」讀 chan 陰平，「田」讀 chhan 陽平；此二字在聲韻上顯有關聯。見：沈富進，《彙音寶鑑》（嘉義：文藝學社，1986），頁 105、116。

〔註95〕《楚辭・九歌・東君》：「翾飛兮翠曾。」注：「曾，舉也。」見：朱熹，《楚辭集注》（臺北：華正書局，1974），卷二，頁 81。

〔註96〕《廣雅・釋詁一》：「翻，舉也。」見：張揖撰、王念孫疏證，《廣雅疏證》，《小學名著六種》（北京：中華書局，1998），第六種，卷一下，頁 25。

〔註97〕容庚，《金文編／續金文編》，《金文編》，第二・二，頁 70。

〔註98〕丁福保，《說文解字詁林》，第二冊，頁 986。

〔註99〕前兩形見：陳建貢、徐敏，《簡牘帛書字典》，頁 407；第三形見：上海書畫出版社，《鮮于璜碑》，頁 2；第四形見：二玄社，《漢曹全碑》，頁 9。

的構造法則仍然合乎六書原理，﹝註100﹞其組成元素也正確無誤；只是其構造法則或組成元素與現時通行的正寫字不同而已。

劉慶俄把「或體字」當作「異體字」之又稱，而將異體字分為「形旁不同」、「聲旁不同」、「偏旁位置不同」、「造字方法不同」、「偏旁多少不同」、「繁簡不同」六類。例如：「蹊」與「徯」，為形旁不同之異體字；「綫」與「線」，為聲旁不同之異體字；「期」與「朞」，為偏旁位置不同之異體字；「泪」與「淚」，為造字方法不同之異體字；「育」與「毓」，為偏旁多少不同之異體字；「变」與「變」，為繁簡不同之異體字。﹝註101﹞其中，如「变」與「變」等繁簡不同之異體字，下段之「又」與「攴」，其事類相近，作為文字之偏旁固常通用；﹝註102﹞「变」之上段當係草書之楷化，唯其筆畫演變已造成組成元素之訛變。

或體字的產生，可能來自不同的構造法則；但最主要的則是出於不同的組成元素，尤其是形聲字的不同「形符」或「聲符」。﹝註103﹞

例如：「箇」字亦可寫作「个」。《說文解字》云：

箇，竹枚也；从竹、固聲。个，箇或作个；半竹也。﹝註104﹞

「箇」是個形聲字，「个」是個象形字；這是不同的構造法則所產生出的或體字。﹝註105﹞

又如：「歌」字亦可寫作「謌」。《說文解字》云：

歌，詠也。从欠、哥聲。謌，歌或从言。」﹝註106﹞

﹝註100﹞ 許瀚《與王君菉友論說文或體俗體》，認為：《說文解字》書中的或體字，「要與六書之旨無乖，故許書錄之」（《說文解字詁林》1～1086頁）。許書中的或體字是否全與六書之旨無乖，是另外一回事，不過，「與六書之旨無乖」卻是或體字的一項重要條件。

﹝註101﹞ 何九盈、胡雙寶、張猛，《中國漢字文化大觀》，頁30。

﹝註102﹞ 另如：「収」與「收」、「叙」與「敘」，从又或从攴，亦可通用。

﹝註103﹞ 不同組成元素的或體字，除了形聲字外，也可能是會意字。例如：「育」字或作「毓」（《甲骨文字集釋》4325頁），兩個都是會意字。不過，仍以形聲字佔大多數。

﹝註104﹞ 段注本《說文解字》，丁福保，《說文解字詁林》，第四冊，頁1066。

﹝註105﹞ 劉半農《宋元以來俗體字》將「个」列為俗字，見：《中國文字》第九卷頁，4269。顯然不知《說文解字》中已有此字。

﹝註106﹞ 丁福保，《說文解字詁林》，第七冊，頁802。

因爲「欠」是「張口气悟」的意思，[註107]「言」是「直言」的意思，[註108]兩者與嘴巴都有關係，「事類相近」，因此在偏旁中可以通用。[註109] 這是不同的形符所產生出的或體字。

又如：「拯」字亦可寫作「撜」。《說文解字》云：

，上舉也。从手、丞聲。，拯或从登。[註110]

因爲「丞」和「登」古音同在段玉裁古音十七部中之第六部，在作爲文字的聲符時，可以通用。這是不同的聲符所產生的或體字。

或體字可能是同一書體中同一文字的不同寫法，也可能是不同書體之間同一文字的不同寫法。例如：「新」字，甲骨文作「」、「」、「」、「」、「」、「」、「」……等形，[註111] 前五形皆从斤、辛聲，其組成元素爲「斤」和「辛」，唯「辛」之筆畫繁簡有所不同；第六形加「又」爲形符；第七形則加「木」爲形符。這三組不同組成元素所造成的「新」字都是正確的；如果以其中的一組爲正寫字，則其餘的兩組就是或體字——這是同一書體中的或體字。

又如：「沬」字，小篆作「」，「从水、未聲」。古文作「」或「」，从水、从頁，或从廾、从水、从頁，會意。[註112] 甲骨文作「」，[註113]从頁、从廾、从皿，會意。[註114]「沬」字這些不同寫法都是正確的，只是其構造法則或組成元素有所不同而已。如果以小篆的寫法爲正寫字，則其他

〔註107〕丁福保，《說文解字詁林》，第七冊，頁785。

〔註108〕丁福保，《說文解字詁林》，第三冊，頁466。

〔註109〕李孝定認爲，在早期的漢字中，「事類相近之字在偏旁中多可通用」，也就是說，「同一個字的偏旁，往往可以采用意義相近的不同文字」，並舉若干例字說明。見：李孝定，〈中國文字的原始與演變〉（下篇），《歷史語言研究所集刊》，第四十五本，第三分，頁545。

〔註110〕丁福保，《說文解字詁林》，第九冊，頁1269，段注本。

〔註111〕李宗焜，《甲骨文字編》，下冊，頁985。

〔註112〕丁福保，《說文解字詁林》，第九冊，頁574～575。古文第二種寫法見段注本。

〔註113〕李宗焜，《甲骨文字編》，下冊，頁1025。

〔註114〕李孝定，《甲骨文字集釋》，卷十一，頁3363。

字體的寫法就是或體字；〔註115〕反之亦然——這是不同書體之間的或體字。

　　「或體字」與「通用字」相關而不完全相同。或體字是從文字構成的角度來說，通用字則是從文字使用的角度來說。或體字之間，彼此的本義一定相同；通用字則可能彼此的本義相同，也可能彼此的本義不同，而只是讀音近似而被假借來表達同一語意而已。因此，或體字固然可以通用；通用字卻未必是或體字。例如：漢代的隸書碑刻中，表「用也」等義時，或作「呂」，〔註116〕或作「以」。〔註117〕惟前者之本義爲「舌也」或「從土蓳」，即「枱」字初文；〔註118〕而後者之本義是「象也」（像似），〔註119〕即「似」字初文。因此，二者在某些用途上固然是「通用字」，卻不可說其中的某字是另外一個字的「或體字」。〔註120〕

　　中國文字中，另有一種「初文與後起字」的關係，與諸「或體字」之間的關係相近而有別。或體字是彼此都還用來表示相同的意義；初文與後起字則是初文已被借作其他意義使用，才再造後起字的。例如：「父」字的本義爲「所以斫也」，〔註121〕即「斧頭」之義。其後借爲「父親」字；乃另造從斤、父聲之「斧」字以表「斧頭」一義。因此，「父」是「斧」之初文，而「斧」則是「父」之後起字。

　　如果以楷書的正確寫法爲正寫字，則漢代隸書中的或體字爲數不少；主要爲組成元素不同或筆畫演變不同所造成的。例如——

〔註115〕張行孚《説文或體不可廢》引王筠之説，謂「説文之有或體也，亦謂一字殊形而已，非分正俗於其間……段（玉裁）氏於概視或體爲俗字……，蓋未將或體詳考之也」。張氏並且發現《説文解字》書中的某些或體字根本就是「古籀」，因此説：「或體即古籀於矣」。見：丁福保，《説文解字詁林》，第一冊，頁1093。

〔註116〕中國書店，《朝侯小子碑》，頁11。

〔註117〕二玄社，《漢乙瑛碑》，頁15。

〔註118〕《説文解字》：「枱，舌也，從木呂聲。一曰：從土蓳，齊人語也。」見：丁福保，《説文解字詁林》，第五冊，頁748～749。

〔註119〕丁福保，《説文解字詁林》，第七冊，頁187。

〔註120〕或將「呂」字視爲「以」字之古文，見：張玉書等撰、渡部溫訂正、嚴一萍校正，《校正康熙字典》，上冊，頁226。實非。

〔註121〕參見本書第一章第二節壹之二。

一、「七」字

甲骨文作「十」、「十」、「十」……等形，[註122] 丁山云：

> 刊物爲二，自中切斷之象也；……考其初形，則七即切字。
> [註123]

蓋从丨、从一（象刀面形）橫斷之，本義爲「刊也」；其後借爲數字，乃另造从刀、七聲之「切」字。[註124]

金文作「十」、「十」、「十」……等形，[註125] 第一形橫畫與豎畫相當；後兩形則橫畫與豎畫互有長短。

秦隸作「十」或「七」，[註126] 第二形中豎微向右斜，以別於之「十」。

《說文解字》云：

> 七，陽之正也，从一，微陰从中衺出也。[註127]

漢代隸書作「十」、「七」、「七」、「七」……等形。[註128]

按：漢隸「七」字，第一形作若「十」，[註129] 源自甲、金文等大篆寫法；第二形中豎微向右斜，與秦隸第二形同；第三形中豎向右曲折；第四形則中豎向右曲折且末尾向上翹起。如果以最爲接近楷書之第三形爲正寫字，則其餘諸形爲筆畫演變所造成之或體字。

二、「牢」字

甲骨文作「牢」、「牢」、「牢」、「牢」、「牢」、「牢」……等形，[註130]

[註122] 李宗焜，《甲骨文字編》，下冊，頁 1325。

[註123] 古文字詁林編纂委員會，《古文字詁林》，第十冊，頁 887 引〈數銘古誼〉，《歷史語言研究所集刊》一本一分。

[註124] 《說文解字》：「切，刊也，从刀、七聲。」見：丁福保，《說文解字詁林》，第四冊，頁 845。

[註125] 容庚，《金文編／續金文編》，《金文編》，第一四·一七，頁 769。

[註126] 袁仲一、劉鈺，《秦文字類編》，頁 1。

[註127] 丁福保，《說文解字詁林》，第十一冊，頁 572。

[註128] 第一形見：二玄社，《漢乙瑛碑》，頁 25。第三形見：二玄社，《漢曹全碑》（東京，1980），頁 21。第二、四形見：陳建貢、徐敏，《簡牘帛書字典》，頁 2。

[註129] 李靜，《隸書字典》頁 84，將〈乙瑛碑〉之「七」字誤收爲「十」字。

[註130] 李宗焜，《甲骨文字編》，中冊，頁 801～807。

竊以爲：前三形倚牛而畫欄圈；後三形則倚羊而畫欄圈。倚牛或倚羊，蓋同爲一字。

金文作「圉」或「圉」，〔註131〕倚牛或羊而畫欄圈。

秦隸作「牢」或「牢」，〔註132〕上方从宀，當係欄圈之簡化。

《說文解字》云：

　　　　圉，閑養牛馬圈也，从牛、冬省，取其四周帀也。〔註133〕

「牛馬圈」當改作「牛羊圈」，〔註134〕「冬省」云云則爲欄圈之象形耳。

漢代隸書作「牢」、「牢」、「牢」、「牢」、「牢」、「牢」、「牢」……等形。〔註135〕

按：漢隸「牢」字，前五形上方从宀，源自秦隸；後兩形上从穴，蓋「穴」與「宀」事類相近，故作偏旁或可通用。或从宀，或从穴，乃組成元素不同所造成之或體字。若其下段表牛角之筆畫繁簡不一，則爲筆畫演變所造成之或體字。

三、「酉」字

甲骨文作「酉」、「酉」、「酉」、「酉」、「酉」、「酉」、「酉」……等形，〔註136〕郭沫若謂「實瓶尊之形，古金文及卜辭每多假以爲酒字」。〔註137〕馬敍倫則謂

〔註131〕容庚，《金文編／續金文編》，《金文編》，第二‧五，頁76。

〔註132〕第一形見：陳建貢、徐敏，《簡牘帛書字典》，頁530；第二形見：袁仲一、劉鈺，《秦文字類編》，頁211。

〔註133〕丁福保，《說文解字詁林》，第二冊，頁1065。

〔註134〕其說有二，一，閑養牛羊之圈曰牢，閑養馬之圈曰皁；二，祭社稷之牲禮天子用牛，曰太牢，諸侯用羊，曰少牢。若《管子‧輕重戊篇》「殷人之王，立帛牢，服牛馬」，或謂：「帛當爲皁，馬閑也。」見：安井衡，《管子纂詁》，卷二十四，頁31；則以「皁」爲馬廄，而「牢」仍爲牛圈。

〔註135〕前三形見：陳建貢、徐敏，《簡牘帛書字典》，頁530；第四形見：伏見冲敬，《書法大字典》，上冊，頁1416；第五形見：伏見冲敬，《書法大字典》，上冊，頁1416引〈熹平石經〉；第六形見：二玄社，《漢韓仁銘／夏承碑》，〈韓仁銘〉，頁17；第七形見：二玄社，《漢史晨前後碑》，頁20。

〔註136〕李宗焜，《甲骨文字編》，下冊，頁1026。

〔註137〕古文字詁林編纂委員會，《古文字詁林》，第十冊，頁1154引〈釋干支〉，《甲骨文字研究》。

「酉即酋，為盛酒器之象形文」〔註138〕。

金文作「ᛜ」、「ᛜ」、「ᛜ」、「ᛜ」、「ᛜ」……等形，〔註139〕亦皆象酒罈之形，而筆畫繁簡有異。

秦隸作「酉」、「酉」、「酉」、「酉」、「酉」……等形，〔註140〕器腹之紋飾皆作二橫。

《說文解字》云：

　　　　酉，就也，八月黍成可為酎酒，象古文酉之形。〔註141〕

漢代隸書作「酉」、「酉」「酉」、「酉」、「酉」……等形。〔註142〕

按：漢隸「酉」字，前四形器腹之紋飾皆作二橫，與秦隸同；第五形器腹但有一橫，源自《說文解字》篆文。如果以後者為正寫字，則前者為筆畫演變所造成之或體字。

四、「孟」字

甲骨文作「孟」或「孟」，〔註143〕第一形从子、从廾、从皿；第二形从廾、从子、从口，「口」蓋亦「皿」。李杲謂「孟為會意之字，……始舉而浴之於皿」。〔註144〕故「孟」字本義當為「生子免身也」，其後借作孟仲字，乃另造从子、免聲之「挽」字。〔註145〕

〔註138〕古文字詁林編纂委員會，《古文字詁林》，第十冊，頁1154引《說文解字六書疏證》卷二十八。

〔註139〕容庚，《金文編／續金文編》，《金文編》，第一四·三六，頁808～809。

〔註140〕前三形見：袁仲一、劉鈺，《秦文字類編》，頁339；第四形見：陳建貢、徐敏，《簡牘帛書字典》，頁839；第五形見：北京大學出土文獻所，《北京大學藏秦代簡牘書迹選粹》，頁54。

〔註141〕丁福保，《說文解字詁林》，第十一冊，頁792。

〔註142〕前三形見：陳建貢、徐敏，《簡牘帛書字典》，頁839～840；第四形見：二玄社，《漢乙瑛碑》，頁29；第五形見：二玄社，《漢韓仁銘／夏承碑》，頁10。

〔註143〕李宗焜，《甲骨文字編》，上冊，頁183～184。

〔註144〕古文字詁林編纂委員會，《古文字詁林》，第十冊，頁1091，《說文解字六書疏證》卷二十八引李杲說。

〔註145〕《說文解字》：「挽，生子免身也，从子、从免。」徐灝以為「从子免聲，免與兔本一字，古音竝讀如勉。」見：丁福保，《說文解字詁林》，第十一冊，頁696、697。

金文作「￼」、「￼」、「￼」、「￼」……等形，〔註146〕第一形从子、从廾、从皿，唯「廾」簡化爲左右兩斜畫；第二形从子、从廾、从血，「廾」亦簡化爲左右兩斜畫，「血」蓋亦「皿」；末二形从子、从皿。

秦隸作「￼」。〔註147〕

《說文解字》云：

￼，長也，从子、皿聲。￼，古文孟。〔註148〕

古文「孟」與古文「保」混同，〔註149〕當係脫其下方之「皿」所致。

漢代隸書作「￼」、「￼」、「￼」、「￼」、「￼」、「￼」……等形。〔註150〕

按：漢隸「孟」字，前兩形源自金文第一形；其餘四形源自金文第四形與秦隸以及《說文解字》小篆。如果以源自秦隸以及《說文》小篆者爲正寫字，則源自金文第一形者爲筆畫演變所造成之或體字。

五、「官」字

甲骨文作「￼」、「￼」、「￼」……等形，〔註151〕「從宀、㠯聲」，〔註152〕本義爲「朝廷治事處也」，如：《禮記・玉藻》「在官不俟屨」是。〔註153〕其後引申爲官員之義，乃另造从食、官聲之「館」字。〔註154〕

〔註146〕容庚，《金文編／續金文編》，《金文編》，第一四・三二，頁799～800。

〔註147〕袁仲一、劉鈺，《秦文字類編》，頁331。

〔註148〕丁福保，《說文解字詁林》，第十一冊，頁706。

〔註149〕參見：丁福保，《說文解字詁林》，第冊，頁，「保」字。

〔註150〕第一形見：二玄社，《漢石門頌》，頁 36；第二至四形見：陳建貢、徐敏，《簡牘帛書字典》，頁 217～218；第五形見：二玄社，《漢武氏祠畫像題字》，頁 77；第六形見：二玄社，《漢禮器碑》，頁37。

〔註151〕李宗焜，《甲骨文字編》，下冊，頁1182。

〔註152〕馬敘倫說，見：古文字詁林編纂委員會，《古文字詁林》，第十冊，頁 763 引《說文解字六書疏證》卷二十七。

〔註153〕《禮記・玉藻》：「在官不俟屨。」注：「官謂朝廷治事處也。」見：鄭玄注、孔穎達疏，《禮記正義》（臺北：藝文印書館，1976），卷三十，頁 563，《十三經注疏》，第五冊。

〔註154〕俞樾云：「官者，館之古文也。」見：丁福保，《說文解字詁林》，第十一冊，頁440 引《兒笘錄》。

金文作「▨」、「▨」、「▨」……與甲骨文略同。〔註155〕

秦隸作「▨」、「▨」、「▨」、「▨」、「▨」……等形。〔註156〕

《說文解字》云：

「▨，吏事君也，从宀、𠂤，𠂤猶眾也。」〔註157〕

漢代隸書作「官」、「▨」、「▨」、「▨」、「▨」、「官」、「官」……等形。〔註158〕

按：漢隸「官」字，前六形「𠂤」上無撇，源自甲骨文、金文等大篆；第七形「𠂤」上有撇，源自《說文解字》小篆。如果以前者爲正寫字，則後者爲筆畫演變所造成之或體字。

六、「孫」字

甲骨文作「▨」、「▨」、「▨」……等形，〔註159〕從子，右或左旁之「幺」乃「古玄字」；〔註160〕竊以爲：甲骨文「孫」字从子、玄聲，〔註161〕本義爲「子之子」。

金文作「▨」、「▨」、「▨」、「▨」、「▨」、「▨」、「▨」……等形，〔註162〕

〔註155〕容庚，《金文編／金文續編》，第一四・一二，頁760。

〔註156〕前三形見：陳建貢、徐敏，《簡牘帛書字典》，頁226；後兩形見：袁仲一、劉鈺，《秦文字類編》，頁395。

〔註157〕丁福保，《說文解字詁林》，第十一冊，頁438。

〔註158〕前四形見：陳建貢、徐敏，《簡牘帛書字典》，頁226～230；第五形見：李靜，《隸書字典》，頁135引〈校官潘乾碑〉；第六形見：二玄社，《漢曹全碑》，頁33；第七形見：二玄社，《漢尹宙碑》，頁36。

〔註159〕李宗焜，《甲骨文字編》，上冊，頁184。

〔註160〕林義光說，見：古文字詁林編纂委員會，《古文字詁林》，第九冊，頁1124引《文源》卷三。

〔註161〕玄，匣紐、眞部，孫，心紐、文部；二者無論聲或韻，皆可旁轉，故「孫」字得以「玄」爲聲符。參見：伍壽民，〈「孫」爲形聲字考〉，2019、5、14，（未刊稿）。

〔註162〕第一、二、四、六形見：古文字詁林編纂委員會，《古文字詁林》，第九冊，頁1120引《金文編》；第三、五、七形見：容庚，《金文編／金文續編》，第一二・三五，頁696～699。

前二形从子、从幺，與甲骨文同；第七形蓋从子、从玄省，〔註163〕此三形皆从子、玄聲；第三、四形从子、从糸，王筠謂「糸即絲矣」；〔註164〕第五、六形蓋皆爲从糸之簡省；〔註165〕故金文「孫」字第三至六形蓋皆从子、絲聲。〔註166〕

　　秦隸作「孫」，〔註167〕从子、从爪、从糸。

　　《說文解字》云：

　　　　孫，子之子曰孫，从子、从系；系，續也。〔註168〕

按：小篆「孫」字當是从子、系聲。〔註169〕

　　漢代隸書作「孫」、「孫」、「孫」、「孫」、「孫」、「孫」、「孫」、「孫」、「孫」、「孫」……等形。〔註170〕

　　按：漢隸「孫」字，第一形从子、玄聲，第二至四形从子、絲聲，第五至十形从子、系聲。如以从系之六形爲正寫字，則从幺與从糸之四形爲組成元素不同所造成之或體字。

七、「救」字

　　甲骨文缺。

〔註163〕古文字詁林編纂委員會，《古文字詁林》，第九冊，頁1125引《金文大字典》上。

〔註164〕丁福保，《說文解字詁林》，第十冊，頁512引《說文釋例》。

〔註165〕第七形若从中在子上，戴家祥謂「从中與从系同義，皆本系屬之義」，見：古文字詁林編纂委員會，《古文字詁林》，第九冊，頁1125引《金文大字典》上。竊以爲：此字當是从子、玄聲，「玄」保留上部若「中」，下方之第一圜與「子」之上部并畫，第二圜則省去。

〔註166〕絲，心紐、之部，孫，心紐、文部：二者雙聲，韻且可通轉，故「孫」字得以「絲」爲聲符。參見：伍壽民，〈「孫」爲形聲字考〉，（未刊稿）。

〔註167〕袁仲一、劉鈺，《秦文字類編》，頁57。

〔註168〕丁福保，《說文解字詁林》，第十冊，頁502。

〔註169〕系，匣紐、錫部，孫，心紐、文部：二者之聲可旁轉，故「孫」字得以「系」爲聲符。參見：伍壽民，〈「孫」爲形聲字考〉（未刊稿）。

〔註170〕第一、二、五、六、七形見：陳建貢、徐敏，《簡牘帛書字典》，頁219；第三形見：李靜，《隸書字典》，頁162引〈校官潘乾碑〉；第四形見：二玄社，《漢張遷碑》，頁42；第八形見：二玄社，《漢韓仁銘／夏承碑》，頁59；第九形見：李靜，《隸書字典》，頁162引〈白石神君碑〉；第十形見：二玄社，《漢孟琁殘碑／張景造土牛碑》，頁31。

金文作「⿰⿱⿰」、「⿰」、「⿰」、「⿰」……等形，〔註171〕前三形从攴、求聲，第四形从戈、求聲，張政烺謂「戰國秦漢間文字，从攴常改从戈」。〔註172〕本義爲「止也」。如《論語》「汝弗能救乎」是。〔註173〕馬敘倫則謂「此禁止之禁本字」。〔註174〕

秦隸作「⿰」，〔註175〕亦从攴、求聲。

《說文解字》云：

> ⿰，止也，从攴、求聲。〔註176〕

其說可從。

漢代隸書作「救」、「⿰」、「救」、「救」、「救」、「救」、「捄」……等形。〔註177〕

按：漢隸「救」字，前六形皆「从攴、求聲」，與金文、秦隸以及《說文解字》小篆同；第七形則是从手、求聲。〔註178〕「攴」與「又」事類相近，故

〔註171〕容庚，《金文編／續金文編》，《金文編》，第三・三四，頁200。

〔註172〕古文字詁林編纂委員會，《古文字詁林》，第三冊，頁660引〈中山王嚳器及鼎銘考釋〉。

〔註173〕《論語・八佾》載：「季氏旅於泰山，子謂冉有曰：『女弗能救與？』」注：「救猶止也。」見：何晏注、邢昺疏，《論語正義》，卷三，頁26。

〔註174〕古文字詁林編纂委員會，《古文字詁林》，第三冊，頁660引《說文解字六書疏證》卷六。

〔註175〕陳建貢、徐敏，《簡牘帛書字典》，頁371。

〔註176〕丁福保，《說文解字詁林》，第三冊，頁1226。

〔註177〕前三形見：陳建貢、徐敏，《簡牘帛書字典》，頁371；第四形見：伏見沖敬《書法大字典》，上冊，頁985引〈熹平石經〉；第五形見：李靜，《隸書字典》，頁291引〈樊敏碑〉；第六形見：禚效鋒主編，《漢隸魏碑字典》（長春：吉林文史出版社，2013），下冊，頁846引〈孔羨碑〉；第七形見：二玄社，《漢武氏祠畫像題字》，頁26。

〔註178〕《說文解字》：「捄，盛土於梩中也，一曰擾也。《詩》曰：『捄之陾陾。』从手、求聲。」見：丁福保，《說文解字詁林》，第九冊，頁1334。如《詩・大雅・緜》：「捄之陾陾。」箋：「築牆者，捊聚壤土，盛之以虆而投諸版中。」見：《毛詩正義》，卷十六之二，頁548～549。而漢人或以爲「救」字。如《漢書・董仲舒傳》：「三王之道所祖不同，非其相反，將以捄溢扶衰，所遭之變然也。」顏師古註曰：「捄，古救字。」見：班固，《漢書》，卷五十六，頁2518。

作爲形符時可通用。因此，如果以「救」爲正寫字，則「捄」便是組成元素不同所造成的或體字。

八、「造」字

甲骨文作「𠂤」或「𠂤」，〔註179〕竊以爲：从辵、牛聲，或从行、牛聲。〔註180〕本義爲「詣也」。〔註181〕

金文作「𧻚」、「𧺆」、「𦜊」、「𡧛」、「𡨄」、「𡨄」、「鋯」、「𦥑」……

多種寫法，〔註182〕第一形，从辵、告聲，爲「造詣」的「造」字；第二形當是从辵、牛聲，右上之「牛」訛若「士」，遂與「徒」字混同。其餘諸形當係「製造」的「造」字，以「告」或「造」或「艁」爲聲符；其形符或爲「舟」，或爲「宀」，或爲「戈」，意指其製造之物品；或爲「金」，意指其用以製造的材料；或爲「貝」，則意指其費用。〔註183〕

秦隸作「𧻚」或「𦥑」。〔註184〕

《說文解字》云：

　　𧻚，就也，从辵、告聲。譚長說：造，上土也。𦥑，古文造

〔註179〕第一形見：李孝定，《甲骨文字集釋》，第二，頁551；第二形見：李宗焜，《甲骨文字編》，中冊，頁880。

〔註180〕李孝定謂：前者「从辵、从牛，《說文》所無，疑與『遘』義同」；後者「从行、从牛，《說文》所無」。見：《甲骨文字集釋》，第二，頁0551、0619。按：「造」字从辵、告聲；而「告」字，段玉裁謂「从口、牛聲」，見：丁福保，《說文解字詁林》，第二冊，頁1095。「告」字既从牛聲，「造」字自可以「牛」爲聲符；且「行」與「辵」事類相近，作爲形符時常通用，如甲骨文「防」字或从行，或从彳，或从辵是，見：李宗焜，《甲骨文字編》，中冊，頁868。因此，甲骨文「从辵、从牛」以及「从行、从牛」兩字皆當釋爲「造」。

〔註181〕《廣雅·釋言》：「造，詣也。」見：張揖撰、王念孫疏證，《廣雅疏證》，《小學名著六種》之六，卷五上，頁104。

〔註182〕容庚，《金文編／續金文編》，《金文編》，第二·二一，頁108～109。

〔註183〕張日昇曰：「金文造字左旁……从舟从戈，是作舟（盤）造戈，从貝从金是以貨財金屬成之者。」見：周法高等，《金文詁林》，第二冊，頁887引。

〔註184〕第一形見：陳建貢、徐敏，《簡牘帛書字典》，頁813；第二形見：北京大學出土文獻所，《北京大學藏秦代簡牘書迹選粹》，頁3。

从舟。〔註185〕

「造」與「艁」的本義實不相同，只因「造」字借作「製造」的用法，故與「艁」混爲一字。

漢代隸書作「**𧥣**」、「**造**」、「**造**」、「**造**」、「**造**」、「**造**」、「**𤝲**」……等形。〔註186〕

按：漢隸「造」字，前六形从辵、告聲，本於金文、小篆與秦隸；惟第五、六形爲「告」字上方的斜曲筆畫變爲橫畫，遂使右旁之告」混同於「吉」，應當歸爲訛變字。〔註187〕第七形則从辵、牛聲，與甲骨文的第一形同。如果以「造」字之从「告聲」者爲正寫字，則从「牛聲」者便是組成元素不同所造成的或體字。

九、「握」字

甲骨文、金文缺。

秦隸缺。

《說文解字》云：

> **握**，搤持也，从手、屋聲。**𢪒**，古文握。〔註188〕

漢代隸書作「**握**」、「**握**」、「**握**」、「**握**」……等形。〔註189〕

按：漢隸「握」字，前三形「从手、屋聲」，第四形从手、惡聲。蓋「屋」與「惡」聲母相同，且漢代「屋」與「惡」通押，〔註190〕故漢隸「握」字，可

〔註185〕丁福保，《說文解字詁林》，第三冊，頁44。

〔註186〕前二形，見：陳建貢、徐敏，《簡牘帛書字典》，頁813；第三形見：李靜，《隸書字典》，頁490引〈劉熊碑〉；第四形見：二玄社，《漢西狹頌》，頁54；第五形見：二玄社，《漢乙瑛碑》，頁44；第六形見：《漢石門頌》，頁81；第七形見：二玄社《漢刻石八種》，頁53，〈大吉買山記〉。

〔註187〕參見：本書第五章第二節貳之一。

〔註188〕丁福保，《說文解字詁林》，第九冊，頁1175。

〔註189〕前兩形見：陳建貢、徐敏，《簡牘帛書字典》，頁360；第三形見：二玄社《漢武氏祠畫像題字》，頁74；第四形見：北京大學出土文獻所，《北京大學藏西漢竹書墨迹選粹》，頁19。

〔註190〕「屋」屬屋韻，「惡」屬鐸韻，段玉裁〈古十七部合用類分表〉同列於古音之第二類，見：丁福保，《說文解字詁林》，第十一冊，頁1364。惟先秦似未見二字通押

以「屋」爲聲符，亦可以「惡」爲聲符。如果將「從手、屋聲」者視爲正寫字，則「從手、惡聲」者便是組成元素不同所造成的或體字。

十、「簠」字

按：此字甲骨文作「 」，〔註191〕李孝定謂「从合、午聲。」〔註192〕本義爲一種方形之盛食器。〔註193〕

金文作「 」、「 」、「 」、「 」、「 」、「 」、「 」、「 」、「 」、「 」……多種寫法，〔註194〕第一、二形从合、五聲；第三、四、五形从匚、古聲；第六、七形从匚、故聲；第八形从金、鈷聲；第九形於第一形加「匚」爲形符；第十形於第九形加「夫」爲聲符。

秦隸缺。

《說文解字》云：

，黍稷圜器也，从竹、从皿、甫聲。，古文簠从匚、从夫。〔註195〕

「簠」當是圓（圜）器，而非方器；且此字應爲从竹、盙聲。

漢代隸書作「 」或「 」。〔註196〕

按：漢隸「簠」字，第一形从竹从皿、盙聲；第二形从皿、甫聲。如果以「簠」爲正寫字，則「盙」便是組成元素不同所造成之或體字。

之用例。若漢代王逸〈九思‧憫上〉則將屋韻之睩、喔、俗、獨、幄、岳、局、促、沐、躅、呴、告等字，與鐸韻之落、錯、陌、硌、澤、薄、樂等字通押，見：王逸注，《楚辭》（臺北：臺灣商務印書館，1965），卷十七，頁 192。

〔註191〕李孝定，《甲骨文字集釋》，第五，頁 1571。

〔註192〕李孝定，《甲骨文字集釋》，第五，頁 1571。

〔註193〕《周禮‧地官‧舍人》：「凡祭祀共簠簋，實之陳之。」注：「方曰簠，圓曰簋。」見：鄭玄注、賈公彥疏，《周禮注疏》，卷十六，頁 252。關於「簠」與「簋」之或方或圓，歷來有多種不同說法；據戴家詳考證，仍以鄭玄之說爲是。見：李孝定，《甲骨文字集釋》，第三，頁 1011～1022 引〈釋皀〉。

〔註194〕容庚，《金文編／續金文編》，《金文編》，第五‧四，頁 271～273。

〔註195〕丁福保，《說文解字詁林》，第四冊，頁 1055。

〔註196〕第一形見：伏見冲敬，《書法大字典》，下冊，頁 1677 引〈熹平石經〉。第二形見：二玄社，《漢孔宙碑》，頁 50。

第三節　訛變字：組成元素有誤的文字

　　所謂「訛變字」，是指其組成元素已由原來的某一種（或一些）混同於另外的一種（或一些）而致說解不通的文字。訛變字的產生，主要是由於在文字的使用過程中，使用者對於某個文字的構成原由沒有把握得很好，而對文字的筆畫任意加以改變，遂造成了組成元素的訛誤。

　　例如：「射」字，甲骨文作「🏹」、「🏹」、「🏹」、「🏹」、「🏹」、「🏹」、「🏹」、「🏹」……等形，〔註197〕前四形均从矢搭於弓上；第五、第六形从又（象右手之形）、从矢搭於弓上；末兩形則从廾（象左右雙手之形）、从矢搭於弓上。本義當為「以弓弩矢射物」。〔註198〕金文作「🏹」、「🏹」、「🏹」、「🏹」……等形，〔註199〕前兩形从矢搭於弓上；後兩形則从又、从矢搭於弓上。小篆有三形：「🏹」是正寫字，「🏹」與「🏹」則是訛變字（前者弓訛為身，後者矢搭弓訛為身）；許慎卻將第一形當作虛字——況且的「況」字來解釋，而將後兩形當作正寫字。〔註200〕現行楷書「射」字，就是因襲《說文解字》的一個訛變字。

　　文字在剛造的時候，其構成的原由相當清楚，因此不致有訛變的情形產生。只是文字既被造成之後，隨即成為一種社會的符號〈social　code〉，一般人逐漸地只將它們當作表意的符號來使用，而忽略了其構成的原由；又由於文字的使用，有相關意義的「引申」以及近似語音的「假借」，遂使同一個文字所指謂的意義越來越複雜。因此，後代的人們對於某些文字的本義就越來越不瞭解，甚至有所誤解；而在為了追求快速書寫或造形美觀的目的之下，又往往會對於文字的筆畫加以各式各樣的改變〈參見本文第五章〉，文字的訛變遂成為一種無可避免的現象。訛變的文字只要仍被一般人所共同使用，仍

〔註197〕李宗焜，《甲骨文字編》，下冊，頁947～951。

〔註198〕見：張玉書等撰、渡部溫訂正、嚴一萍校正，《校正康熙字典》，上冊，頁677引《增韻》。

〔註199〕容庚，《金文編／金文續編》，第五・三一，頁325～326。

〔註200〕許慎云：「𣃟，況詞也，从矢，引省聲；从矢，取詞之所之如矢也。」又說：「𨊠，弓弩發於身而中於遠也，从矢从身。射，篆𨊠从寸，寸，法度也，亦手也。」（《說文解字詁林》5～213、5～198頁）前者是誤把假借義作本義，後二者則是根據錯誤的字形來說解。

可以發揮傳遞情感和表達思想的功能；只是中國文字所特具的深刻理趣，將在訛變的過程中喪失，剩下的不過是工具價值而已！

中國文字訛變的情形，幾乎是伴隨著文字的使用而同時產生的，而且有越到後代越嚴重的趨勢。雖然「我國歷史上也有好幾次整理正定文字的運動，包括想像中的倉頡和史籀，以至李斯、程邈，下迄漢代的廷議文字、唐代的字樣之學，和先後幾種的石經，也不過是各就當時流行的分歧錯亂的文字之中，整理統一，或頗省改，就約定俗成的形體加以接受而已」。〔註201〕就是因為中國歷代的文字正定工作——包括當代教育部研訂公布的《國字標準字體表》系列〔註202〕——都只是對於當時流行的寫法作妥協，所以中國文字訛變的情形不但迄未改善，甚且愈演愈烈！唯有從根本上探溯文字構成的原由，根據道理而不是對既成的事實加以追認，或許才有可能真正完成正定文字的工作。

漢代隸書中固然有不少訛變字，但是，這些訛變字大多為現代的楷書所承襲（參見本書第四章第三節）；在寫法與楷書不同的漢代隸書中，屬於訛變字的，為數並不多。以下舉若干例字，略做討論——

一、「本」字

甲骨文缺。

金文作「朩」，〔註203〕馬敘倫云：

> 從木而於根上以三‧識之，猶得坿於指事之例。〔註204〕

即從木而於下垂三畫各加一圓點，以指明樹根部位。

秦隸作「枀」、「本」、「朱」、「本」……等形，〔註205〕皆從木、一以指明其根部。

〔註201〕李孝定，〈中國文字的原始與演變〉，下篇，《歷史語言研究所集刊》（臺北：中央研究院歷史語言研究所，1974 年 5 月），第四十五本第三分，頁 548。

〔註202〕教育部委託臺灣師範大學國文研究所研訂公佈有《常用國字標準字體表》、《次常用國字標準字體表》及《罕用國字標準字體表》三書，均由正中書局出版。

〔註203〕容庚，《金文編／續金文編》，《金文編》，六‧二，頁 344。

〔註204〕古文字詁林編纂委員會，《古文字詁林》，第五冊，頁 821 引《說文解字六書疏證》卷十一。

〔註205〕前兩形見：陳建貢、徐敏，《簡牘帛書字典》，頁 422；後兩形見：袁仲一、劉鈺，《秦文字類編》，頁 294。

《說文解字》云：

　　蕭，木下曰本，从木、一在其下。蕭，古文。〔註206〕

　　古文本蓋將金文「本」下加點之三畫變作框廓，而與上段斷離。

　　漢代隸書作「本」、「夲」、「夲」、「木」、「夲」、「本」、「夲」……

等形。〔註207〕

　　按：漢隸「本」字，第一、二、三、四形皆「从木、一在其下」；第五、

六形「木」之中豎分割爲兩筆後，再將橫畫上方之點與下方之左向斜曲筆畫相

連，作若上大、下十；第七形「木」之中豎分割爲兩筆，作若上六、下十。此

五、六、七形三者與讀爲去幺之「夲」字混同，皆屬於訛變字。

　　二、「爭」字

　　甲骨文作「𤓰」、「𤓰」、「𤓰」、「𤓰」、「𤓰」、「𤓰」、「𤓰」……等形，

〔註208〕前五形从上下兩手、从凵；第六形兩手之間作「凡」；第七形兩手之

間作「用」。凵，凵盧也，爲飯器；〔註209〕凡，槃也，爲水器；〔註210〕用，

鏞也，爲樂器。〔註211〕「爭」字本義爲「引也」。

　　金文缺。

　　秦隸作「爭」或「爭」，〔註212〕蓋皆从爭、从凵。而第一形上段之「爪」

〔註206〕丁福保，《說文解字詁林》，第五冊，頁581。

〔註207〕第一形見：二玄社，《漢華山廟碑》（東京，1984），頁27；第二、三、四、五形
　　　　見：陳建貢、徐敏，《簡牘帛書字典》，頁422；第六形見：見：二玄社，《漢曹全
　　　　碑》，頁25；第七形見：二玄社，《漢石門頌》，頁46。

〔註208〕前五形見：李宗焜，《甲骨文字編》，上冊，頁341～342；末二形見：古文字詁林
　　　　編纂委員會，《古文字詁林》，第四冊，頁352《續甲骨文編》。

〔註209〕《說文解字》：「凵，凵盧，飯器。」見：丁福保，《說文解字詁林》，第四冊，頁
　　　　1414。

〔註210〕羅振玉說，見：古文字詁林編纂委員會，《古文字詁林》，第十冊，頁175引《增
　　　　訂殷虛書契考釋》中。

〔註211〕戴侗說，見：古文字詁林編纂委員會，《古文字詁林》，第三冊，頁744蔣禮鴻引
　　　　《六書故》。

〔註212〕第一形見：袁仲一、劉鈺，《秦文字類編》，頁79；陳建貢、徐敏，《簡牘帛書字
　　　　典》，頁521。

作若斜「日」，〔註213〕第二形上段已訛作「日」；至於「凵」則訛作斜曲筆畫。

《說文解字》云：

　　　，引也，从受、厂。〔註214〕

漢代隸書作「爭」、「爭」、「爭」、「爭」、「爭」、「爭」……等形。〔註215〕

按：漢隸「爭」字，第一形上段从爪，爲正寫字；第二、三形上段之「爪」作若斜「日」；若第四、五、六形上段明顯作「日」，固爲訛變字。

三、「美」字

甲骨文作「　」、「　」、「　」、「　」、「　」、「　」、「　」、「　」、「　」、……等形，〔註216〕竊以爲：从大（象人正面站立之形）、从　（象羽飾形，「儀」字初文），〔註217〕會意；故「美」字之本義當爲「妝扮」，〔註218〕動詞，現今之「美容院」一名，即用「美」字本義。引申爲「服飾盛也」等義。〔註219〕

金文作「　」〔註220〕或「　」，〔註221〕與甲骨文第三形一般，其上方之羽飾已訛若羊角。

〔註213〕秦簡文字所从之「爪」多有作若斜「日」者，如：受、爭、爲等字是，見：袁仲一、劉鈺，《秦文字類編》，頁78～80。

〔註214〕丁福保，《說文解字詁林》，第四冊，頁575。

〔註215〕第一形見：漢華文化事業公司，《宋拓漢婁壽碑》（臺北，1981），頁24；第二形見：二玄社，《漢石門頌》，頁38；第三、四、五形見：陳建貢、徐敏，《簡牘帛書字典》，頁521；第六形見：二玄社，《漢禮器碑》，頁25。

〔註216〕藝文印書館，《校正甲骨文編》（臺北，1974），卷四·一四，頁183。或別釋爲「美」與「羑」二字，見：李宗焜，《甲骨文字編》，上冊，頁66。

〔註217〕《易·漸·上九》：「鴻漸于陸，其羽可用爲儀，吉。」是儀爲羽飾之證。見：王弼、韓康伯注、孔穎達等正義，《周易正義》，《十三經注疏》第一冊，卷五，頁118。

〔註218〕《元史·輿服志》：「諸樂藝人等服用，與庶人同，凡承應妝扮之物，不拘上例。」見：宋濂等，《元史》（臺北：鼎文書局，1979），卷七十八，頁1943。「儀」即爲美妝之用物。

〔註219〕《國語·魯語下》：「楚公子甚美，不大夫矣。」注：「美，謂服飾盛也。」見：左丘明撰、韋昭注，《國語》，卷五，頁5。

〔註220〕容庚，《金文編／金文續編》（臺北：洪氏出版社，1974），第四·一三，頁239。

〔註221〕古文字詁林編纂委員會，《古文字詁林》，第四冊，頁183。

秦隸作「美」、「美」、「美」、「养」……等形，〔註222〕上段皆作若「羊」，小訛；下段則前兩形从「大」無誤，後兩形已訛若「火」。

《說文解字》云：

美，甘也，从羊、大；羊在六畜主給膳也，「美」與「善」同

意。〔註223〕

《說文解字》謂「美」「从羊」，實爲从「儀之初文」之訛變；其下从「大」則無誤。〔註224〕

漢代隸書作「美」、「美」、「美」、「美」、「美」……等形。〔註225〕

按：漢隸「美」字，第一形从羊、从大，與小篆同其謬誤；第二至五形將下方「大」原本搭黏於人身上的兩隻手臂分離開來，遂使組成元素「大」混同於「火」；故較之第一形爲更嚴重的訛變字。

四、「恥」字

甲骨文、金文缺。

秦隸缺。

《說文解字》云：

恥，辱也，从心、耳聲。〔註226〕

其說可從。至於陳獨秀「侮辱之言入於耳而慚於心」之訓，〔註227〕抑或胡廣文以古代「戰俘被割去左耳淪爲地位低下的奴隸」解釋「『恥』的語源」，〔註228〕

〔註222〕袁仲一、劉鈺，《秦文字類編》，頁 212。此外，秦〈祓除〉簡有二「美」字，其下从「火」，見：北京大學出土文獻所，《北京大學藏秦代簡牘書迹選粹》，頁 43；當改釋爲「羔」字。

〔註223〕丁福保，《說文解字詁林》，第四冊，頁 335。

〔註224〕王獻唐認爲：「其實，羔羊尤美」，而且《周禮》書中「亦無羊爲主膳之說」，許、段等人「蓋據譌體解說，致生窒礙」見《金文詁林》2411 頁引。

〔註225〕前兩形見：陳建貢、徐敏，《簡牘帛書字典》，頁 654；第三形見：二玄社，《漢韓仁銘／夏承碑》，頁 18；第四形見：李靜，《隸書字典》，頁 420 引〈王舍人碑〉；第五形見：二玄社，《漢西狹頌》，頁 10。

〔註226〕丁福保，《說文解字詁林》，第八冊，頁 1345。

〔註227〕古文字詁林編纂委員會，《古文字詁林》，第八冊，頁 1063 引《小學識字教本》。

〔註228〕古文字詁林編纂委員會，《古文字詁林》，第八冊，頁 1064 引〈也原「恥」——兼

則不免爲附會之說。

漢代隸書作「![圖]」、「![圖]」、「![圖]」、「![圖]」……等形。〔註229〕

按：漢隸「恥」字，前兩形皆「从心、耳聲」，雖聲符一在上、一在左，都是正寫字。第三形將「心」的第一畫與第二畫相搭黏成一筆，遂使其組成元素之形符「心」與「止」疑似；第四形之形符則明作「止」，末二形皆應歸於訛變字。

五、「雅」字

甲骨文、金文缺。

秦隸作「![圖]」或「![圖]」，〔註230〕皆从佳、牙聲，本義爲「楚烏也」；其後借爲文雅字；乃另造从鳥、牙聲之「鴉」字。

《說文解字》云：

　　![圖]，楚烏也，一名鸒，一名卑居，秦謂之雅，从佳、牙聲。

〔註231〕

漢代隸書作「![圖]」、「![圖]」、「![圖]」、「![圖]」、「![圖]」……等形。〔註232〕

按：漢隸「雅」字，第一形左旁作「牙」，爲正寫字；第二、三形左旁若「身」，第四、五形左旁若「耳」，此四形皆爲訛變字。

六、「過」字

甲骨文作「![圖]」、「![圖]」、「![圖]」、「![圖]」、「![圖]」、「![圖]」、「![圖]」、「![圖]」……等形，〔註233〕楊樹達云：

與游順釗同志商榷〉。

〔註229〕第一形見：陳建貢、徐敏，《簡牘帛書字典》，頁327；第二形見：李靜，《隸書字典》，頁232引〈樊敏碑〉；第三形見：二玄社，《尹宙碑》，頁36；第四形見：李靜，《隸書字典》，頁232引〈池陽令張君碑〉。

〔註230〕第一形見：陳建貢、徐敏，《簡牘帛書字典》，頁888；第二形見：袁仲一、劉鈺，《秦文字類編》，頁248。

〔註231〕丁福保，《說文解字詁林》，第四冊，頁215。

〔註232〕前兩形見：陳建貢、徐敏，《簡牘帛書字典》，頁888；第三形見：二玄社，《漢張遷碑》，頁12；第四形見：二玄社，《漢石門頌》，頁53；第五形見：二玄社，《漢禮器碑》，頁58。

〔註233〕李孝定，《甲骨文字集釋》，第二，頁509。

余疑此字从辵或从彳，以戈爲聲，即過字也。〔註234〕

並引高誘注，謂其本義爲「至也」。〔註235〕

金文作「」或「」，〔註236〕前一形从止、咼聲，後一形从辵、咼聲。

秦隸作「」、「」、「」、「」、「」……等形，〔註237〕皆「从辵、咼聲」。

《說文解字》云：

，度也，从辵、咼聲。〔註238〕

漢代隸書作「」、「」、「」、「」、「」、「」、「」……等形。〔註239〕

按：漢隸「過」字，前五形皆「从辵、咼聲」，惟「咼」上方或作若「口」，筆畫演變稍有不同，然不害其爲正寫字。第六形右方若「局」，第七形右下作「句」；此二形皆爲訛變字。

七、「器」字

甲骨文缺。

金文作「」、「」、「」、「」、「」、「」、「」、「」、「」、「」……等形，〔註240〕馬敘倫云：

器爲狾之轉注字，……則器自从㗊得聲。〔註241〕

〔註234〕李孝定，《甲骨文字集釋》，第二，頁 511 引《甲文說》。

〔註235〕楊樹達云：「余疑此字从辵或從彳，以戈爲聲，即過字也。……呂氏春秋異寶篇云：『五員過於吳。』與甲文句例同，高誘注：『過猶至也。』」見：古文字詁林編纂委員會，《古文字詁林》，第二冊，頁 338 引《積微居甲文說》。

〔註236〕容庚，《金文編／續金文編》，《金文編》，第二・二一，頁 108。

〔註237〕前兩形見：陳建貢、徐敏，《簡牘帛書字典》，頁 817；後三形見：袁仲一、劉鈺，《秦文字類編》，頁 120。

〔註238〕丁福保，《說文解字詁林》，第三冊，頁 40。

〔註239〕前四形見：陳建貢、徐敏，《簡牘帛書字典》，頁 817～818；第五形見：中國書店，《朝侯小子碑》，頁 7；第六形見：二玄社，《漢石門頌》，頁 50；第七形見：二玄社，《漢西狹頌》，頁 32。

〔註240〕容庚，《金文編／續金文編》，《金文編》，第三・一，頁 133。

〔註241〕古文字詁林編纂委員會，《古文字詁林》，第二冊，頁 648 引《說文解字六書疏證》

然則，「器」字从犬、㗊聲；其本義當爲「多畏」；其後借爲「器皿」字，乃另造从犬、去聲的「㹫」字。後世則又改爲从心、去聲，而作「怯」。〔註242〕最後一形則「㗊」省作「叩」，屬於訛變字。

秦隸作「器」、「器」、「器」……等形。〔註243〕

《說文解字》云：

器，器皿也，象器之口，犬所以守之。〔註244〕

王筠云：

器……从犬亦不可解。古義失傳，許君亦望文爲説而已。

〔註245〕

漢代隸書作「器」、「器」、「器」、「器」、「器」、「器」……等形。

〔註246〕

按：漢隸「器」字，皆从犬、㗊聲，而第三形四口間之「犬」作若「工」加一撇；第四形之「犬」作若「土」；第五、六形「犬」作若「工」。末三形蓋因筆畫演變而使其組成元素（形符）「犬」混同於「土」或「工」，故應屬於訛變字。〔註247〕

卷五。

〔註242〕《説文解字》：「㹫，多畏也，从犬、去聲。怯，杜林説㹫从心。」見：丁福保，《説文解字詁林》，第八册，頁617。

〔註243〕陳建貢、徐敏，《簡牘帛書字典》，頁166。第三形《簡牘帛書字典》歸於「漢帛書」之列：依袁仲一、劉鈺，《秦文字類編》，頁144改。

〔註244〕丁福保，《説文解字詁林》，第三册，頁400。

〔註245〕丁福保，《説文解字詁林》，第三册，頁401引《説文釋例》。

〔註246〕第一形見：二玄社，《漢韓仁銘／夏承碑》，頁66；第二形見：二玄社，《漢乙瑛碑》，頁19；第三、五形見：陳建貢、徐敏，《簡牘帛書字典》，頁166；第四形見：馬建華，《簡牘帛書字典》，頁28；第六形見：二玄社，《漢張遷碑》，頁39。

〔註247〕《正字通》：「器始於工，工制之，而後人用之，故从工。」按：工匠所賴以製作之器具稱「器」，如《論語，衛靈公》「工欲善其事必先利其器」的「器」；而工匠所製成的器皿也稱「器」，如《周禮、典瑞》「掌玉端玉器之藏」的「器」。因此，以从工、㗊聲的「器」爲器具或器皿的專用字，大有道理。果真如此，則「器」乃正寫字，而非訛變字。

八、「學」字

甲骨文作「」、「」、「」、「」、「」……等形，〔註248〕竊以爲：「學」字初蓋假「爻」爲之；後始加左右雙手，而从「爻聲」。〔註249〕第二形以下則「爻」已產生訛變。〔註250〕本義當爲「效也」。〔註251〕

金文作「」、「」、「」……等形，〔註252〕其中第一形、第二形增「子」爲形符，而第二形之「爻」已訛變；第三形更增「攴」爲形符，與《說文解字》之大篆同。

秦隸作「」、「」、「」……等形。〔註253〕

《說文解字》云：

> ，覺悟也，从教、冂，冂，尚矇也；臼聲。，篆文斆省。〔註254〕

馬敘倫謂「斆」字當「从攴、學聲」。〔註255〕

漢代隸書作「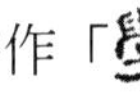」、「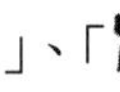」、「」、「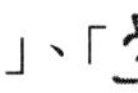」、「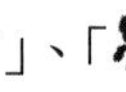」……等形。〔註256〕

〔註248〕李宗焜，《甲骨文字編》，中冊，頁786～787。

〔註249〕林義光說，見：古文字詁林編纂委員會，《古文字詁林》，第三冊，頁717引《文源》卷十一。按：「爻」屬肴韻，古音在第二部；「學」屬覺韻，古音在第三部，見：許愼著、段玉裁注，《說文解字注》（臺北：藝文印書館，1974），頁828、829。唯「爻」與「學」並屬喉音匣紐；見：陳新雄，《聲類新編》（臺北：臺灣學生書局，1985），卷一，頁48、56。且殷墟甲骨文既假「爻」爲「學」，則「爻」與「學」顯然押韻，故「爻」得爲「學」字之聲符。

〔註250〕李孝定謂「學」字「从冖，實爲字增多兩直畫」。見：李孝定，《金文詁林讀後記》（臺北：中央研究院歷史語言研究所，1982），卷三，頁110。

〔註251〕南宋朱熹云：「學之爲言，效也。」見《四書集註》論語學而篇第一章註。按：「學」字的甲骨文从臼、爻聲，「效」字从攴、交，二者之形、音、義都極近似。

〔註252〕容庚，《金文編／續金文編》，《金文編》，第三．三八，頁207。

〔註253〕前兩形見：袁仲一、劉鈺，《秦文字類編》，頁57；第三形見：北京大學出土文獻所，《北京大學藏秦代簡牘書迹選粹》，頁27。

〔註254〕丁福保，《說文解字詁林》，第三冊，頁1288。

〔註255〕古文字詁林編纂委員會，《古文字詁林》，第三冊，頁718引《說文解字六書疏證》卷六。

〔註256〕第一形見：李靜，《隸書字典》，頁163引〈校官潘乾碑〉；第二、三形見：陳建貢、

　　按：漢隸「學」字，第一形源自金文第一形與秦隸，上段中央組成元素（聲符）作「爻」，乃正寫字；第二、三、四形截去上段中央「爻」歧出之兩斜畫，遂使「爻」混同於「文」；第五形則是將第一個「乂」向右下一斜畫截去前段，並且將剩下的後段拉平，遂使聲符「爻」混同於「与」。第二至五形皆爲訛變字。

九、「濡」字

甲骨文、金文缺。

　　秦隸作「𤃬」或「雨」，〔註257〕从水、需聲。竊以爲：「濡」字本義當爲「霑濕也」，〔註258〕即遇雨而遭淋濕，乃「需」之後起字。引申爲「漬也」，如：《詩・邶風・匏有苦葉》「濟盈不濡軌」是。〔註259〕

《說文解字》云：

　　　　雨，遇雨不進，止須也，从雨、而聲。〔註260〕

朱駿聲謂「即今所用濡溼字」，〔註261〕是也。

《說文解字》又云：

　　　　濡，濡水出涿郡故安東，入漆水，从水、需聲。〔註262〕

　　　　徐敏，《簡牘帛書字典》，頁 220；第四形見：二玄社，《漢曹全碑》，頁 12；第五形見：李靜，《隸書字典》，頁 163 引〈樊敏碑〉。

〔註257〕第一形見：袁仲一、劉鈺，《秦文字類編》，頁 486；第二形見：古文字詁林編纂委員會，《古文字詁林》，第九冊，頁 63 引《睡虎地秦簡文字編》。

〔註258〕《集韻》：「濡，……一曰霑濕也。」見：丁度等撰，《集韻》，《小學名著六種》（北京：中華書局，1998）之三，卷二，頁 21。

〔註259〕《詩・邶風・匏有苦葉》「濟盈不濡軌」，傳：「濡，漬也。」見：毛亨傳、鄭玄箋、孔穎達疏，《毛詩正義》，卷二之二，頁 88。

〔註260〕丁福保，《說文解字詁林》，第九冊，頁 797。

〔註261〕丁福保，《說文解字詁林》，第九冊，頁 798。竊以爲：「需」字本義當爲遇雨而遭淋濕，如《易・需・初九》之「需于郊」，即在郊野而遭雨淋濕。見：王弼、韓康伯注，孔穎達疏，《周易正義》，卷二，頁 32。若《易經・需卦》九二之「需于沙」、九三之「需于泥」、六四之「需于血（洫）」、九五之「需于酒食」，則皆用爲引申義「漬」。

〔註262〕丁福保，《說文解字詁林》，第九冊，頁 247。

作爲水名，蓋爲「濡」字之假借義。〔註263〕

漢代隸書作「濡」、「濡」、「濡」、「濡」、「濡」……等形。〔註264〕

按：漢隸「濡」字，前三形右上皆作「雨」，唯「雨」中四短橫或連作兩橫，皆爲正寫字；若第四、五形右上作「而」，蓋涉其下方之「而」而誤書，則爲訛變字。

十、「識」字

甲骨文作「〓」、「〓」、「〓」、「〓」、「〓」、「〓」、「〓」、「〓」、「〓」、「〓」……等形，〔註265〕前六形从戈、辛聲，第七至十形从戈、言聲，皆宜隸釋作「戠」，本義爲「常也」，即九旗之屬。〔註266〕蓋旗常爲兵器之一，故「戠」字从戈。〔註267〕

金文作「〓」、「〓」、「〓」、「〓」……等形，〔註268〕从戈、言聲或音聲。借爲「斬」，如周敔敦「戠百首」，即斬百首。〔註269〕

秦隸作「識」或「識」，〔註270〕从言、戠聲，本義爲「記也」。〔註271〕

〔註263〕馬敍倫云：「亦疑濡爲需之後起字，借爲水名耳。」見：古文字詁林編纂委員會，《古文字詁林》，第九冊，頁63引《說文解字六書疏證》卷二十一。

〔註264〕第一形見：伏見冲敬，《書法大字典》，上冊，頁引〈熹平石經〉；第二、三、四形見：陳建貢、徐敏，《簡牘帛書字典》，頁507；第五形見：上海書畫出版社，《衡方碑》（上海，2000），頁4。

〔註265〕李宗焜，《甲骨文字編》，中冊，頁899～901。

〔註266〕《周禮・春官・司常》：「掌九旗之物名，各有屬以待國事：日月爲常，交龍爲旂……。」見：鄭玄注、賈公彥疏，《周禮注疏》，卷二十七，頁420。

〔註267〕《釋名・釋兵》將「九旗」與弓弩矢鏑……等同列，見：劉熙，《釋名》（臺北：臺灣商務印書館，1966），卷七，頁108～115。

〔註268〕第一形見：容庚，《金文編／續金文編》，《金文編》，第三・五，頁142；第二、三、四形見：古文字詁林編纂委員會，《古文字詁林》，第九冊，頁977引《金文編》。

〔註269〕劉心源說，見：古文字詁林編纂委員會，《古文字詁林》，第九冊，頁978引《奇觚室吉金文述》卷四。

〔註270〕第一形見：陳建貢、徐敏，《簡牘帛書字典》，頁763；第二形見：袁仲一、劉鈺，《秦文字類編》，頁190。

〔註271〕《周禮・春官・保章氏》：「掌天星，以志星辰日月之變動。」注：「志，古文識；識，記也。」見：鄭玄注、賈公彥疏，《周禮注疏》，卷二十六，頁405。

《說文解字》云：

　　識，常也，一曰知也，从言、戠聲。〔註272〕

按：「識」字从言，本義當爲「記也」；「常也」當爲假借義，即借「識」爲「幟」。〔註273〕

　　漢代隸書作「識」、「識」、「識」、「識」、「識」……等形。〔註274〕

　　按：漢隸「識」字，皆从言、戠聲；惟第五形中停之「音」作若「昔」，乃訛變字。

〔註272〕丁福保，《說文解字詁林》，第三冊，頁 510。

〔註273〕劉心源：「常者，旗常畫日月者，知『識』字即『幟』字。」見：古文字詁林編纂委員會，《古文字詁林》，第九冊，頁 978 引《奇觚室吉金文述》卷四。

〔註274〕前兩形見：陳建貢、徐敏，《簡牘帛書字典》，頁 763；第三形見：二玄社，《漢華山廟碑》，頁 23；第四形見：浙江古籍出版社，《孔彪碑》（杭州，2006），頁 24；第五形見：二玄社，《漢石門頌》，頁 68。